植物と日本文化

植物と日本文化

斎藤正二著

八坂書房

植物と日本文化

目　次

松

明治期に志賀重昂が、大正期に野口米次郎が、松と日本人の性情との深い関わりを立論したせいもあって、今日では、誰ひとりとしてこのことを疑う者はない。〝日本松国説〟を唱えた志賀重昂の『日本風景論』（明治二十七年刊）はまず「松柏科植物の日本国中到る処に存在する、是れ日本国民の気象を涵養するに足るもの、日本人間〻《まま》桜花を以て其の性情を代表せしむ、桜花固より美にして佳、且つ其の早く散る所転《うた》た多情、是れ人に憐まれ惜まるゝ所なるも、忽ちにして爛漫、忽ちにして乱落し、風に抗する能はず雨に耐え《ママ》得ず、徒らに狼藉して春泥に委する所、寧ろ日本人が性情の標準となすべけんや、松柏科植物は然らず、独り隆冬を経て凋衰せざるのみならず、矗々《しゅくしゅく》たる幹は天を衝き、上に数千均の重量ある枝葉を負担しながら、孤高烈風を凌ぎて扶持自ら守り、節操雋邁《しゅんまい》、庸々たる他植物に超絶するが上に、其の態度を一看せば、幾何学的に加ふるに美術的を調和する所、誰か品望の高雅なるを嘆ぜざらんや」と論じ、イギリス人にとっての槲《かしわ》、スコットランド人にとっての山毛欅《ぶな》、フランス人にとっての落葉松《からまつ》、イタリア人およびスペイン人にとっての橄欖《かんらん》が強い感化力を持っているように、日本人にとっては松柏科植物こそが最も大きい感化力を有すると論じたあとに、「日本は『松国』なるべし、『桜花国』と相待たざるべからず」と結論しているのである。

　この志賀説に触れて、植物学者の松田修は「日本文学の松も、多くはこの松の象徴する忍苦、松の表現する剛健な思想が根底となっている」（『松竹梅』、松竹梅の文化史）と敷衍《ふえん》して、日本文学のなかで占めた精神史的役割に言及してみせる。このことも、今日では常識となっている。

たしかに、日本文学史全体を通観してみるのに、この松ほど多く題材ないし素材に採られているものはない。最初にあらわれるのは、『古事記』景行天皇の条にヤマトタケル（小碓命）が尾津《おつ》の前《さき》の一つ松のもとでうたった長歌である。ヤマトタケルが食事をとった時に忘れた大刀が失われずにあったので、

尾張《をはり》に　直《ただ》に向《むか》へる　尾津《をつ》の埼なる　一つ松　あせを　一つ松　人にありせば　大刀《たち》佩《は》けましを　衣《きぬ》著《き》せましを　一つ松　あせを（歌謡番号三〇）

と歌ったというのだが、食事した場所に大刀を忘れるとは、およそ英雄らしからぬへまをやったものである。もちろん、これは、地方に伝承されていた民間歌謡（巨木伝説）が非実在のヤマトタケルの物語に牽強附会されたものでしかない。じっさいに、松の巨木に関する伝説には、高砂の松、住吉の松、武隈の松、曾根の松、姉葉の松、唐崎の松、磐代の松など、かぞえ切れないほど数多くある。いちいちの時代考証をやるとなれば難問題ということになるが、いろいろな地方伝承につきもののパターンだったと解しても大過はない。

さらに、『古事記』が撰修された和銅五年（七一二）から三十年しか経っていない天平十六年（七四四）に作られた『万葉集』巻第六所収の短歌二首に、次のごとき作例がある。

同じ月十一日に活道《いくぢ》の岡に登り、一株《ひともと》の松の下に集ひて飲《うたげ》せる歌二首

一つ松幾代か経《へ》ぬる吹く風の声《おと》の清きは年深みかも（一〇四二）

右の一首は、市原王の作なり。

たまきはる命は知らず松が枝《え》を結ぶ情《こころ》は長くとぞ思ふ（一〇四三）

右の一首は、大伴宿禰家持の作なり。

万葉歌人は、物語のなかの英雄ヤマトタケルがそうしたように、一つ松のもとで飲み食いの宴をひらき、松風の音

が清澄なのはこの木が長寿だからである、と歌い、人間の寿命はわからないものだが松の枝を結ぶ気持ちは長寿を願っているのである、と諷詠する。つまり、年頭に際して、常磐《ときわ》なる松にことよせ、みずからの生命も永久《とことわ》であるようにと祈願しているのである。このほか、『万葉集』にあらわれる松は、たいていの場合、長寿願望の寓意がうたい込められてある。万葉歌人は、意外なほど漢詩文の学習に長じ、中国的教養を再生してみせているのである。

平安朝和歌においては、この傾向がさらにいっそう一般的となる。そして、中世から近世になると、松の異名として、色無草《いろなしぐさ》、翁草《おきなぐさ》、初代草《はつよぐさ》、常磐草《ときわぐさ》、千枝草《ちえぐさ》、千代木《ちよぎ》、延喜草《ひきまぐさ》、手向草《たむけぐさ》、琴弾草《ことひきぐさ》、都草《みやこぐさ》、百草《ももぐさ》などが用いられるようにさえなった。

民俗学のほうの説明では、松は、常緑の木ゆえに、神霊を迎える憑代《よりしろ》として崇《あが》められたとされる。この説明はおそらく間違っていないだろうと思う。現在にいたるまで「影向《ようごう》の松」というのが各地にあって、神霊や仏がこの木に影向したもうという信仰の残欠を見ることができる。若狭や房総に今も見られる、死者の霊が神になる三十三年の弔い切り法要には、生木《なまき》の松の梢をつけた「うれつきとうば」が墓に立てられ、これを「松ぼとけ」と呼び慣わしている習俗なども、松が神木として仰がれてきた証拠になる。

わたくしも如上の説明を聞くだけで満足してもよいのだが、最近になって、民俗学者たちがなんでもかでも日本の民族宗教に固有であるとの前提に立って諸習俗を分類するやり方に疑問をおぼえるようになっているので、この松に関しても、おいそれと簡単には同調できない。もとより断定は避けなければならないが、松の信仰にしろ、松と文学との関わりにしろ、日本人に独得のものだと考えないほうが正しいのではないか。少なくとも、文化的事象を考える場合に、ユニヴァーサルな視野を持たなければならないのではないか。日本的なものよりも、世界的であり人類普遍的なもののほうが、ずっと高い価値を持っていると考えるべきなのではないか。

そこで、前掲の『万葉集』の短歌二首が作られた年から七年後の天平勝宝三年（七五一）に成立した、わが国最初

門松
「京風俗十二月図巻 正月」部分
江戸時代

の漢詩集『懐風藻』に目を移してみよう。その十二番目に、大納言直大二《じきだいに》中臣朝臣大島《なかとみのあそみおおしま》（天武・持統朝に神祇伯として活躍、祝詞や寿詞の奏上に干与している人物で、藤原鎌足の従兄弟として天智朝の右大臣となった中臣金《なかとみのかね》の甥にあたる）の「孤松を詠む」という五言詩が載っている。つまり、一つ松をうたった詩である。制作年代は、だいたい六八〇〜六九〇年と比定される。

詠孤松　五言　一首

隴上孤松翠　凌雲心本明　余根堅厚地　貞質指高天　弱枝異蓂草　茂葉同桂栄　孫楚高貞節　隠居悦笠軽

一首の大意は、岡の上の一つ松は常緑の色を呈し、雲をも押しのけようとする心はもとから明白高潔である。本の根から分かれた根は厚い大地に堅く根をおろし、その節操ある性質は、高い大空をめざして聳える。たおやかな枝は蓂草《めいそう》（堯帝の時に生じ、一日から十五日まで葉が一枚ずつ生じ、十六日から三十日まで一枚ずつ落ちたので、これによって暦を作ったという）とは違って永久不変であり、繁茂した葉は栄え茂る香木の桂と同じである。晋《しん》の孫楚が松のように貞節を高くたもち、隠居して官人の冠ならぬ俗人の笠をかぶってその軽きを喜んだのと同じようだ。と、まあこんな意味になるかと思う。

そこで、問題になるのは、この「詠孤松」の思想的主題は何かという点の究明である。第二句「凌雲《りょううん》の心本《もと》より明《あき》らけし」は、じつは梁范雲、詠㆓寒松㆒詩「凌㆑雲知㆓勁節㆒、負㆑雪見㆓貞心㆒」を踏まえたもの。第七句「孫楚《そんそ》貞節を高くし」は、『晋書』孫楚伝「楚少時欲㆓隠居㆒、謂㆑済曰、当㆑云㆑欲㆓枕㆑石漱㆒㆑流、誤云㆓漱㆑石枕㆒㆑流」か、もしくは同じく『晋書』の「孫興公前種㆓一株松㆒、枝高勢遠」を踏まえたもの。第八句「隠居《いんきょ》笠の軽きことを悦《よろこ》ぶ」は、さきの孫楚伝の「欲㆓隠居㆒」か、もしくは『晋書』陶弘景伝「自号㆓華陽隠居㆒……特愛㆓松風㆒、毎㆑聞㆓其響㆒、欣然為㆑楽、有㆑時独遊㆓泉石㆒」を踏まえたもの。いずれにしても、中国の詩文のパロディーであることには疑問の余地がない。律令制中央集権国家を出発させた七〜八世紀の日本の支配階級（知識人層）は、政治制度から日常生活的風習にいたるまで、東アジア世界の先進国である唐の文化を模倣し咀嚼することに懸命であった。律令政治機構の運営者たちは、官僚制支配の方式を大唐帝国から学んだばかりでなく、天皇制の原理をまで中国から学びとった。そして、詩歌文章というものの存在を、初めて中国詩文から知らせてもらったのであった。漢詩集『懐風藻』と和歌集『万葉集』と正史『日本書紀』と、この三つの古典は、中国文化の影響なしには生まれ得なかった。律令官人貴族たちが詩歌や音楽に興《きよう》ずるとき、かれらは、自分たちも一刻も早く大唐帝国の文化的水準に近づきたいものだなあという願望と熱意とに燃えていた。したがって、漢詩一篇の制作にあたっても、中国詩文の修辞を倣《まね》び、中国故事成語を踏まえ、何よりも中国政治倫理思想を取り込もうとするのであった。要約すれば、「詠孤松」一首の思想的主題は、儒教イデオロギーの政治体系のなかでの松の象徴《シンボル》を把握しようというところにあった。そして、それは〝古代詩歌〟の一般的特質でもある。一つ松を長寿のシンボルと見たり、貞節の比喩と見たりする思考は、徹頭徹尾、中国伝来のものであった。

律令文人貴族たちが〝虎之巻〟のようにして身近から手離すことをしなかった『芸文類聚《げいもんるいじゆ》』（六〇〇年ごろ、唐の文人で書家たる欧陽詢《おうようじゆん》の編）をみると、その巻第八十八木部上のなかに、松に関する語義出典および作品用例が豊富に集められている。それがどのようなものであるかを知っていただくために、すこしく長い引用をするのを許されたい。――

「毛詩。徂来山名之松。又曰。松桷有舃。路寝孔碩。又曰。陟彼景山。松柏丸丸。松柏有挺。旅楹有閑。寝成孔安。礼記曰。其在人也。如松柏之有心也。故貫四時不改柯易葉。左伝曰。晉侯使張骼附躒致楚師。求御於鄭。鄭人卜。宛射犬吉。子太叔戒之曰。大国之人。不可与也。対曰。世無有衆寡。其上一也。太叔曰。不然。培塿塿小阜也無松柏。……論語曰。歳寒然後知松柏之後凋也。又曰。夏后氏以松。……呂氏春秋曰。故百仞之松。本傷於下。而末槁於上。列仙伝曰。仇生赤。当湯時。為木正。常食松脂。自作石室。周武王祠之。又曰。偓佺好食松実。能飛行逮走馬。以松子遺堯。堯不能服。松者。㭊松也。……嵩高山記曰。嵩岳有大樹松。或百歳千歳。其精変為青牛。或為伏龜。採食其実。得長生。　抱朴子曰。天陵偃蓋之松。太谷倒生之松。……　玄中記曰。松脂淪入地中。千歳為伏苓。　神境記曰。滎陽郡南有石室。室後有孤松千丈。常有雙鶴。晨必接翮。夕軓偶影。伝曰。昔有夫婦二人。倶隠此室。年既数百。化成雙鶴。夢書曰。松為人君。夢見松者。見人君也。毛詩曰。南有喬松。隰有遊龍。　又。蔦与女蘿。施于松柏。　又。檜檝松舟。　離騒曰。山中人兮芳杜若。飲泉石兮蔭松柏。　又曰。嘉樹生朝陽。凝霜封其條。嘉樹。柏松也。……　孫興公前種一株松。枝高勢遠。隣居曰。松樹非不楚楚可憐。但恐無棟梁用耳。楓柳雖合抱。亦何所施。……　史記。松柏為百木長也。而守宮闕。　本草経曰。松脂一名松肪。渇中。久服軽身延年。　周太似夢周梓化為松。　荘子曰。天寒既至。霜雪既降。吾是知松柏之茂。　漢武内伝。薬有松柏之膏。服之可延年。　青陵上松。亭亭南山柏。光寒冬夏茂。根蔕無凋落。　尚書。岱畎糸枲鉛松怪石。【詩】魏劉公幹詩曰。亭亭山上松。瑟瑟谷中風。風声一何盛。松枝一何勁。風霜正惨悽。終歳恒端正。　豈不羅霜雪。松柏有本性。　晉傅玄詩曰。飛蓬随飄起。芳草摧山沢。世有千年松。人生詎能百。晉許詢詩曰。青松凝素髓。秋菊落芳英。……【賦】斉王倹和竟陵王高松賦曰。山有喬松。峻極青葱。既抽栄於岱岳。亦擢潁於荆峯。若乃朔窮千紀。歳亦暮止。隆冰峨峨。飛雪千里。嗟万有之必衰。独貞華之無已。積皓霰而争光。延微飈而響起。……【贊】宋謝恵連松贊曰。松惟霊木。擬心雲端。跡絶玉除。刑寄青巒。子欲我知。求之歳寒。戴逵松竹贊曰。猗嶼松竹。独蔚山皐。粛粛脩竿。森森長條。」

この長い引用も、原典『芸文類聚』の当該部分のちょうど三分の一ぐらいの分量にしかあたらない。欧陽詢のこの類書《るいしょ》の徹底した編纂ぶりには、六世紀終りないし七世紀初めという時代的制約を考慮するときにはなおさら、驚嘆せしめられる。中国人の〝スケールの大きさ〟をまざと知らしめられたように思い、いまさらのごとく、日本列島住民のみみっちさ、しみったれぶりを痛感し、参《まい》らされる。そして、この畏怖の念は、おそらく、八世紀ごろの律令文人官僚がもっとも強く抱いたはずである。自分たちの支配する新興国家には、なにしろ文化らしい文化は皆無だったのである。そこへ、こんな桁違いに壮大でもあり細密でもある類書が運ばれてきたのであるから、参《まい》らないほうがどうかしている。

しかし、現代のわれわれとは異なって、古代律令国家の文人官僚には〃時代の若々しさ〃に伴う活気＝生命力が横溢していた。かれらは、若いエネルギーを完全燃焼させて、『芸文類聚』の咀嚼消化に努《つと》めた。松なら松の、松柏なら松柏の、文化的＝宗教的象徴作用《シニフィカシオン》を残らず理解しようと努力した。そうか、松にはかくかくの意味があるのか、かくかくの薬学的効用があるのか、というふうに、かたっぱしから学習していったのだった。

実際問題として、右に引用した『芸文類聚』巻第八十八木部上の文章を見ていただきたいが、のちのち日本人が松に仮託し、また逆に松に触発される〃美のシンボル〃のことごとくは、既に提示され畢《おわ》っているのである。日本的情緒とかいって独自性を主張しようとしてみても、この引用文以外には何ひとつ新しいものは発見できないのである。

そこで、つぎの時代である平安朝初期の勅撰三漢詩集の一つにかぞえられる『文華秀麗集』（八一八年ごろ成立）をみたいが、その巻下に、仲雄王《なかおおう》の一つ松を詠んだ七言詩がある。

奉和代神泉古松傷衰歌一首。

孤松盤屈辞蘿枝　貞節苦寒霜雪知　御苑琴台廻仙蹕　風入飀飅添清曲　森翠宜看軒月陰　還羞不材近天臨
自然色衰無他故　不敢幽懐負恩顧

この一首の前半のみの意味を示すと、一本の松が屈曲し、つたかずらの枝がそれにまつわって垂れ下がっている。松のいつもかわらぬ貞潔節操を、寒い霜や雪の時季になって初めて知る。神泉苑の琴を奏する楼台に天子（嵯峨天皇をさす）は出御なさり、松をしきりに眺めておられる。風が松に吹き入り、しゅうりゅうと音を立てて清らかな音楽の調べを添加する。と、まあこんな意になろうか。第二句「貞節を苦寒の霜雪に知る」は、いうまでもないことだが、『論語』、子罕第九「子曰、歳寒、然後知二松柏之後凋一也」を踏まえたもの。けっきょく、松の奥深い心が天子の御恩顧にそむくまいとしている、と歌っているのである。〃古代詩歌〃の真骨頂《しんこつちょう》というべきか。

そして、平安朝中ごろの漢詩文集『本朝文粋《ほんちょうもんずい》』（一〇三七年ごろ成立）巻第一の七番目に見える紀納言《きのなごん》「柳化為レ松賦」においては、

至脆者柳。最貞者松。何二物之各別。忽一化以改レ容。慙二朽株之含レ蠹。羨二老幹之為レ龍。豈敢依二依於陶令之種一。只須レ鬱二鬱於秦王之封一。徒観其翠惟新葉。緑非二故枝一。鄙二彼愚夫之守レ株。故不レ常二其操一。類二於君子之見レ善。遂従二其宜一。歳云暮矣。風以動レ之。悲二衆芳之先落一。全二孤節一而不レ移。唯期二千年之偃蓋一。……

と叙され、柳が松に匹敵することを論評しているが、それも、松の貞節と長寿とが前提になってはじめて成立する思想である。

このような漢文学や中国思想上の教養を基本的な準縄《キャノン》として、これの「やまとことば」による翻案《パラフレーズ》の作業を展開してみせたものが、『古今和歌集』にほかならない。『古今和歌集』に詠ぜられた松は、たとえば「ときはなる松のみどりも春くれば今ひとしほの色まさりけり」（巻第一春歌上、二四）、「雪ふりてとしのくれぬる時にこそつひにもみぢぬ松もみえけれ」（巻第六冬歌、三四〇）に代表されるように、松の長寿と貞節とをうたったものか、あとは「立ちわかれいなばの山の峯におふる松としきかば今かへりこむ」（巻第八離別歌、三六五）式に「待つ」の縁語として使われたものか、どちらかに限られ、一首として松の植物生態を対象にした作品はない。古今歌人たちは、中国的教養というフィルターごしに自然を見たか、でなければ、王朝風の気の利いた語呂合わせの材料として自然を利用したか、いずれにしても自然をしっかり観察していなかった、としか他に解しようがない。これに較べれば、まだしも万葉歌人のほうが、肉眼で自然を見ていたと言い得る。植物学者小清水卓二は「松は、新芽の基部に雌花をつけ、更に新芽の伸びた先に、初夏の頃多教の雄花がつく、この雌花も雄花も極めて地味な円錐状の塊に過ぎないが、然し雌花には立派に種子が出来て、真の花として見る事が出来るのである。漠然と見ると花として見そこなひ易い場合もあり得るので

あるが、万葉集に松の花として詠じたものがあるのを見ると、古代人の観察力の鋭かつた一端をうかゞふ事が出来る」(『万葉植物と古代人の科学性』、第五章万葉人の自然観察)と述べ、「松の花花数《はなかず》にしも吾背子が思へらなくにもとな咲きつつ」(巻第十七、三九四二)一首を引例し、「花として顧みるに足らぬ様な、目立たぬ此の松の花を、平群女郎が、越中守大伴家件に贈つたこの歌の中に、自分を眼中に置かない男を皮肉つて巧な譬喩としたのは、如何に自然界を眼敏く鑑識して、自由な知識にしてゐたかゞ思はれる」(同)と結論している。前に触れたとおり、『万葉集』の中枢要素を形成する芸術エネルギーは中国的教養からの滴《したた》りの部分が多いのであるが、それでも、未開人ゆえの(後進国文化であるゆえの)いきいきした〝分類的思考〟が残存していて、なまじいの文化教養人的フィルターをとおさぬ、まさしく「自然界を眼敏く鑑識して、自由な知識にしてゐた」科学的思考の一種をそこに見届けることが可能である。しかし、『古今和歌集』の時代になると、その科学的思考の一種は、もはや、薬にしたくも殆ど見いだしがたくなる。よく議論にのぼる万葉・古今の差異という問題も、写実か空想かという絞りかたの基底に、この原始的科学性の有無を検《たしか》めるようにすると、意外なほどのみのりがもたらされることになるかもしれない。

こう見てくると、松と文学(思想一般を含めて)との結びつきを、日本人に独得のものだと解釈することは、どうも誤りではないかという気がする。植物学的に見てもマツ属は北半球に広く産するのであるから、わたくしたちは、人類的視野に立って、松の美しさを見直すべきだと思う。長寿や貞節なんぞよりも、もっともっと素晴らしいシンボルが見いだされるはずである。

もちろん、そうだからと言って、松がめでたくないとか貞節でないとかいうことを誣言《ふげん》するつもりはない。松の葉群れといい、松の花といい、松かさといい、松の木肌といい、松の枝の張り具合といい、これことごとくめでたさや貞節のしるしでないものはない。問題は、そのような道徳的＝倫理的意味づけ以上に、松それ自身の持っている〝美しさ〟や〝気品〟や〝さびしさ〟を、わたくしたちが高く評価し親愛しなくてよいのかどうか、という点である。松それ自身に、人間のがわの意味づけを寄せ付けない生態学的＝造型論的美しさやきびしさがそなわっていることに、わたくしたちが気づかなくてよいのかどうか、という点である。

日本文学史のうえでも、あまり儒教道徳や律令政治機構が力をふるわないようになった以後、おいおい、松そのものの包有する〝美しさ〟や〝気品〟や〝さびしさ〟に気づく人たちが出現しはじめる。清少納言の『枕草子』の「書きまさりするもの、松の木。秋の野。山里。山路。鶴。鹿」（百四段）にはまだ〝中国的類聚〟の影響が否みがたく認められるが、それから三百年ほど経った吉田兼好『徒然草』が「家にありたき木は、松さくら。松は五葉もよし」（第百三十九段）としるし、松の木そのものの美を発見したときには、もはや、かなり日本人独特の見かたが固まりかけていると見てよい。

そのように、十一世紀ごろから十四世紀ごろまでの間に、マツの美学が〝中国一辺倒〟のパラダイムから離別しかけたことが跡づけられる。『栄華物語』をみると、長和五年七月二十日夜に火災が起こり土御門殿ならびに法興院が焼け落ちた記事があるが、庭園の中島の老松にまで火が及んだことについて「しろがねこがねの御たからものは、おのづからいできまうけさせ給てん。このきどものありさま、おほきさどもをぞ、よにくちをしきことにおぼしなげかせたまふ」（たまのむらぎくの巻）と叙述している。松の美しさや大きさは、金銀財宝には替えられないと嘆じているのである。また、これとは別に、『宇治拾遺物語』の「小野宮殿は、わきよりのぼりておはしけり。中島に大い木だかき松一本たてりけり。中島に大に木だかき松一本たてたりけり。その松を見とむる人、藤のかゝりたらましかばとのみ見つゝいひければ、この大饗の日は、む月の事なれども藤のはないみじくおかしくつくりて、松のこずゑより、ひまなうかけられたるが、時ならぬものはすさまじきに、これは空のくもりて、雨のそぼふるに、いみじくめでたうおかしうみゆ。池のおもてに、影のうつりて、風の吹けば、水のうへも、ひとつになびきたる、まことに藤波といふことは、これをいふにやあらんとぞ見えける」というような、新しいマツの美学の開拓がなされた痕跡も指摘し得る。

これについて、高瀬重雄『日本人の自然観』が「かうした老松のうゑられてゐる中島は、支那の蓬萊山を象らしめようとしたものかも知れない。もしさうであるとすれば、中島の設置そのものが、実は支那的な思想の影響から来てるるといへるであらう。然し、松にまつはりついたかづらや、藤の花を愛する心、殊にそれが池の波に投影して、波の動きと共にゆれうごくのを楽しむ心には、実は日本的な趣味が宿されてゐるといへよう」（四　平安時代の自然感覚）と言う。この意見をわたくし流に言い替え《パラフレーズ》するとすれば、中国崇拝と中国離れとが日本的趣味を構成する二つの要素だということになる。

梅

ウメが遠い昔に中国から渡来した植物であることは、だれでもが知っている。

白井光太郎の『植物渡来考』に「支那原産、陶弘景に拠れば陝西省漢中山谷に生ずとあり、唐時代には江湖、川蜀、淮南、広西等の地に皆有りと云ふ、梅は日本に自生なし、万葉集に、梅、烏梅、宇梅、于梅等の字を以て記せり、是漢名を其儘使用せるなり、此頃大陸より移植せしものなること論なし」とある記述は、定説になっている。ウメは、あくまで中国の特産である。西洋のプラムはスモモ（李）のことだから、ウメとは別種のものであり、ウメはヨーロッパにもアメリカにもない。しかし、その花を観賞する好みがあまりにも卑近であり、その実を梅干《うめぼし》や梅酒《うめしゅ》や醤《ひしお》にして食用に供する生活慣習があまりにも手近であるために、今では、ウメといえば、あたかも日本固有の樹木であるかのような感じが強い。そして、そのような感じも、一概に誤りであるとばかりは言い切れない部分をもっている。なぜならば、ウメは、原産地こそ中国の陝西省漢中山谷に求められるけれど、こんにち見られるような美しい園芸花木として生まれ変わるためには日本列島に渡ってこなければならなかったからである。牧野富太郎翁の的確な要約に従えば、「梅が上古にわが邦に渡ったときは、たぶん種類は一種か二種かきわめて少なかったことが想像せられる。またその後支那から変わった種類が来たとしても、それはわずかなものであったであろう。もしもこのように来たものだけであえて変化がなかったならば、その品種はじつにわずかなものであったろうが、それが今日ではわが日本で四百種内外の品種数に達しているところをもってみれば、その多数の変り品すなわち園芸的品種はわが邦でできたものである。永い間培養せらるると人工的にこんな変化が生じ、天然に任せておくとそう変化がないところを見、そこで人為工作と天然工作とを比較して考えるとなんとなく興味があって、人間の自然に対する力もそうばかにはできんことが看取せられる」(『植物記』、二、三の春花品さだめ)ということになる。

人間が自然を変えていくプロセスは、あまりその度を過ごすと今日の公害問題のごとき由々しい結果を生むことにもなるが、しかし、人間のほうに愛情と節度とが用意されているかぎりにおいては、自然にとっても願わしいプロセスたり得る。美しい花色や花姿や芳香の可能性が現実化され、実の大きいのや小さいのが自在につくりあげられたのは、じつは、ことごとく日本人の植物愛の賜物であり、そのかぎり、ウメは、日本人の歴史とともに〝花木の女王〟たる地位に陞《のぼ》ることを果たした、と言うべきである。日本人がウメを変えていったプロセスを過小評価してはならないし、同時に、ウメが植物的進化をとげていくとともに日本人の文学趣味や文化意識に独自性が打ちだされていったプロセスにも注意を怠ってはならない。ウメの進化は、日本社会の進化の反映だった。

ウメの進化は日本社会の進化の反映だった、と述べたけれど、中国社会においても同断《どうだん》であった。というのは、ウメのごとき素晴らしい観賞花木も、ごくごく古い時代にあっては〝花より団子〟式に菓物(食用植物)として珍重されるにとどまっていたからである。例の類書《るいしょ》である『芸文類聚』をひらいてみると、「尚書曰。若作和羹。爾惟塩梅。 大戴礼曰。夏小正曰。五月煮梅為豆実。 毛詩召南曰。摽有梅。男女及時也。被文王之化。又。摽有梅。其実七兮。 東方朔伝曰。朔門生三人倶行。乃見一鳩。一生曰。今当得酒。一生曰。其酒必酸。一生曰。雖得酒。不得飲也。三生皆到。須臾。主人出酒。即安樽於地而覆之。訖不得酒。乃問其故。曰。出門見鳩飲水。故知得酒。鳩飛集梅樹。故知酒酸。鳩飛去。所集枝折。故知不得飲之。……淮南子曰。梅以為百人酸不足一梅不足為一人之。喩衆能済」とあって、なるほど、ウメと人類とのつきあいが食用・醸造用から始まったことの痕跡が、はっきりうかがえる。この間の事情を、『続美味求真』の著者木下謙次郎は、つぎのごとく要約してみせる。「甚だ奇なるは、斯くもめでたき梅花が上古の支那で永い間文芸上に全く閑却されてゐたことである。詩経三百五篇中、桃李、芍薬、棠棣、蘭の類に至るまで、一として歌詠に上らないものは無いのに、清香玉色花中第一品である梅花を逸し、たゞ其の実の梅子だけが、食品とし重用されてゐたことは、慮外の至りと云はねばならぬ。書経に『若作二和羹一爾塩梅』、又詩経に『摽有レ梅其実七兮、摽有レ梅其実三兮、摽有レ梅頃筐塈レ之』、註に梅を以て和を為すとあるなど、凡て実の事ばかりで、絶えて花のことに及んで居ない。周官にも、乾藤（梅の乾したもの）、醷（梅で作った酢）、医（梅で作る清涼飲料水）など、食用の記録は甚だ多いが、花としては玆にも何等の注意が払はれてゐない。洵に是れ支那文芸上の一大逸事と云はなければならぬ。実に陸璣の詩経疏義に『梅似レ杏而実酸、蓋取其二実与一レ桟而已未三嘗及二其花一』と断じてある通りである」（第四章　菓物篇）と。さらに、「梅子が食品として重視されるに係らず、花が久しく閑却されて居たことは、桃が支那上代に、其の花の艶麗さのみ賞讃され、甘味芳香菓中第一位に置かるべき其の実が久しきに弥りて全く顧みられなかつたのと好個の対照をなして、一は文芸上の逸事、一は味界の遺漏なりとすべく、花にも実にも時代の風潮による栄枯盛衰あること、人の世に変りなきを思はせるものがある」（同）とも言い添える。木下のこの所説は、これはこれで一家言とは思うが、やはり、人類生活がつねに〝進化の過程〟であることを見落としている点で、惜しむらくは、本質を離れた現象理解にとどまった。

さて、ウメが日本文学にはじめて登場するのは、孝謙女帝の天平勝宝三年（七五一）冬十一月に成った日本最古の詩集『懐風藻』においてである。この漢詩集の第十番目に置かれた葛野王《かどののおおきみ》の作品「春日、鶯梅《おうばい》を翫《はや》す」がそれである。

五言。春日翫二鶯梅一。一首。

聊乗二休仮景一。入レ苑望二青陽一。素梅開二素靨一。嬌鶯弄二嬌声一。対レ此開二懐抱一。優足レ暢二愁情一。不レ知二老将一レ至。
但事レ酌二春觴一。

一首の大意は――かりそめに休暇を利用しまして庭園に入り、春色を眺めましたところ、白梅は白く咲きほころび、美しくかわいいウグイスは美しくあでやかにさえずり声をあげているではありませんか。この春景色に対して自分の胸のうちを開くと、あまりにのびやかにゆったりしているものですから、メランコリックな心が晴れるほどです。それで、老いがやってこようとするのを忘れて、ただひたすらに春の酒杯を傾けて陶然たる気分になっているばかりです、の意。作者葛野王は、大友皇子と十市皇女との間に生まれた長子であるから、天武天皇の孫であると同時に天智天皇の孫にも当たる。作者ごとに付載されてある小伝によると、「材称《ハカナヒ》二棟幹《ニ》一。地兼《ハヌ》二帝戚《ヲ》一。少而《ウツテ》好《ミ》レ学《ヲ》。博渉《クル》二経史《ヲ》一。頗《ル》愛《ス》レ属《ツヅルコトヲ》レ文《ヲ》。兼《ネテ》能《クス》二書画《ヲ》一」というから、葛野王なる人物が、持統朝における屈指の教養人であったことに間違いない。そこで、つぎに問題になるのは、第一句「乗二休仮景一」が初唐盧照隣「山林休日田家」の「帰休乗二仮日一」を下敷きにし、第三・四句「素梅開二素靨一。嬌鶯弄二嬌声一」が陳江総「梅花落」の「梅花密処蔵二嬌鶯一」を下敷きにしているほか、この一篇全体をつうじて唐太宗「除夜」、王羲之「蘭亭記」などを踏まえた類似語がふんだんに用いられている、という事実である。これは、明らかに、後進国日本の支配層知識人が先進国である中国文化（宮廷儀礼から遊戯万般まで、さらに衣食住にまで及ぶところの）の摂取に急であった当時の社会状況を裏書きしている。すなわち、七〜八世紀ごろの日本律令国家体制の最高指導層にある皇族および貴族の〝文化意識〟をはっきり形象化していると考えられる。ウメに関係のある第三・四句を矚目写生のスタンツァと解釈することはけっして無理ではないし、おそらく、このころになるとウメの苗木の輸入が行なわれたと推定して差し支えないのであるが、しかし、白鳳漢詩人の詩的思考のなかでは、「素梅」（白梅である）を題材にすることとそれ自体がたいへんにハイカラ趣味を満足させたのではなかったかと思う。梅と鶯というワン・セットの客観的相関物をうたうことそれ自体が「みやび」を実現したものと見做されたのではなかったか。はっきり言ってしまえば、梅を詠み込んだこの詩は、徹頭徹尾、〝唐風模倣〟の産物でしかなかったのである。（付言しておきたいが、「梅に鶯」という月並俳諧の配合は、近世江戸庶民の発明でもなんでもなくて、じつは、千年も以前に輸入された中国詩文の美的範疇をデヴァリュエートして定着させたものだったのである。）

　このようにして、梅花観賞は、まず律令政治支配層の間においてだけ独占的に始められた。

　律令宮廷文人がウメの実物を知ったのがいつごろであったか、ということは、確かめるすべもないが、『万葉集』巻第五を見ると、天平二年（七三〇）正月十三日に、大宰の帥大伴旅人《そちおおとものたびと》が宴会を催し、そのさいに列席者のうたった「梅花歌三十二首」が採録されているから、この年代になると、少なくとも九州へんではかなり多く植樹されていたものと思われる。

正月《むつき》立ち春の来《きた》らばかくしこそ梅を招《を》きつつ楽しき竟《を》へめ（巻第五、八一五）　大弐　紀卿

梅の花今咲ける如《ごと》散り過ぎずわが家《へ》の苑《その》にありこせぬかも（同、八一六）　小弐小野大夫

梅の花散らまく惜しみわが苑の竹の林に鶯鳴くも（同、八二四）　小監阿氏奥島《おきしま》

梅の花折りてかざせる諸人《もろびと》は今日の間は楽しくあるべし（同、八三二）　神司《かむづかさ》荒氏稲布《いなしき》

梅の花折り挿頭《かざ》しつつ諸人《もろびと》の遊ぶを見れば都しぞ念《も》ふ（同、八四三）　土師氏《はにし》御道《みみち》

梅の花夢《いめ》に語らく風流《みやび》たる花と吾《あれ》念《も》ふ酒に浮べこそ（同、八五二）　大伴　旅人

　これらの梅花歌を見ると、万葉時代人がウメを教材にして「みやび」を学習しようと努めていたことは、あまりにも明白である。極言すれば、それまでの氏族的伝統社会には「みやび」などという文化的カテゴリーは発生する余地さえも無かった。律令制中央集権政治形態を唐から輸入する過程で、はじめて、「みやび」的思考をも唐から輸入したのである。したがって、『万葉集』を民族的＝国粋的アンソロジーと解して自画自讃することは、かえって客観性に欠ける。万葉人の美意識は、東アジア古代世界の指導者である中国の文学（具体的には六朝、隋、唐の詩文）の模倣のうえに構築されたシステムに過ぎなかった、と解するほうが、科学的には妥当性を有する。

かかる傾向は、日本の古代詩歌のなかを一貫して流れる特色にもなっている。平安朝に入ってからの文学および芸術は、いっそう中国崇拝（唐風模倣）の傾向を深めていった。十世紀以後になって、いわゆる「国風運動」が起こったことになっているが、『古今和歌集』でも王朝女流文学でも、その美的規準はやはり中国詩文のそれに求められていた。「『漢詩』の考え方に従って、公式的にわりきって当てはめなければ安心ができないので、当然和歌は漢詩の枠《わく》にはめこむことが要請されたし、事実それではじめて安心することもできたのである」（『日本文学の歴史』、中古の文学）という風巻景次郎の指摘は、まことに正鵠を射ている。ましてや、八〜九世紀の勅撰三詩集の時代には、この傾向は極めて顕著であった。

『文華秀麗集』（八一八年ごろ成立）巻中楽府《がふ》の部には、嵯峨天皇の御製「梅花落」と、これに和した菅原清公の一首とが載っている。

梅花落《バイクワラク》。一首。　　御製

鶯《ウグヒス》鳴《イテ》梅院暖《カニ》。花落舞《チテフ》二春風《ニ》一。歴乱飄《ヒルガヘリテ》鋪《キ》レ地《ニ》。徘徊颺《アガリテ》満《ツ》レ空《ニ》。狂香燻《シ》二枕席《ヲ》一。散影度《ワタル》二房櫳《ヲ》一。欲《セバ》レ験《ココロミント》二傷離苦《ヲ》一。応《ニ》レ聞《ベシ》二羌笛《キヤウテキノ》中《ニ》一。

奉《ル》レ和《シ》二梅花落《ニ》一。一首。　　菅清公

春風吹《イテ》レ物暖《カニ》。朝夕蕩《ユルカス》二庭梅《ヲ》一。花点《ハズ》紅羅帳《ノトバリ》。香縈《カハマツハル》玉鏡台。楡関消息断《エ》。蘭戸歳年《ヲ》催《ス》。未レ度《ハカラ》征人意《ノココロ》。空《シクス》労《ヲ》錦字《メグラスコトニ》廻。

嵯峨天皇の五言詩の大意――ウグイスが鳴いて梅の咲いている中庭は暖く、時に梅の花びらが散って春風に舞っております。その花びらは散り乱れ、風にひるがえっては地に散り敷き、あちこちにさまよってはぱあっと空いっぱいに舞い上がったりします。そして、浮かれ漂う花の芳香が女人の寝床にかおったり、はらはらと散らう花のシャドウが櫺子格子《れんじごうし》の窓を過《よ》ぎったり、という風情《ふぜい》であります。もし、別れを傷《いた》むつらさを知ろうと思うならば、えびすの吹く笛の音（『楽府《がふ》詩集』二四に「梅花落、本笛中曲也」と見える）の中にこそ、それを聞くべきです。ああ、悲しき「梅花落」の笛の音よ、の意。

菅清公（菅原清公を中国風に約《つづ》めたもの）のほうは、春風が万物を暖かに吹き、朝な夕な庭の梅を揺り動かしております。梅の花は紅色のうすもののとばりに点々とつき、その芳香は美しい女人《によにん》の鏡台にまつわっております。国境の山海関に行った夫からはたよりがたえ、蘭のように美しい女人の寝屋《ねや》には空しく年が経過するばかりです。任地に赴いたまま帰ろうともしない旅人の心をはかりかねて、その女人は、夫を思う詩をば錦に織りこんだ廻文（上から読んでも下から読んでも平仄《ひょうそく》韻字のきまりにあった漢詩の一体）の手紙を書くことに、いたずらに苦心しているばかりです。――というのが大意である。

二首とも、ウメを題材にしているとはいっても、中国（六朝）の詩文や故事を踏まえて、それのパロディーを試みているだけのことである。このように〝中国ぶり〟を模してうたうことが、ただちに、先進国文明＝都市文化（みやび）を習得すると考えられていたのである。

もっとも、同じく『文華秀麗集』所載の漢詩ではあっても、巻下雑詠の部になると、だいぶ趣が違ってくる。梅そのものを詠じた詩（少なくともそのように解することが可能である詩）が二首ある。

和ス下野内史留後看ル二殿前梅ヲ一之作ニ上。一首。　桑　腹赤

夙ニ分トンレ為ルニ宮樹ト一、開キテレ栄ハナヲ不レ畏レレ寒ヲ。向テレ南ニ仙仗従ヒ。臨ンデレ北ニ綵花残ヲ。待ツレ蝶ヲ香猶ナホ富メド。蔵カクスレ鶯ノヲ影未ズレ寛ナラ。雖モレ知ルトレ先ンズルヲニ衆木ニ一。尚恨ムニ後レテレ天看ルヲ一。

夏日賦スニ雨裡ノ梅ヲ一。一首。　令　製

庭梅入レ夏帷ユココニ初晴レ。夕雨時霑ニウルホヒ葉復モタ低。不レ辞イナビニ実重クシテ枝将スルレ折レント。預アラカジメ恨ムレ無ヤツ三人ノ迨ブニ七ナナツ兮ニ一。

ここに令製というのは、皇太子時代の淳和天皇の作品の意。この七言詩の第四句に「迨《オヨブ》二七兮一」とあるのが『毛詩』

召南篇の「摽有レ梅、其実七兮、求レ我庶士、迨二其吉一兮」を踏まえていることは明らかである。熟し切った梅の実、すなわち妙齢の女子七人がいるにもかかわらず、未婚の男たちが吉日を選んでそれを手に入れないのは、なんとも恨めしいじゃないか、とうたっているのである。ここまでくると、『古今和歌集』に典型的に見られる比喩や婉曲提示法による和歌的発想との隔りはほんの数歩だという気がする。『経国集』（八二七年成立）巻第十一雑詠の冒頭に「殿前梅花」「落梅花」「庭梅」などを類題にして詠じた七首が収められているが、これらを読むと、さながら『古今和歌集』所録の宮廷儀式歌に接するがごとき印象を受ける。平安朝漢文学を「和臭」と見て〝日本化〟の証拠とするのが通説だが、わたくしなどは、かえって、平安朝和歌のほうに「唐臭」および〝中国化〟を見る。すなわち、和歌のふるさとが漢詩に求められるという見方をとる。『古今和歌集』に梅の名歌が数多く収められているのは、けっして偶然ではない。

梅がえにきゐる鶯春かけてなけどもいまだ雪はふりつつ（巻第一春歌上、五）　よみ人しらず

折りつれば袖こそにほへ梅の花ありとやここにうぐひすのなく（同、三二）　よみ人しらず

鸎《うぐひす》の笠にぬふてふ梅の花折りてかざさむ老かくるやと（同、三六）　東三条左大臣

よそにのみあはれとぞみし梅の花あかぬ色かは折りてなりけり（同、三七）　素性　法師

きみならで誰にかみせん梅の花色をもかをもしる人ぞしる（同、三八）　紀　友則

春の夜のやみはあやなし梅の花色こそみえねかやはかくるゝ（同、四一）　凡河内躬恒

はつせにまうづるごとに、やどりける人の家に、ひさしくやどらで、程へて後にいたれりければ、かの家のあるじ、かくさだかになんやどりはあると、いひいだして侍りければ、そこにたてりける梅の花をりてよめる

ひとはいさ心もしらずふるさとは花ぞむかしのかににほひける（同、四二）　紀　貫之

29 梅

酒井抱一「四季花鳥図屏風」部分
江戸時代、陽明文庫蔵

俳諧歌

むめの花みにこそきつれ鶯のひとくひとくといとひしもをる（巻第十九雑体、一〇一一）　よみ人しらず

神あそびのうた

あをやぎをかたいとによりてうぐひすのぬふてふかさはむめの花がさ（巻第二十大歌所御歌、一〇八一）

かくのごとく、『古今和歌集』においても、《ウメ＋《プラス》ウグイス＝《イクオール》美》という中国詩文の美学法則が忠実に学習されてある。ご丁寧にも、宮中の神楽歌《かぐらうた》のなかにさえ、この中国美学が入り込んでしまっている。神楽の起源は天照大神の岩戸隠れのときにおこなわれた舞踏ということになっているのに、梅と鶯と柳（これがまた中国原産なのだ）との組み合わせが忍び入っている。どうしても〝美〟を表現したかったのだろう。また、注意を要するのは、四二番の紀貫之歌でわかるように、「花」がまだ梅花をさしていて桜花をさすまでに至っていないことである。

いっぽう、十世紀ごろまでには、ウメの品種改良が相当に進んだろうと想像される。『枕草子』には「木の花は、こきもうすきも紅梅」（木の花）とあって、白梅よりも紅梅が珍重されたことがわかる。摂関時代の到来とともに、ひとびとの趣味が華美に向かっていった世風の反映と見てよいのだと思う。『源氏物語』や『大鏡』にしばしばあらわれる梅も、ユートピア図絵のなかのように美しい。しかし、平安時代をつうじて、花の王座としての地位は次第に桜に譲渡されることになり、ついに「花」といえば桜花だけをさすように定まってしまった。

もっとも、中世になると、多少へそ曲がりの美的鑑定人が出て、たとえば『徒然草』の作者吉田兼好《よしだのけんこう》のように「梅は白き、うす紅梅。ひとへなるが疾《と》く咲きたるも、かさなりたる紅梅の匂ひめでたきも、みなをかし」（第百三十九段）と賞揚したり、五山文学僧のように梅の詩をやたらに作る風潮を作ったりしたが、もはや、桜に押されて衰えかけた趨勢を挽回することはできなかった。

ところが、近世に入ると、庶民の間に起こった〝園芸ブーム〟の一翼をになって、ウメは、庭園花木から鉢植え

（盆梅）に至るまでのさまざまな観賞用植物としての地位に就くようになった。品種も三百余をかぞえるようになった。寛永十八年（一六四一）刊『俳諧初学抄』を見ると、「白梅、紅梅、飛梅、鑓梅《やりうめ》、綸旨梅《りんじうめ》、藪梅、黄梅、鶯宿梅、座梅、梅ぞめ、梅ばち」が季題にあがっている。江戸や畿内や九州には、梅の名所がおびただしくできた。もう、こうなれば、ウメの原産地が日本ではないなどということは、だれひとりとして、念頭に浮かべる者さえなくなった。ウメ自身が、日本の風土にぴったり合うように変身を果たしたのであった。

近世俳諧は、そのような日本独特の梅を詠んで数多くの名吟を残した。

さればここに談林の木あり梅の花　『談林十百韻』　宗因
梅散りてそれより後は天王寺　『大悟物狂』　鬼貫
梅が香にのつと日の出る山路かな　『炭俵』　芭蕉
梅寒く愛宕の星の匂ひかな　『五元集』　其角
梅一輪一輪ほどの暖かさ　『道のく』　嵐雪
灰捨てて白梅うるむ垣根かな　『猿蓑』　凡兆
二もとの梅に遅速を愛すかな　『蕪村句集』　蕪村
梅がかや針穴すかす明り先　『文化句帖』　一茶

このようにして、七〜八世紀ごろ中国から渡来したウメは、千年ほどの時間的経過の間に、名実ともに日本列島特有のフローラのなかに自己の地位を獲得した。それは、同じく中国詩文に出発点を仰ぐ日本文学が、千年ほどの時間的経過のうちに、名実ともに民族文化遺産を形成し蓄積するに至った歩みと、同一軌跡の上に立つ。親許《おやもと》を離れた子供ひとりの、長い長い旅であった。

椿

日本のツバキは漢字で「椿」を宛てているが、中国の「椿」（チン）とは全然別種の木本である。このことは、現在では常識になっている。御本尊の「椿」に対しては、わが国ではチャンチンとよび区別を与える。これは、ヒャンチン（香椿）の転訛《てんか》で、「樗」（ヌルデ、ゴンズイ）を臭椿とよぶのに対比して用いられた中国語（唐音）がなまったのである。夙《つと》に、牧野富太郎は「此支那の椿は昔隠元禅師が帰化した時分に日本へ渡り来って今諸処に之れを見得るが吾人は其れをチャンチンと呼んでゐる。椿《チン》は『荘子』に八千歳を春となし八千歳を秋となすと出てゐるので此椿を日本人が日本の椿《ツバキ》と継ぎ合せて文学者が八千代椿《ヤチヨツバキ》などの話を作ったもので是は所謂竹に木を継いだやうなものである」（『植物記』、万葉集巻一の草木解釈）と注意している。

明らかに、ツバキを意味する「椿」は国字であって、漢字の仲間に入れてはならない。「日本の『つばき』の椿は日本製の字即ち和字で其れは榊《さかき》、峠《たうげ》、裃《かみしも》、働《はたらく》などと同格である、即ち『つばき』は春盛んに花が咲く木だから古人が木ヘンに春を書いて『つばき』と訓せたものである。其れゆゑ椿は『つばき』と訓むよりほかに字音は無い筈だが強て其れを字音で訓みたければ『しゅん』と云ふより外に仕方があるまい」（前掲書、珍説クソツバキ）とも、牧野翁は繰り返し注意を喚起している。

そこで、問題とすべきは、「八千代椿」などの造語＝呼称が「竹に木を継いだやうなものである」という点である。たしかに、『荘子』逍遙遊に「上古有二大椿一者、以二八千歳一為レ春、八千歳為レ秋」という典拠があり、これに則《のっと》って

「八千代椿」といっためでたい名前を考えたことに間違いはない。すなわち、日本原産のツバキに、中国渡来の長寿不老信仰をつなぎ合わせた概念が、この品種名になったのである。牧野翁の気持ちは、同じ文章のつづきで、「椿（ちゃんちん）は古くから日本に在る樹で其れに『たまつばき』なる名があるなどとはチャンチャラ可笑しく」と述べているところから見ると、「八千代椿」の命名もチャンチャラ可笑しいと断案しているようである。科学者の眼からすれば、日本のツバキと中国の道教的〝ユートピア〟思想との結びつきがいかにも無理滑稽なものに映ずるのであろう。

しかるに、記紀や『万葉集』の用例を検証してみると、七〜八世紀の日本律令知識人は、この「竹に木を継いだやうな」また「チャンチャラ可笑し」い《日本のツバキ＋《プラス》中国の長寿不老信仰》をば、鹿爪《しかつめ》らしい荘重な表現修辞でもっていいあらわしている事実に突き当たる。科学的思考でこの事実を洗ってみると、たしかに理屈に合わないのだから、笑い飛ばしてしまっても一向に差し支えないが、一方、こんなに古い時代から「竹に木を継いだやうな」言葉をいい慣らわしてきたために却《かえ》って聞く者のほうでは当たり前の理屈として受け入れてしまっていることをも、同じく経験的事実として認めるべきである。伝統文化とか伝承芸術とかいうものは大抵このようなもので、厳正な科学的探究を加えていったら、片っぱしから「チャンチャラ可笑し」い要素だらけである。むしろ、そのようなばかばかしい言い伝えや動作が何百年何千年（日本文化は、どんなに古くても千三百年以上もの年輪を重ねることはないのであるが）も、その管理者である貴族や民衆の手にゆだねられているうちに、かれらの手のぬくもりや汗や膏《あぶら》によって、いつのまにか「竹」と「木」とがひっついてしまうところに尊さがある。ツバキ信仰も、そのひとつだったと見てよいのではないか。

まず、ツバキの用例のほうを検《たし》めてみよう。『古事記』仁徳天皇の段の、大后石之日売命が後妻嫉《うわなりねた》みして歌った長歌に、

つぎねふや　山代河を　河上《かはのぼ》り　我が上《のぼ》れば　河の辺《べ》に　生《お》ひ立《だ》てる　烏草樹《さしぶ》を　烏草樹《さしぶ》の木　其《し》が下に　生ひ立てる　葉広《はびろ》　五百箇《ゆつ》真椿《まつばき》　其《し》が花の　照り坐《いま》し　其《し》が葉の　広《ひろ》り坐《いま》すは　大君《おほきみ》ろかも（歌謡番号五八）

と見え、同じく雄略天皇の段に大后若日下部《わかくさかべの》王の歌った長歌に、

倭《やまと》の　この高市《たけち》に　小高《こだか》る　市《いち》の高処《つかさ》　新嘗屋《にいなへや》に　生《お》ひ立《だ》てる　葉広　五百箇《ゆつ》真椿《まつばき》　其《そ》が葉の　広り坐《いま》し　その花の　照り坐《いま》す　高光る　日の御子に　豊御酒《とよみき》　献《たてまつ》らせ　事の　語言《かたりごと》も　是《こ》をば（歌謡番号一〇二）

と見える。ユツマツバキ（原文「由都麻都婆岐」）とは、何らかの霊能をもっている椿の義で、これらの歌謡においては帝王の威徳を賞めたたえかつ祈願するための言語儀礼《レゴメノン》の必須《ひっしゅ》要素を構成していることが明白である。

『万葉集』にはツバキをうたった短歌四首、長歌一首がある。

巨勢山《こせやま》のつらつら椿つらつらに見つつ思《しの》ばな巨勢の春野を（巻第一、五四）　坂門《さかとの》　人足《ひとたり》

河のへのつらつら椿つらつらに見れども飽かず巨勢の春野は（巻第一、五六）　春日蔵首老《かすがのくらびとおゆ》

三諸は　人の守《も》る山　本辺《もとべ》は　馬酔木《あしび》花咲き　末辺《すゑべ》は　椿花咲く　うらぐはし　山そ　泣く児守《も》る山（巻第十三、三二二二）

わが背子《せこ》と　手携はりて　明け来《く》れば　出で立ち向ひ　夕されば　ふり放《さ》け見つつ　思ひ暢《の》べ　見和《みな》ぎし山に　八峰《やつを》には　霞たなびき　谿辺《たにべ》には　椿花咲き　うら悲し　春の過ぐれば　霍公鳥《ほととぎす》　いや頻《し》き鳴きぬ　独りのみ　聞けばさぶしも　君と吾《あれ》と　隔てて恋ふる　礪波山《となみやま》　飛び越え行きて　明《あ》け立たば　松のさ枝に　夕さらば　月に向ひて　菖蒲《あやめぐさ》　玉貫《ぬ》くまでに　鳴き響《とよ》め　安眠《やすい》寝《ね》しめず　君を悩ませ（巻第十九、四一七七）　大伴　家持

あしびきの八峰《やつを》の椿つらつらに見とも飽かめや植ゑてける君（巻第二十、四四八一）　大伴　家持

前三者は白文で「列々椿」「列々椿」「椿花開」と表記され、後二者は「海石榴花咲」「夜都乎乃都婆吉」と表記されている。後二者すなわち大伴家持の短歌のうち、「海石榴」という表記は、『風土記』『日本書紀』と同じ用例で、

特に『豊後国風土記』大野郡には「海石榴市《つばいち》」の地名起源説話として「昔者《むかし》、纏向日代宮《まきむくのひしろの》御宇天皇、在二球覃行宮《くたみのかりみや》一。仍欲レ誅《つみなはんと》二鼠石窟土蜘蛛《ねずみのいわやのつちぐも》一、而詔二群臣一、伐二採海石榴樹《つばきのき》一、作レ椎為レ兵《つはもの》、即簡《えらみて》二猛卒《いくさ》一、授二兵椎一以、穿レ山靡レ草、襲二土蜘蛛一。而悉誅《つみなひ》殺。流血没レ踝。其作レ椎之処、曰二海石榴市一、亦流レ血之処、曰二血田一也」と見えており、手がかりを得る。これについては、折口信夫の「日本でいふ椿の花は疑ひもなく、山茶花の事である。海石榴と書いて居るのが、ほんとうである。椿には意味がある。大和にも豊後にも、海石榴市《ツバイチ》があつた。市は、山人が出て来て鎮魂して行く所である。此時、山人が持つて来た杖によつて、市の名が出来たものである。椿の杖を持つて来て、魂《タマ》ふりをした為に、海石榴市と称せられたのであらうと思ふ。豊後風土記を見ると、海石榴市の説明はよく訣《ワカ》る」（『古代研究』、花の話）という意見が参考になる。ついでに述べておくと、『日本書紀』作者は、植物名の漢字表記に、麻・小豆《あずき》・蘭《あららぎ》・粟・虎杖《いたどり》・漆・荻《おぎ》・杜樹《かつら》・蒲・韮《かびら》・茅《かや》・菌《たけ》・櫲樟《くす》・栗・桑・米・桜・椎・芝草・杉・李《すもも》・竹・筍《たかむな》・多遅花《たじひのはな》・槻・白膠木《ぬりで》・梅《ばい》・蓮《はちす》・花橘・檜・蒜《ひる》・松・麦・桃・木綿《ゆう》・百合華など、のちのち日本人の生活に馴染深い文字を選択しているのに、不思議に「椿」という漢字だけは使っていない。わざわざ「海石榴」と表記しているのには、必ず相応の理由がなければならぬ。一方、「都婆吉」のほうは、『古事記』歌謡の「由都麻都婆岐」にほぼ同じい。記紀歌謡を無批判に古い時代のものと見るのは正しくないが、「都婆岐」が観賞用植物となる以前に久しく宗教儀礼の採り物《とりもの》とされて崇拝の対象となっていたことだけは確実である。

さて、問題になるのは、『万葉集』巻第一の短歌および巻第十三の長歌に見える「椿」の漢字表記である。「列々椿」をツラツラツバキとよませ、「椿花開」をツバキハナサクとよませるこの用例は、ツバキとチャンチンとを混同した誤謬の第一号ということになるが、ひょっとしたら、当時にあっては、「椿」をツバキとよまなかったのではなかったかとも考えられる。

訓《くん》のほうは何とよんだものか、その点は、じつは不明というほかはないが、しかし、「椿」の字義が霊木の名の一つで、たとえば『荘子』逍遙遊に「上古有二大椿者一、以二八千歳一為レ春、八千歳為レ秋」というように、ユートピアに存在する長寿不老の植物をあらわしていたことのみは、当時の知識人たちによって理解されていたと考えてよい。坂門人足の「巨勢山のつらつら椿」一首の前書には「大宝元年辛丑秋九月、太上天皇幸二于紀伊国一時歌」とある。太上天皇とは、ここは持統女帝をさす。この短歌を解釈する場合に、ふつうは、巨勢山にツバキの花が実際に咲いていたと見ている。しかし、柿本人麻呂の有名な長歌「藤原宮之役民作歌」に「やすみしし　わご大王　高照らす……わが作る　日の御門《みかど》に　知らぬ国　寄《よ》し巨勢路《こせぢ》より　わが国は　常世《とこよ》にならむ　図負《ふみ》へる　神《あや》しき亀も　新代《あらたよ》と　泉《いづみ》の河に……」（五〇）とある（すなわち、巨勢道から、わが国が不老不死の理想郷たる常世《とこよ》の国になると予言する、不思議な図を負った亀が出てきた、という内容である）数句との関連に留意するならば、巨勢山こそは神仙境に擬定されていたと見るべきではあるまいか。不思議な亀の住むユートピアに生えている木だから、当然「椿」という霊木でなければならなかった。道教の強い因子がうかがわれるが、「見つつ思はな巨勢の春野を」の修辞そのものは帝王の国見儀礼もしくは巡幸儀礼のきまり文句だったのだと思う。「椿」が霊木だということを確認してことほぎまつることができれば、植物の実体がツバキであれ他の何であれ、委細お構いなしだったのではないかと想像される。

あるいは、こういうかたちで、律令制デスポティズムの形成をひた急ぐ持統女帝時代に、中国の霊木「椿」と日本民族宗教の霊木「都婆岐」との同一化が行なわれたものか。天平期になると、道教は律令政治イデオロギーの外に追放されてしまうことになるが、藤原京時代には中国の学芸や文物ならば片っぱしから尊重された。尊重しなければならなかったのである。

道教と霊木「椿」との関係が、そっくりそのまま、日本の民間説話に移植された例は、もうひとつ、逸文の『伊予国風土記』のなかに見いだされる。『釈日本紀』巻十四に収められている「道後温泉碑」の碑文がそれで、上宮聖徳太子が恵慈法師および葛城臣とを従えてこの地の「神の井」を見て感歎したもうた所縁でこれを作ったのだ、という前置きがある。

碑文記云。法興六年十月。歳在二丙辰一。我法王大王与二恵慈法師及葛城臣一。逍二遥夷与《イ》村一。正二観神井一。歎二世妙験一。欲レ叙レ意。聊作二碑文一首一。惟夫日月照二於上一而不レ私。神井出二於下一無レ不レ給。万所以二機妙一応。百姓所以潜扇。若乃照給無二偏私一。何異二于寿国一。随二華台一而開合。沐二神井一而瘳レ疹。詎舛二于落花池一而化弱。窺二望山岳之巌崿一。反冀三子平之能往二椿樹相廕一。而穹窿実相。五百之張蓋。臨二朝啼鳥一而戯二吐下一。何暁二乱レ音之聒耳一。丹花巻葉映照。玉菓彌葩《コラン》以垂レ井。経二過其下一可二優遊一。豈悟四洪灌霄庭意与三才拙実慚二七歩一。後定君子幸無二蚩咲一也。以二岡本天皇并皇后二軀一為二一度一。……以二後岡本天皇。近江大津宮御宇天皇。浄御原宮御宇天皇三軀一為二一度一。此謂二幸行五度一也。

この「風土記逸文」が偽書でないとすれば、前掲「つらつら椿」の短歌が作られた大宝元年（七〇一）後十年しか経《た》っていない和銅六年（七一三）ごろの製作にかかるから、碑文がほんとうに建っていたとすれば天武天皇の治世（六七三〜六八六）まで遡り得るから、いよいよ「つらつら椿」と「椿樹相廕」とは緊密な関連性に立つことになる。両者ともに、同一の時代に生きる文人官僚の文教イデオロギーを表現したものであった、ということには、もはや疑念の余地がない。

こうして、白鳳期文人官僚は、実物を見たこともない中国の霊木「椿」について、その信仰形態だけを輸入し、肝腎の植物のほうを「都婆岐」を以て代用したのであった。すなわち、ツバキはチャンチンの代用品であった。

右のような推論が可能である根拠は、同じく中国において「霊木」とされていたモモの実物を知らなかった時期に、早くも諾冉《だくせん》神話のなかに「逃来、猶追、到二黄泉比良比二字以レ音。坂之坂本一時、取下在二其坂本一桃子三箇上待撃者、悉迯返也」（『古事記』）、「是時雷等皆起追来。時道辺有二大桃樹一。故伊弉諾尊、隠二其樹下一、因採二其実一以擲レ雷者、雷等皆退走矣。此用レ桃避レ鬼之縁也」（『日本書紀』）などの表現があらわれている事実によっても強められる。最新の研究業績の一つである前川文夫『日本人の植物』は、「これは明らかに桃の木に霊力のある信仰なり考え方はもう渡って来ているのに、桃の実はまだ誰も実物を知らぬというあまり長くない期間に、黄泉国訪問の説話の形態が完成したのであると思われる」（同書、3 小正月のオッカド棒と桃の信仰）との着眼を一歩すすめて、「こうして桃の信仰は人が伝え得たが、実物は相当に永い間日本には見られなかったに相違ない。そして日本に野生もないとなれば、信仰が強く要求される限り代用品が登場せざるを得ない」とし、ヌルデ（カツノキ）、キブシ、ニワトコ、センダン（オウチ）、ゴンズイ、ガマズミ、ムシカリの形質のなかに代行の可能性が見いだし得ることを推断してみせている。

見たこともない霊木も、手近なツバキを以て代用して済まし得た律令文人官僚の思考こそ、のちのち、日本的思考の原型をなすものであった。平安初期の『本草和名』（九一八）を見ると「椿木葉樗木蘇敬注云二樹相似樗木疏椿木実也和名都波岐」とあり、ここに著者深根輔仁の困惑がほの見えているはずだが、平安後期から中世に及ぶと、もはや誰ひとりとしてツバキが「椿」であっては不合理だなどという疑いをもつ者はなくなった。〃習合《サンクレチスム》〃が完成されたのである。

以上、わたくしが追跡し考察してきたツバキと「椿」との同一化の過程は、或る論者からは、道教そのものに対する知識把握の浅薄さという理由のもとに、あっさり擯斥《ひんせき》されることになるかもしれない。それも仕方ないと思う。なにしろ、天平期以前の道教関係の史料は乏しいのだから。

しかし、つぎに示す下出積与『日本古代の神祇と道教』所載の研究報告《リポート》などは、わたくしの追跡ないし考察に有力な足場を与えてくれたことだけは明らかにしておきたい。下出の所説は、こうである。

七・八世紀ごろの仏教の実態はかなりマジック的な点が多く、信仰形態の面においても現世信仰の方向に強く傾いていたのであるから、道術を支持する地盤と仏呪を喜ぶ地盤にはかなり共通する面があったはずである。したがって、律令国家の支配層が仏教の立場に立っているがために道教を排斥したのであるとか、あるいは、大陸における道仏対立の情勢を単純に反映していたとか、いわば宗教理論的な理由に基づいてこういう結末を生み出したのだというように、簡単に片づけてよいものとは考えられない。

（第四章　律令体制と道士法、第一節道士法の存在形態）

道符とはいうまでもなく道教の方術のもっとも具体化されたものの一つであるが、それ自身は整然たる理論的背景をもたぬもので、宗教としての道教の構成要素としては比較的重要度の薄いものである。しかし道教が宗教教団として編成される以前からその地盤形成には有力な効用をなしていたのであって、特に民衆道教において、観念としての神仙とともにもっとも重要な位置を占めていたことは、葛洪の『抱朴子』を参照しただけでも充分うかがうことができるのである。ところで、日本に伝来した道教が成立道教＝教団道教なることが立証され得ない現在においては、それはまず、民衆道教の範囲内にとどまっていたものとしなければならないであろう。……記紀を一読しただけでそこにかなりのマジックが登場しているのに気づかされるが、そのなかには、道術と考えなければ理解できないような俗信のあることを指摘できるのも、これを裏書きするといえるであろう。このように考えてくると、たとえ外来のものであるにしても道術を信奉したのは、一部の階層や、帰化人などで一定の職種のもののみに限られていたとは到底思われない。かりに、これを施行し得るものは特定の人であったにしても、その施術を受けるのを喜び求めたのは、不特定のかなり多数の人々であったと思われる。

（同）

これが、七〜八世紀における道教の状況であった。のちに、奈良期に起こる政変のたびごとに、血祭りにあげられる“Scape-goat《スケープゴート》”の罪状のなかに道教的巫術を使ったとの箇条が数え入れられるのが定型になるが、少なくとも、藤原京の時代には、道教的エリメントは律令支配層の敵対者とはなっていなかった。まだこの段階では、あらゆる点において支配者の絶対的優越を主張して古代デスポティズムを完成しようとした律令政府当局者は、宗教面でも思想面でも、取り込めるものはなんでもおのが掌中に取り込み、もって中央集権国家の発展を期したのであった。

このように振り返ってみるとき、律令支配者による、ツバキと「椿」との同一化という強引極まる作業を想定することは、あながちに荒唐無稽とは言い切れないように思う。少なくとも、今のところ、両者の混同の理由を説明できる史料は他に何ひとつないのである。しかし、自説に拘泥する考えは持っていない。

記述はいきなり近世にすっ飛ぶが、寛永年間（一六二四〜四四）に起こった〝椿ブーム〟について一言《ひとこと》触れておかなければならない。寛永十五年（一六三八）刊の『清水物語』に「此頃椿の花のはやるやうに付ても聞えをよばぬ見事なる花あまたあなたこなたより出たりこのむ人ありてはやり候はばおもしろき物もありなんかし」と見え、寛永二十年（一六四三）刊の『色音論』に「この頃江戸にて椿を愛すること鶉を飼ふ事と共に流行し」と見え、さらに、それより二百年のちに刊行された『嬉遊笑覧』には「寛永の頃つばきの花をもて遊ぶこと行はれて種類も多くなれり、其名後世に換へて伝はらず、伝はる名もあれどいと少し」と見える。実際に、寛永年間は、ツバキの品種改良がさかんに試みられ成功した時代である。将軍・大名のレベルから庶民階級に至るまで、ツバキの名花珍花を蒐集し、目に怡《たのし》んだのであった。特に注意すべきは、この時代に「百椿図」というものが三種、「百椿集」というものが一種、つくられている事実である。林羅山の『羅山文集』のなかに「百椿図序文」が収められており、また『古今要覧稿』の記事のなかに烏丸光広卿の「百椿図序」が登載されているから、この種のツバキ図鑑が存在したことは確実である。これらに関して、宮沢文吾『花木園芸』は、「此事実は今日の植物学又は園芸学上から見て誠に驚くべきことと謂はざるを得ない。此時代に斯くも多数の品種を作り出したことと、それが多少目的は異るとしても一方には図譜を書き一方には形態の解説をしたといふことは他国にも全く例のないことで、我邦に於ける自然科学史上に特筆すべき事柄と思ふ」（102. Tubaki ツバキ）と評価している。そうだとすると、〝椿ブーム〟は、たんに太平の世相を反映させているというだけではなしに、日本の科学史を前進させる役割をも演じたことになる。日本の自然科学の発達は、蘭学や洋学からのインパクトによって跳躍的進歩を果たしたという一方で、このように趣味的とも見える園芸学による素地の培養も与《あずか》って力を致した。自然を正しく観察することにより、正しく思考することを学び取り得るからである。

一枚刷りの八重椿の図
宮沢文吾『花木園芸』(昭和15年刊) より

桜

サクラが日本文学の舞台に登場するのは、『古事記』『日本書紀』『懐風藻』『万葉集』など、わが国で最も古い物語や詩歌集のなかにおいてである。そこで、一般には、サクラと日本人との関係は太古より始まって今日にまで及んでいる、というふうに信じられている。実際に、サクラは日本の〝国華〟と考えられ、ことさらに国粋的ナショナリズム思想の持ちぬしでなくても、サクラといえばなんとなく日本人の特性なり心情なりを象徴化《シンボライズ》してくれている花であるかのような、そんな感じを抱いている。しかし、純粋に科学的な立場から観察し検討してゆくと、サクラと日本人との結びつきはそれほど古いものではないということがわかり、戸惑《とまど》いをおぼえる。

まず、『古事記』に出てくるサクラの検討からはじめる。『古事記』には、サクラは、下《しも》つ巻《まき》の履中天皇の宮殿所在地の地名「伊波礼《いわれ》の若桜《わかざくら》の宮」として登場する。そして、「履中紀」の末尾には、「若桜部の臣たち」に「若桜部」の名を賜わったという記事が見える。ここでは、サクラは人名として登場する。すなわち、『古事記』にあらわれるサクラは、地名および人名のみに限られているのである。人名といえば、上つ巻に出てくる「木花之佐久夜毘売《このはなのさくやびめ》」という女神の名の「サクヤ」はサクラの訛《なまり》だと説明する人もあるが、やはりこじつけとせねばなるまい。ホノニニギノミコトが、顔の醜い姉イワナガヒメを追い返して、美貌の妹コノハナノサクヤビメを妻としたために、天の神の子孫の寿命は木の花のように脆くはかないものとなってしまった、という起原説明の神話にとっては、花は必ずしもサクラである必要がないからである。

つぎに『日本書紀』に出てくるサクラを見るのに、巻第十二の履中天皇三年（四〇二）の条に「三年の冬十一月の丙寅《ひのえとら》の朔辛未《かのとのひつじのひ》〔六日〕に、天皇《すめらみこと》、両枝船《ふたまたぶね》を磐余市磯池《いはれのいちしのいけ》に泛《うか》べたまふ。皇妃《みめ》と各《おのおの》分《わか》ち乗りて遊宴《あそ》びたまふ。膳臣《かしはでのおみ》余磯《あれし》、酒《おほみき》献る。時に桜の花、御盞《おほみさかづき》に落《おち》れり。天皇、異《あやし》びたまひて、則ち物部長真胆連《もののべのながまいのむらじ》を召して、詔《みことのり》して曰《のたま》はく、『是《こ》の花、非時《ときじく》にして来《きた》れり。其れ何処《いどこ》の花ならむ。汝《いまし》、自《みづか》ら求むべし』とのたまふ。是《ここ》に、長真胆連、独《ひと》り花を尋ねて、掖上室山《わきのかみのむろのやま》に獲て、献る。天皇《すめらみこと》、其の希有《めづら》しきことを歓《よろこ》びて、即ち宮の名としたまふ。故《かれ》、磐余稚桜《いはれのわかくらの》宮《みや》と謂《まう》す。其れ此の縁《ことのもと》なり。是《こ》の日に、長真胆連の本姓《もとのかばね》を改めて、稚桜部《わかさくらべ》造《みやつこ》と曰ふ。又、膳臣余磯を号《なづ》けて、稚桜部臣と曰ふ」（訓読は「日本古典文学大系」本に拠る）とあり、ここでも、地名および人名として用いられている。『古事記』の「若桜の宮」「若桜部」と同一事項を扱ったものであること、論を俟たない。他に、『日本書紀』には、神功皇后摂政六十九年夏四月辛酉朔丁丑の事件として、「皇太后崩㆓於稚桜宮㆒。時年一百歳。」とある。神功皇后摂政三年春正月丙戌朔戊子《つちのえねのひ》のこととして、「立㆓誉田別皇子㆒、為㆓皇太子㆒。因以、都㆓於磐余㆒。是謂㆓若桜宮㆒。」とも見えるが、この分注は後人の書き入れと考えるのが妥当であろう。それにしても、稚桜うんぬんの個所にあらわれるサクラが地名にとどまることには変わりはない。履中天皇が冬十一月の船遊びのさいちゅうに酒盃にひらひらと舞い落ちてきたサクラの花びらを不思議に思って、物部長真胆連に下命し、そのもとの木をさがさせた、という話は、これはこれで一編の美しいコントにはなっているけれど、地名起源説話以上の文学的価値を有するものではない。

しかし、『日本書紀』には、もう一個所、允恭天皇八年（四一九）二月のくだりに、サクラが歌物語を伴《ともな》ってあらわれてくる。それを示しておくと――

八年の春二月《はるきさらぎ》に、藤原に幸《いでま》す。密《しのび》に衣通郎姫《そとほしのいらつめ》の消息《あるかたち》を察《み》たまふ。是夕《こよひ》、衣通郎姫、天皇を恋《しの》びたてまつりて独居《ひとりはべ》り。其れ天皇の臨《いでま》せることを知らずして、歌《うたよみ》して曰《い》はく、

我が夫子《せこ》が　来《く》べき夕《よひ》なり　ささがねの　蜘蛛《くも》の行《おこな》ひ　是夕著《こよひしる》しも

天皇、是の歌を聆《きこ》しめして、則ち感《め》でたまふ情《みこころおは》有します。而《しか》して歌《みうたよみ》して曰《のたま》はく、

ささらがた　錦の紐《ひも》を　解き放《さ》けて　数《あまた》は寝《ね》ずに　唯一夜《ただひとよ》のみ

明旦《くるつあした》に、天皇、井の傍《ほとり》の桜の華を見《みそなは》して、歌《みうたよみ》して曰《のたま》はく、

花ぐはし　桜の愛《め》で　同愛《ことめ》でば　早くは愛《め》でず　わが愛《め》づる子ら

皇后《きさき》、聞《きこ》しめして、且《また》大きに恨《うら》みたまふ。　（訓読同上）

――この歌物語には、たしかに、サクラが登場する。原文（漢文表記）にも、たしかに、「桜華」という字が使用されている。それならば、允恭天皇の時代にサクラというバラ科の植物が知られていたか、また、この物語を記述した『日本書紀』作者によってサクラが知られていたか、というと、簡単にそう断定し切れない部分がある。というのは、漢字の「桜」は、『説文新附』などを見ると、どうもユスラウメをさしているように窺えるからである。平安朝の『本草和名』（九一八年成立）にはその記載がなく、『倭名類聚抄』（承平年間成立）になって初めて「桜」の和名に「左久良」という注記があらわれるからである。それは兎も角として、「允恭紀」のこの歌物語に出てくる「花ぐはし　桜の愛《め》で　同愛《ことめ》でば」の一首は、まことに唐突に、サクラを詠み込んだものであって、その歌意は、サクラのように美しい衣通郎姫《そとおしのいらつめ》をもっと早く愛すればよかったのになあ、というのである。これは、あくまで人事の歌である。ここには、ことさらに植物としてのサクラを賞美している痕跡も証拠も全くないのである。（物語のうち、蜘蛛が吉事の予兆として歌われているが、これは中国の民間信仰である。これによって、物語そのものの出処《オリジン》や伝播経路が推定されるが、ここでは触れる必要がないであろう。）

このように見てくると、『古事記』『日本書紀』ともどもに、植物としてのサクラの花そのものを観賞する行為は取り扱っていないし、その行為を文学の素材圏に取り込むこともなかった、としか他に判断しようがない。履中天皇といえば、いわゆる「倭の五王」の讃に擬せられ、允恭天皇といえば済に擬せられる、れっきとした畿内の権力者であ

るが、このふたりの王のことに触れた記紀の修辞に「若桜」「桜華」「佐区羅」の用法が見られるというだけのことを根拠にして、単純にこの時代（五世紀中ごろ）にサクラと上代日本人との関わりが深密だった、などという推論をみちびきだすことはできない。況《ま》してや、『古事記』の完成が和銅五年（七一二）であり、また『日本書紀』の撰修が養老四年（七二〇）であることを考えれば、当該《とうがい》修辞もしくは用法は、奈良遷都以後の律令文人官僚に独得の〝知覚の現象学〟による記述だったと、そう判断するほうがずっと理性的である。

　サクラが純粋に文学的素材として自己活動の機会を得るのは、もちろん、『万葉集』のなかにおいてである。『万葉集』には、サクラを詠じた長歌・短歌が全部で四十四首ほどある。こうなれば、古代日本人とサクラとの密接な関係は、消極的ながらも証明することが可能になってくる。ただし、それも、ハギ（萩）の百四十一首、ウメ（梅）の百十八首に比較すれば、遙かに頻度数が少なく、万葉人の植物愛好がサクラ第一主義に傾いていなかった証拠になる。『万葉集』のサクラの歌を読んでみると、作者不詳の作品のほうにかえって秀歌が多いが、ここには、作者名のはっきりしている短歌のみを示す。

梅の花咲きて散りなば桜花継ぎて咲くべくなりにてあらずや（巻第五、八二九）　薬師張氏福子

あしひきの山桜花日並《ひなら》べてかく咲きたらばいと恋ひめやも（巻第八、一四二五）　山部　赤人

去年《こぞ》の春逢へりし君に恋ひにてし桜の花は迎へけらしも（同、一四三〇）　若宮年魚麻呂《あゆまろ》

春雨のしくしく降るに高円《たかまと》の山の桜はいかにかあるらむ（同、一四四〇）　河辺　東人

藤原朝臣広嗣の、桜の花を娘子《をとめ》に贈れる歌一首

この花の一瓣《ひとよ》のうちに百種《ももくさ》の言《こと》ぞ隠《こも》れるおほろかにすな（同、一四五六）

娘子の和《こた》ふる歌一首

この花の一瓣《ひとよ》のうちは百種《ももくさ》の言《こと》持ちかねて折らえけらずや（同、一四五七）

厚見王の、久米女郎に贈れる歌一首

屋戸《やど》にある桜の花は今もかも松風疾《いた》み地《つち》に落《ち》るらむ（同、一四五八）

久米女郎の、報へ贈れる歌一首

世間《よのなか》も常にしあらねば屋戸《やど》にある桜の花の散れる頃かも（巻第八、一四五九）

桜花咲きかも散ると見るまでに誰かもここに見えて散り行く（巻第十二、三一二九）　柿本人麻呂

山峡《やまがひ》に咲ける桜をただひと目君に見せてば何をか思はむ（巻第十七、三九六七）　大伴　池主

あしひきの山桜花ひと目だに君とし見てば吾《あれ》恋ひめやも（同、三九七〇）　大伴　家持

独《ひとり》竜田山の桜花を惜《あたら》しめる歌一首

竜田山《たつたやま》見つつ越え来《こ》し桜花散りか過ぎなむわが帰るとに（巻第二十、四三九五）　大伴　家持

他に、『万葉集』巻第十六の冒頭を見ると、「有由縁幷雑歌」として「昔者有娘子、字曰桜児也。于時有二壮士、共誂此娘、而捐生挌競、貪死相敵。於是娘子、歔欷曰、従古来今、未聞未見、一女之身、往適二門矣。方今壮士之意、有難和平。不如妾死、相害永息。爾乃尋入林中、懸樹経死。其両壮士、不敢哀慟、血泣漣襟。各陳心緒作歌二首」という説話が前文に掲げられ、「春さらば挿頭にせむとわが念ひし桜の花は散り去にしかも」（三七八六）、「妹が名に懸けたる桜花咲かば常にや恋ひむいや毎年《としのは》に」（三七八七）の二首とワン・セットになって、歌物語を構成しているのに注目させられる。説話それ自身は、のちに『大和物語』や、さらに謡曲「求塚《もとめづか》」などに流れ込んで見事な花を咲かせるが、『万葉集』編纂当時にあっては大陸（朝鮮）渡来のミュージカルとして知識人の興味をひいていたのである。

この桜児《さくらこ》という処女《おとめ》は、二人の壮士《おとこ》から求婚された苦しさに堪え切れず、ついに自殺するのだが、このタイプの説話をば、ふつう「処女塚型妻争い伝説」とよんでいる。同じく『万葉集』巻第十六の冒頭には、桜児伝説につづいて、縵児《かずらこ》伝説が載せられており、巻第九および巻第十九には菟会処女《うないおとめ》伝説が、巻第三・巻第九・巻第十四には真間手児奈《ままのてこな》

伝説が、それぞれ載せられている。このタイプとは別に、巻第一には「香具山は畝火を愛しと耳無と相争ひき」で有名な「三山型妻争い伝説」も収められている。「妻争い伝説」に関する問題整理としては、西村真次『万葉集伝説歌謡の研究』が、こんにちもなお有効度を失っていない。「処女塚伝説が、三山式伝説と甚しき類似を有ち、三角関係の上に物語の筋が構成されたものであること、別言すれば三角恋愛が説話の骨子をなしてゐるといふことが認識されなければならぬ。三角恋愛は動物界、進んでは人間界に於ける通有の現象で遠古にどこかの中心地で処女塚が先づ出来、それが次第に移動、伝播しつゝある間に、人間から山岳に移つて三山式が成立したと考へて見ることも出来るのである。いづれにしても『万葉』時代に於いては、両型式とも存在して居り、それが神代若しくは非常に古い時代の出来事であつたと信ぜられてゐたから、起源を神話に有つであらうことは疑ひの余地なく、従つて之を歴史時代の実在であると解することの間違であることはいふまでもない」（第二章　妻争伝説歌謡）と西村は言う。わたくし個人としては、桜児伝説のサクラが特に女性であることの意味を追究したいと思うが、ここではその余白もない。

さて、右に示した例歌のうち、藤原広嗣と娘子との贈答歌（国歌大観番号一四五六〜七）に関して、折口信夫がひきだした有名な仮説がある。

「此二つの歌を見ても、花が一種の暗示の効果を持つて詠まれて居ることが訣《ワカ》る。こゝに意味があると思ふ。桜の花に絡んだ習慣がなかつたとしたら、此歌は出来なかつたはずである。其歌に暗示が含まれたのは、桜の花が暗示の意味を有して居たからである。

此意味を考へると、桜は暗示の為に重んぜられた。一年の生産の前触れとして重んぜられたのである。花が散ると、前兆が悪いものとして、桜の花でも早く散つてくれるのを迷惑とした。其心持ちが、段々変化して行つて、桜の花が散らない事を欲する努力になつて行くのである。桜の花の散るのが惜しまれたのは其為である。平安朝になつて文学態度が現れて来ると、花が美しいから、散るのを惜しむ事になつて来る。けれども、実は、から言ふ処に、其基礎があつたのである。かうした意味で花の散るのを惜しむ、といふ昔の習慣は、吾々の文学の上には見られなくなつて来たが、民間には依然として伝はつて居る。」(『古代研究・民俗学篇I』、花の話)

つまり、古代人たちは、山にさくサクラを遠くから眺めて、この花の咲き工合によってその年一年の稲の実を占ったし、またそれだから、穀霊の顕現たるサクラの花との訣別がのっぴきならぬこととして惜しまれた、というのである。折口のこの仮説は、こんにちの民俗学研究者の間では自明のこととして承認され、すでに公理として通用している。古代日本の農耕民がサクラの咲きかたに一喜一憂し、そのように農民生活の吉凶禍福をサクラに託した〝原始心性〟が『万葉集』の歌の底流となって作用している、ということは、確かにあり得ると考えられる。

そこで、日本民俗学者たちは、サクラの語原を「サ(穀霊)＋《プラス》クラ(座)」と見做すようになり、これまた公理として通用させている。和歌森太郎『花と日本人』は、つぎのように言う。「民俗学では、サツキ(五月)のサ、サナエ(早苗)のサ、サオトメ(早乙女)のサはすべて稲田の神霊を指すと解されている。田植えじまいに行う行事が、サアガリ、サノボリ、訛ってサナブリといわれるのも、田の神が田から山にあがり昇天する祭りとしての行事だからと考えられる。田植えは、農事である以上に、サの神の祭りを中心にした神事なのであった。／そうした、田植え月にきわだってあらわれるサという言葉がサクラのサと通じるのではないかとも思う。／クラとは、古語で、神霊が依り鎮まる座を意味したクラであろう。イワクラ(磐座)やタカミクラ(高御座)などの例がある。秋田県下に著しい子供の行事のカマクラも神クラの変訛である。あの雪室そのものが、水神などの座とされてきたのである。／こうした、サとクラとの原義から思うと、桜は、農民にとって、いや古代の日本人のすべてにとって、もともとは稲穀の神霊の依る花とされたのかもしれない」(第九章 大和心と桜の花)と。ひと昔前の国語学者たちの間では、もっと別の語《エテ》原説明《イモロジー》が公理として承認を受けていた。たとえば、芳賀矢一『国民性十論』の所説はその代表であった。「『酒なくて何のおのれが桜かな』は万葉集大伴旅人の讃酒歌と同じ思想である。自然の景色に対して面白をかしく一生を送れば、人生の望は茲に足る。厭世的自殺は日本人の性質にはない。サケの語根はSakで恐くはサクラSakuraと同語根の語であらう。幸(Saki)栄(Sakae)盛(Sakari)等もみな同一の語根Sakから出たものに相違なく、桜の花のパッと咲きみだれるうつくしさは繁昌、栄華、富貴等一切を聯想する。酒をのんで心楽しい境遇も同じであるから、同語根からこの二つの語が出たのだらうとおもふ。桜は日本の国花で『花は桜木、人は武士』といふ諺もあり、桜花は我兵卒の帽章にもなつて居る」(五　楽天洒落)と。二つの語原論を較べると、たしかに、戦後に説かれるに至ったサクラ＝穀霊憑《よ》り代《しろ》説のほうがずっと真面目《まじめ》であり科学性に富んでいるように見える。だが、日本民俗学が自明の公理と決めてかかっている語原説明《エテイモロジー》のみが絶対に正しいかといえば、そうとも言い切れない。すくなくとも、わたくし個人は、「サ（穀霊）＋クラ（座）説」の立論動機になっている前掲の折口信夫「花の話」に疑問点を見いだす。

折口説の骨子は、藤原広嗣と娘子との間に取り交わされた贈答歌に詠まれた「この花の一瓣《ひとよ》のうちに〔は〕百種《ももくさ》の言《こと》」が「桜の花に絡んだ習慣」を基礎にしており、それは「桜の花が暗示の意味を有して居たからであ」り、その暗示とは「一年の生産の前触れとして重んぜられた」ことを意味すると、このように要約してよいかと思う。さらに、この習慣は「平安朝になつて文学態度が現はれて来ると」変質してしまうが、こんにちでも「民間には依然として伝はつて居る」と説かれ、古代農民がサクラに対して抱いた民間信仰をもとにして万葉知識人階級の〝桜花シンボリズム〟が成り立っていたと説かれているのだが、はたして、この説を鵜呑みにしてよいものかどうか。

しかしながら、『万葉集』全体をよく読み、『万葉集』の根本性格をよく検討してみると、万葉歌人が古代農民の生活習慣や信仰習俗からのみ創造的エネルギーを吸い上げたと考えるのは却《かえ》って真実に反する、ということに想到させられる。『万葉集』の産みだされた七〜八世紀の日本社会は、けっして輝かしい時代ではなく、むしろ他に類例を見ぬほどに悲惨な時代であった。いわゆる万葉時代は、七世紀中葉の律令制古代国家の確立期に始まって、八世紀中ごろまでの、この律令国家の直面した動揺＝不安期に終わっている。律令政治機構とは、簡単にいえば、天皇を頂点にいただく極めて少数の貴族官僚（当初、百数十人程度だったと推測される）が、六百万人ぐらいいたろうと推定される農民大衆を法治的に支配し、その専制的な支配権力を中央に集中するシステムであった。この中央集権政治体制を指導した政治的＝宗教的イデオロギーは、もとより〃儒教主義〃であって、この新輸入の人民支配原理より以前にあった村落社会的人間関係はすべて「旧俗」「愚俗」（この語は『日本書紀』のなかに見える）として斥《しりぞ》けられた。

実際に、名だたる万葉歌人といえば、ことごとく律令貴族文人であって、かれらはいちどだって民衆の幸福を念頭に浮かべたこともなかったような人物であり、また、自身つねに権力者の鼻息をうかがうことだけに汲々《きゅうきゅう》としているような人物であった。そのような人物が、サクラを見る場合に、農民大衆がたいせつに伝承してきた農耕儀礼的因子のなかにどれほどの文化的価値を見いだそうとしたか、じつは、はなはだ疑問である。なにしろ、農民の生活習俗なんかは、「旧俗」「愚俗」の名のもとに、あっさり切り棄ててしまう、というのが、律令新政府の文化政策だったのだから。

それならば、『万葉集』に詠まれてあるサクラは、どういう意味を持った花として理解したらよいのであろうか。細部にわたる論証をぬきにして、ここでの結論だけを提示すると、万葉のサクラは、〃貴族の花〃であり、かつ〃都市の花〃であった、ということになる。大宰少弐小野老《おののおゆ》の有名な一首「あをによし寧楽《なら》の京師《みやこ》は咲く花のにほふがごとく今盛《さかり》なり」（巻第三、三二八）の花は、はたして本当にサクラの花かどうか不明だが、ふつうにはサクラと考えられている。地方官として九州に下《くだ》った中級貴族が、律令政府の所在地である奈良を思って都市讃歌を詠じた歌で、その発想の根拠には中国的教養が作用している。前に掲げた『万葉集』の例歌に顕著に見いだされる特質は、サクラという自然を詠ずるにあたって必ず対人関係が踏まえられてあり、けっして自然そのものを描写しているのではない、という点である。この特質こそは、ひろく言って〃古代詩歌〃に固有のものであり、とりわけて中国古代詩の根本性格であった。日本の貴族文人は、この中国古代詩を学習したのである。

そのことは、『万葉集』とほぼ同時代の漢詩作品を集めた『懐風藻』にあらわれたサクラについて検討すれば、いっそうはっきり了解できるであろう。

正五位上近江守采女朝臣比良夫《あふみのかみうねめのあそみひらふ》。一首。年五十。

五言。春日侍レ宴。応詔。一首。

論《ヘバ》レ道《ヲ》与レ唐儕《ヒトシク》。語《レバ》レ徳《ヲ》共レ虞隣《ナラブ》。冠《ヒデ》二周《ガ》埋《メシ》レ尸《ヲ》愛《ユ》一。駕《シノグ》二殷《ガ》解《キシ》レ網仁《ヲ》一。淑景蒼天《ユ》麗《シタ》。嘉気碧空陳《ツラヌク》。葉緑《ナリ》園柳《ノ》月。花紅《ナリ》山桜《ノ》春。雲間頌《メ》二皇沢《ヲ》一。日下《ジツカ》沐《ユアミス》二芳塵《ニ》一。宜《シク》下献《リテ》二南山寿《ノヨゴトヲ》一。千秋衛《ル》中北辰《ヲ》上。

左大臣正二位長屋王《ながやのおほきみ》。三首。年五十四。

五言。初春於二作宝楼《さほろう》一置酒。一首。

景《ヘシ》麗《ノ》金谷室。年開《ヘタ》積《ノ》草春。松烟雙《ビテ》吐《キ》レ翠《ヲ》。桜柳分《キテ》含《ム》レ新《ヲ》。嶺高《ハシ》闇雲《ノ》路。魚驚《ハク》乱藻《ノ》浜。激泉移《ユセバ》二舞袖《ヲ》一。流声韵《ク》二松筠《ニ》一。

前の詩、すなわち采女比良夫の「春日侍レ宴」の詩の大意をしるすと、わが天子は、その道についていいますならば堯帝に匹儔《ひっちゅう》し、その仁についていいますならば舜帝に比肩したもうほどです。まさに、周の文王が死骸を掘り起こして厚く埋葬した仁愛を越えるほどの愛をお持ちでいらっしゃり、殷の湯王が鳥網の三面を解いてやった仁愛を越えるほどの仁をお持ちでいらっしゃいます。折しも、春うららのよい景色は青い天にうるわしく、めでたい瑞気は青い空につらなり広がっております。御苑の緑の柳には月がかかり、紅色の山桜は春を誇って美しく咲いております。雲の間（宮中）におきまして天子の恩沢をほめたたえ、日のもと（天子の膝下）におきまして皇恩に浴する風情《ふぜい》と申せましょうか。されば、わたしどもといたしましても、天子さまの御長寿を祝う言葉を言上して、千秋万歳にわたって天子さまをお守りすべきでございます――というほどの意味になろうか。

後の詩、すなわち長屋王の「初春於二作宝楼一置酒一」の詩の大意をつかむと、この佐保楼の景物の美しさといったら晋の石崇の別荘であった金谷のそれにも匹敵するほどです。積草の池にも比すべきこの佐保楼の林泉に初春の年があけました。松も烟霞《えんか》も相並んで緑色を放《はな》ち、桜も柳もめいめい新しさを発揮しております。嶺を仰ぐと、暗い雲路の方《かた》にたかだかと聳えています。池に目を遣《や》ると、藻の乱れてはえた水際では、魚がぴいんぴいんと跳《は》ねあがっています。舞女《まいおんな》たちが袖をひらひらと翻《ひるがえ》しながら、ほとばしる泉の方《かた》に移って行ったので、そちらのほうに注意してみると、ああなんという奥深さであることか、泉の流声は松林や竹群《たかむら》に響いて聞こえるではありませんか。——というほどの意味であろうか。

そこで、吟味を要するのは、サクラがこの二つの漢詩のなかで占める美的要素なり象徴的記号なりを全体的＝構造的に把握するとどういうことになるか、という点である。釆女比良夫の作品では、「花紅山桜春」は、新春パーティの主催者である天皇の絶対的威光をあらわすシンボルとして歌われている。長屋王の作品では「桜柳分含新」は、新年パーティの主催者であるこの皇親出の左大臣の私邸たる佐保楼が具備している美や権勢のシンボルとして詠じられている。神亀元年（七二四）二月、首《おびと》皇子（聖武天皇）の即位の大礼にさいして左大臣に任じられた長屋王は、それから五年たった神亀六年二月には、猜疑心に燃える天皇が差し向けた六衛府の兵に佐保楼を包囲され、自尽して果てる運命にあるが、この五言詩を制作した時期には権栄の絶頂にあったのである。釆女比良夫の参列した宮中パーティの宴席からは、実際にサクラの満開が見られていたのであろう。長屋王の佐保楼で開かれた酒宴の筵《むしろ》からは、実際にサクラの花枝が見られていたのであろう。しかし、両詩人がわざわざサクラを詠みあげた動機を考えると、たまたま事実経験の世界のなかにサクラがあったから矚目諷詠詩を吟じた、などというような単純な跡づけは出来ない。これに関しては、柿村重松『上代日本漢文学史』が説いているごとく「これは文選にも沈約の早発定山詩に、野棠開未レ落。山桜発欲レ然。の句ありて、文字の支那に本づけることは言を待たざれども、……（中略）国民の楽を好み酒を嗜むは太古よりして已に然りと雖も、詩文の詠材としては直接には之れを支那文学に承けたりと謂ふべく、かくてこは国民の嗜好に投合して、柳桜をこきまぜたる華巷に於て、将た山紫水明の仙郷に於て、唐風模倣を標榜して、盃を挙げ韻を探るは、当時朝紳至美の享楽となりしなるべし」（第二篇上代後期、第十七章詩文の概評）と解するのが最も正しいのではないか、とわたくしは思う。つまり、サクラの咲くのを臨み見ながら酒盃を交わすという一種の文化的行為は、日本民族の独創にかかるものではなくして、全くの唐風模倣でしかなかった。そして、そのことは少しも恥ずべきではない。七〜八世紀の知識人たちは、中国詩文や中国習俗を片っぱしから模倣し咀嚼し消化する努力をとおして、まだなんの文化らしいものも持っていない日本列島に、やがて独り歩きできるようになる文化を培養し再生産することになるのである。その意味では、サクラの発見は、上代人にとって〝文化の発見〟だったとさえ称してよいくらいである。

ちなみに、柿村が、釆女比良夫詩および長屋王詩の下敷きだとしている、その沈約《しんやく》（沈休文）の「早発二定山一」の原詩を示しておこう。

夙齢《ヨリ》愛《シ》二遠壑《エンガクヲ》一。晩莅《ノゾミテ》見《ル》二奇山《ヲ》一。標《アゲ》二峯《ヲ》綵虹《ノ》外《ニ》一。置《ク》二嶺《ヲ》白雲《ノ》間《ニ》一。傾壁《ハ》忽《チ》斜竪《チ》。絶頂《ハ》復《リ》孤円《カナリ》。帰《シテハ》レ海流漫漫《タリ》。出《デテ》レ浦《ヨリ》水浅浅《タリ》。野棠開《イテ》未《ダ》レ落《チ》。山桜発《ヒライテ》欲《エント》レ然。忘《レテ》レ帰《ルヲ》属《シ》二蘭杜《ニ》一。懐《オモヒテ》レ禄《ヲ》寄《ス》二芳荃《ハウセンニ》一。眷《カヘリミテ》言採《リ》二三秀《ヲ》一。徘徊《シテ》望《ム》二九仙《ヲ》一。

「野棠《やとう》は開いて未だ落ちず、山桜《さんおう》は発《ひら》いて然《も》えんとす」とは、平たく現代語訳すれば、ボケは満開だしサクラは三分咲きだ、というほどの描写になろうか。沈約のこの詩は、老荘思想および山水隠遁思想を主題とした〝行旅詩〟ないし〝山水詩〟の系列に入るもので、もとより酒宴の席上で作られた作品ではない。しかし、この詩を模倣し換骨脱胎して、なんとかして先進国の文化をおのれのものたらしめたいと一所懸命になっていた、日本の律令官人貴族は、まず修辞（表現法）を学習し、つぎに詩的内容（題材選択法）を学習し、「花紅山桜春」「桜柳分含新」と詠じての けた。『懐風藻』の文学史的価値を低く見る学者のほうが多いが、わたくしは、なんにも素地のない七〜八世紀の日本人がよくまあこれほどまでに〝古代詩歌〟に学習成果を挙げ得たものだと、むしろ驚嘆する。

かくして、サクラは、わが日本において、まず最初に〝貴族の花〟また〝都市の花〟として発見された。それは、必ずしも中国の花だったとは断じ切れないが、〝唐風模倣の花〟だったとだけは言い切ってよさそうに思われる。その証拠は、いくらでも挙げることができる。

勅撰三大詩集の最初に当たる『凌雲集《りょううんしゅう》』（八一四年ごろ成立）の冒頭には平城天皇《へいぜい》（七七四〜八二四）の御製二首「詠二桃花一」「賦二桜花一」が掲げられてある。平安朝文学に桜花が登場したのは、これを以て初めとする。平城天皇は、ニック・ネームを「奈良の帝」と呼ばれるくらいに、父桓武《かんむ》帝が定めた平安京を嫌って奈良を懐《なつか》しんだ人物であるが、もしかすると実際に奈良周辺にはたくさんのサクラが咲いていて、それで奈良を懐しんだのかも知れない。その平城天皇が、サクラをこう詠んでいるのである。

賦ス二桜花ヲ一。

昔在リ二幽岩ノ下ニ一。光華照ラス二四方ヲ一。忽チ逢ヒ二攀折ノ客ニ一。含ミテレ笑ヲ亙ル二三陽ニ一。送ルレ気ヲ時ニ多少。乗ジレ陰ニ復短長アリ。如何ゾ此ノ一物。擅ニスルハ二美ヲ九春ノ場ニ一。

この詩では、サクラは、百パーセントの度合で〝神仙思想〟を言い表わすシンボルとして用いられている。すなわち、サクラは〝ユートピア〟の象徴そのものとなっている。〝唐風模倣の花〟であることは、いよいよ明白である。

平安王朝文化が〝女性化〟し、また〝国風化〟していったとは、屢々説かれるところである。しかし、何から何まで〝男性文化〟や〝唐風文化〟を棄て去ったと考えたら誤りである。王朝社会の中核には、依然として、中国詩文や中国法制を典拠に仰ごうとする文化意識が強く働いていた。文学とサクラとの関係について言っても、『白氏文集《はくしもんじゅう》』の「小園新種紅桜樹、閑繞レ花行便当レ遊」とか「早梅結二青実一、残桜落二紅珠一」とかがモデルに仰がれなかったはずはない。

『古今和歌集』に見える有名な一首、

見わたせば柳桜をこきまぜて都ぞ春の錦なりける（巻第一春歌上、五六）　素性　法師

は、もちろん平安の都大路の実景を詠んだ和歌であると解釈して差し支えないのだが、一方、サクラとヤナギとを並列して一陽来福のシンボルと見る考え方は、夙に中国民間習俗のなかにあり、これが日本に伝わっていたことを見落としてはならぬ。李商隠の無題詩にも「何処哀箏随二急管一、桜花永巷楊岸」とあり、郭翼の陽春曲にも「柳色青堪レ把、桜花雪未レ乾」とある。もっとも、この場合の桜花も、サクラの花よりもむしろユスラウメをさしていると見る説が有力であるが、そのような区別が王朝歌人になし得たかどうか疑問であるし、だいいち、そんな必要もなかったであろう。王朝知識人にとって必要なのは、中国の史実や法令に則って政治を行なうことであり、中国の詩文や習俗に模して文学芸術を再創造することであった。素性法師が平安の都大路を「柳桜をこきまぜて都ぞ春の錦なりける」と詠じたとき、ここに正真正銘の文化があり理想国があり栄耀があるとの確信を吐露したものにほかならない。そうだとすると、明らかに、サクラは〝貴族の花〟であり〝都市の花〟であるとしか他に考えようがない。

『枕草子』（九九五年ごろ成立）に見える「清涼殿の丑寅《うしとら》のすみの、北のへだてなる御障子《みさうじ》は、荒海《あらうみ》の絵《かた》、生きたる物どものおそろしげなる、手長足長《てながあしなが》などをぞかきたる、上の御局《みつぼね》の戸をおしあけたれば、つねに目に見ゆるを、にくみなどしてわらふ。勾欄《こうらん》のもとにあをき瓶のおほきなるをすゑて、桜のいみじうおもしろき枝の五尺ばかりなるを、いと多くさしたれば、勾欄《こうらん》の外《と》まで咲きこぼれたる、大納言殿、桜の直衣《なほし》のすこしなよらかなるに、こきむらさきの固紋《かたもん》の指貫《さしぬき》、しろき御衣《みぞ》ども、うへにはこき綾のいとあざやかなるをいだしてまゐり給へるに、うへのこなたにおはしませば、戸口《とぐち》まへなるほそき板敷《いたじき》にゐ給ひて、物など申したまふ」（二三、清涼の丑寅のすみの）という記述は、瓶に花をさした例証として名高い。従来の華道史研究家は、いけばなや瓶花の年代を遡るだけで満足してしまっているが、わたくしたちは進んでサクラが象徴している形而上学的意味をまで突き止めなくてはならない。清少納言のこの記述は、御堂関白家《みどうかんぱく》（藤原道長）にヘゲモニーを奪取された中関白家《なかのかんぱく》（藤原伊周）の斜陽を目《ま》のあたりにして、

土佐光吉「源氏物語画帖 若菜上」
桃山～江戸時代、京都国立博物館蔵

過ぎし黄金時代を追慕して書かれていることを、見落としてはならぬ。すなわち「勾欄のもとにあをき瓶のおほきなるをすゑて、桜のいみじうおもしろき枝の五尺ばかりなるを」とは、まさしく、今は帰らぬ〝ユートピア〟への讃歌であった。日本固有の民族宗教にユートピア的因子が稀薄である以上は、これまた、中国の神仙思想から学習した成果としか他に考えようがないのではないか。かりに仏教の浄土思想の影響因子を認めるとしても、これまた、中国から伝来したものであった。サクラは〝貴族の花〟であり、むしろ、端的には〝宮廷の花〟であった。

このようにもともと〝貴族の花〟であり〝都市の花〟であったサクラも、しかし、武士が擡頭し、地方農民が生産力を拡大させてくる平安末期から中世に至って、しだいに〝庶民の花〟としての性格を具えていくように変化する。すなわち、桜花の賞美は、公家から武士へ、都から地方へと普及することとなった。その間に、桜町の中納言藤原成範（この人物については『平家物語』に「すぐれて心数奇《すき》給へる人にて、つねは吉野山をこひ、町に桜をうゑならべ、其内に屋を立てすみたまひしかば、来る年の春毎にみる桜町とぞ申ける」と見える）や、西行法師のような〝サクラきちがい〟が出現した。また、諸地方を廻国《かいこく》してまわる吉野修験者が、日本国じゅうの聖地霊場にサクラを植えた事実も、サクラの普及化にあずかって力を致した。

しかし、だれもかれもがサクラを賞美するようになるのは、なんと言っても江戸時代に入ってからである。元禄十六年（一七〇三）刊の俗謡集『松の葉』には「桜づくし」という長唄が載せられ、江戸中期の歌舞伎には「京鹿子《きょうがのこ》娘道成寺《むすめどうじょうじ》」「助六所縁江戸桜《すけろくゆかりのえどざくら》」などが上演され、確実に〝民衆の花〟としての地位を獲得していった。江戸の町人は、上野に、浅草に、花見をたのしんだ。

最後に付記すると、サクラに関する諺の一つに「花は桜木、人は武士」というのがあるが、これは江戸中期の歌舞伎「仮名手本忠臣蔵《かなでほんちゅうしんぐら》」に用いられてから人口に膾炙するようになったもので、その意味は、花のなかではサクラが第一、四民のうちでは武士が第一、ということで、近世封建社会体制を消極的に肯定し弁護したにすぎなかった。ところが、この言葉をもって、桜花のように潔く散ることこそ武士道に一致するものだ、といった牽強附会の論理が、昭和十年ごろから盛んに用いられるようになり、軍国主義者たちによって利用された。もとより、とんでもない謬説である。サクラと大和心（やまと魂）との関係についても、同じように、軍国主義者たちがとんでもない教説をでっち上げた。

あまりにも有名な本居宣長の和歌「敷島の大和心を人とはゞ朝日に匂ふ山桜花」という一首について、宣長の門人でありかつ養嗣子である本居大平《おおひら》は、伴信友に答えた書簡のなかで言っている。

「朝日に匂ふ山桜花の御歌、凡《おほよ》そに感吟仕《つかまつり》候て本意なく候、御諭下《おさとし》され度候。うるはしきよしなりと先師いひ置《おか》れたり」

つまり、宣長のこの一首の真意は、サクラを見て、ああ美しいなあという嘆声を発すること、こちたき理屈なしで感嘆すること、これが本当の日本精神だ、というのである。宣長は、町人階級の出身であって、物に囚われぬ合理主義的な思考を生得的《しょうとくてき》に稟《う》けていた。『紫文要領』という書物を見ると、めそめそと女っぽいのが「やまとだましい」の特質である、とさえ述べている。ここには、近世庶民の自由な感性が息づいている。ついに、サクラは〝庶民の花〟また〝女性の花〟となった。

たしかに、近世社会に入ってから民衆の間に広まった桜花賞美の慣習や鑑賞態度を見ると、もはや、嘗《かつ》て律令官人貴族や平安王朝知識人が抱いていた中国的〝ユートピア思想〟の因子など払拭されている。そうしてみると、本当の意味での「日本的なるもの」とは、この狭い日本列島に住まう住民が長い時間をかけて少しずつ作りあげていった文化的要素だということになる。古いがゆえに〝日本的〟と言い得るのではなく、かえって、みんなのものであるがゆえに〝日本的〟なのだ、と言うべきである。現在では、サクラは、どこからどこまで〝日本の花〟である。わたくしたちみんなの花である。

桃

モモが中国原産で、古い時代に日本に渡来したということは、白井光太郎『植物渡来考』がそれを明らかにして以来、だれも疑う者がない。たしかに、そのとおりなのである。残った問題は、それならば正確にはいつごろ日本にはいってきたのかという点と、日本列島に自生したと考えられるヤマモモと外来種のモモとの関係はどうなるのかという点と、この二つだけに絞られる。この後者のほうの問題は、『牧野・新植物図鑑』が指示するごとく、「日本では丸くて中のかたいものをモモといい、今日のヤマモモを単にモモといっていたのに対して、大陸から本種が入りそれにとってかわったものであるとの説が最も妥当と考え」られる。前者のほうの問題に関しては、最近になって、前川文夫『日本人と植物』がほとんど決定的とも言い得る答えを出してくれた。『古事記』黄泉比良坂《よもつひらさか》の条に見える「其の坂本に在る桃子《もものみ》三箇《みっ》を取りて、待ち撃てば、悉《ことごと》に逃げ返りき」うんぬんの記事について、前川はこう言う。「桃はいくら品種改良前のものでも美味であったはずであるのにそれを鬼が食わないというのは変である。これは、この説話のできた頃には桃がまだ渡来しておらず、人々は桃のおいしさをまだ知らなかった。そのために鬼に食わせることをしなかったのだろうという見方が成立ってくる。この見解は大分前に武田久吉先生が述べられたものであるが大変興味をひかれる解釈である。まして、桃の木そのものの庇護でいざなぎが助かったのだから、これは明らかに桃の木に霊力のある信仰なり考え方はもう渡って来ているのに、桃の実はまだ誰も実物を知らぬというあまり長くない期間に、黄泉国訪問の説話の形態が完成したのであると思われるのである」（3 小正月のオッカド棒と桃の信仰）と。前川によると、新旧のモモが並立した痕跡を『万葉集』のなかに見いだすことができるというから、だいたい八世紀の中ごろから末ごろに、今日いうところのモモが渡来してきたと見てよいのであろう。同じ『万葉集』のなかでも、

向つ峯に立てるモモの樹成らめやと人ぞさざめきし汝が情《こころ》ゆめ（巻第七、一三五六）　作者　不詳

では、ヤマモモをうたっている。「ヤマモモは雌雄異株だから向うの峯に大きな木があっても雄株であれば一向に実はならない。雄とは知らなかったはずである。しかし実のならぬことは皆の衆の承知するところであり、だからこそ、このおれとお前の仲はみのらぬことあの山のヤマモモと同じだとうわさする奴等がいるらしいが云々となってぴったりするのである」（前川、前掲書）。

吾がやどのケモモの下に月夜さし下心よしうたてこの頃（巻第十、一八八九）　作者　不詳

には、「まだ古いケモモの名が残されている。それが単にモモとだけなった歌にかわって行く」（同）のである。けっきょく、古くからのヤマモモがあり、つぎに実物未詳のままのモモの信仰だけが輸入され、つぎにはケモモという果実にうぶ毛が一面にある新種のモモが渡来し、そのあとケモモが普及していくうちにいつしかケモモのケの字が捨てられて単にモモとよぶようになった。モモが日本に定着するまでには、かくのごとく、四つの段階を経たのである。

『万葉集』のなかでモモをうたった最も著名であり、また出来ばえも最も秀れた歌は、大伴家持の作である。

天平勝宝二年三月一日之暮、眺矚春苑桃李花作二首

春の苑《そのくれなゐ》紅にほふ桃の花下照《したて》る道に出《い》で立つ嬬嬬《をとめ》（巻第十九、四一三九）

わが園の李《すもも》の花か庭に落《ち》るはだれのいまだ残りたるかも（同、四一四〇）

天平勝宝二年（七五〇）は家持三十三歳、越中国守として五年目を迎え、早く中央に帰って栄進の途につきたいと願っているさなかであった。「家持の本領は、全生涯を通して政治家たるところにあった」（北山茂夫『大伴家持』、第四章越中国守時代）と考えられるが、前年ごろから宮廷の内情が自分に不利な方向に推移し、孝謙天皇が即位して藤原仲麻

呂の権力がいよいよ強くなったことに対して、家持は懊悩するような気持ちでいた。そこで、「春の苑紅にほふ桃の花」の歌であるが、従来の解釈は、いずれも、モモの花が日本国じゅうに咲いていたことを前提にしてなされ、その前提に立って、やれ写実の的確さがあるの、やれ妻大嬢の都風《みやこぶり》の容姿を構図として把えたの、やれ幻想風の美的世界を思い描いているの、と論評を加えてきた。もちろん、それはそれとして近代的解釈の役割を果たしているとは思うが、植物学上の事実として、この時代に渡来新種のモモが日本列島全体に広く普及していたとは考え得られぬ以上、わたくしたちは、これまでの解釈をいっさい御破算《ごはさん》にしてかからなければならないのではあるまいか。『万葉集』にモモの歌が全部でたった七首しかない（ウメの百十八首に比較して、なんという少なさか！）ことも等閑視できないのではあるまいか。

　大伴家持は実物のモモの花を見たことがなかった、とまでは断案せずにおく。越中に赴任する以前に、都の近くで「これがほんものの桃ですよ」と教えられて、その標本を見せてもらった、ぐらいのことは、じゅうぶんあり得る。しかし、任地の貧寒たる越中の国に新渡来の品種であるモモが真っ赤に咲き匂っていたなどと、そんなに単純に考えてよいのか。同時作の「わが園の李の花か」のスモモも、『万葉集』では他に作例が皆無である。そうなると、家持のモモの歌もスモモの歌も、やはり中国漢詩文にふんだんにあらわれる「桃李之賦」を文献的《ブッキッシュ》に学習したものと見るのが、いちばん適切ではないのか。家持自身が付した詞書のなかに「眺矚春苑桃李花」と見える語気に、すでにその文化意識がはっきりうかがえるのではないのか。

　しかるに、家持のモモの歌がつくられた翌年、すなわち天平勝宝三年（七五一）に成立したと考えられるわが国最古の漢詩集『懐風藻』は、大友皇子（六四八〜六七二）を筆頭にだいたい八世紀前半の宮廷詩人の作を集めたものであるにもかかわらず、桃を詠じた漢詩を六首も載せている。もちろん、中国漢詩文を下敷きにしただけで、実物のモモは見たこともなかったのである。

従三位中納言兼催造宮長官安倍朝臣広庭。年七十四。
五言。春日侍宴。一首。
聖衿感淑気。高会啓芳春。樽五斉濁盈。楽万国風陳。花舒桃苑香。草秀蘭筵新。堤上飄糸柳。波中浮錦鱗。濫
吹陪恩席。含毫愧才貧。

五句以下「花舒《ひら》きて桃苑香《たうゑんかぐは》しく、草秀《ひ》でて蘭筵新《あらた》し。堤上《ていじやう》糸柳《しりう》飄《ひるがへ》り、波中錦鱗《はちゆうきんりん》浮かぶ」とあるのは、宮中の春宴がさながら地上のユートピアを現出しているさまを歌ったのであって、見たこともない桃の花が、ようするに現世楽園（桃源）を構成するシンボルの一つとして用いられたにすぎなかったのである。

平安初期の三大勅撰漢詩集の第一番目に当たる『凌雲集』（八一四年ごろ成立）の劈頭に、平城《へいぜい》天皇（七七四〜八二四）の制作にかかるモモの詩が据えられている。

太上天皇御製。二首。
詠桃花。一首。
春花百種何為艶。灼灼桃花最可憐。気則厳兮応制冠。味惟甘矣可求仙。一香同発薫朝吹。千笑共開映暮煙。願
以成蹊枝葉下。終天長樹玉階辺。

このころになれば、もうかなり広範囲にモモは普及していたろうと想像されるし、少なくとも、禁裏周辺にはモモの花が咲き匂ったであろうことは確実である。なにしろ、平安時代初期といえば、宮廷サロンは中国詩文の模倣に明け暮れ、儀式次第から衣食住にいたるまで輸入品ばかりを尊重していたのだから。

中国においては、はるかに古い時代から、桃は霊木として崇拝され、とくに邪気を祓《はら》うための呪具として用いられた。『詩経』周南篇に見える「桃之夭夭、灼灼其華、之子于帰、宜其室家」という詩句は、桃の包蔵する生命力が尊ばれ、招福儀礼としての宗教的意味が歌い込められている。祓除《ふつじよ》儀礼としての用例は『山海経《せんがいきやう》』（紀元前二五〇年前

後）や『淮南子《えなんじ》』（紀元前一三三年）や『風俗通義』（二〇〇年前後）に多く見られる。このうち、『風俗通義』は、後漢の応劭《おうしょう》の撰に成る当時の宗教儀礼に関する考証であるが、それには「謹按、黄帝書、上古之時、有荼与鬱塁昆弟二人、性能執鬼、度朔山上、章桃樹下簡閲百鬼、無道経妄為人禍害荼与鬱塁縛以葦索執以食虎。於是県官一以臘除夕飾桃人、垂葦茭画虎門、皆追放於前事、冀以衛兇也」とあり、鬼やらいの行事と桃の花との関係がきわめて合理的に説明されている。新年《にいどし》の農耕生活が開始されるにさいして、古年《ふるどし》の邪気妖鬼を追いはらう行事を実修する時期に、ちょうど桃の花が咲きにおうために、古代中国人の《原始心性》の内部で、鬼やらいと桃の花との親縁関係が成立してしまったのであろう。『風俗通義』から約二百五十年経って、梁の宗懍《そうりん》が著わした『荆楚歳時記』になると、桃の木そのものが邪鬼を祓除する霊能を有する考え方が定着しており、「正月一日、長幼飲桃湯、各造桃板著戸、謂之仙木」とか「桃者五木之精、厭伏邪気、制百鬼也」とか「帖画鶏戸上、懸葦索於其上、挿桃符其傍、百鬼畏之」とかの記述が見える。このような桃信仰が前提になって、陶淵明のあの美しい譚詩「桃花源記」がつくられるのである。

この中国の信仰が日本に伝わり、ついで、実物のモモが日本に輸入されたのである。実物が普及する以前に、モモの信仰のほうだけが輸入されたために、日本神話や古代詩歌が若干《じゃっかん》の錯誤を犯したことは前述のとおりであるが、書物のうえで得た知識のみを駆使したにしては随分とすぐれた作品を産みだしてもいる。ここらに、案外、日本文化の一特徴が隠されているのかも知れない。

さて、平安時代半ばになると、『延喜式』に「摂津国桃花十両」とか「内膳司供奉雑菜桃子四升」とか「典薬寮中宮臘月御薬桃仁三分」とか記載されてあるように、全国から桃花、桃子（果実）、桃仁（桃の実のさね）が貢進されたことがわかる。各地に栽培が広まった証拠であろう。そして、『栄華物語』巻二十一後悔の大将の条には「三日になりぬれば所々の御節供まゐり、今めかしき事ども多く、西王国が桃花も折り知りたるさまをかくして、所々すきものの多く見えたり」とあって、このころ三月節供と桃花とが結合されたことを証している。そして、鎌倉期の軍記物《ぐんきもの》で

歌川国芳「雅遊五節句之内 弥生」
江戸時代

ある『源平盛衰記』（一二四八年前後の成立）巻八には「三月桃花の宴とて桃花も盛りに開けたり」と見え、曲水宴と桃花とが切り離しがたくなっていることを知る。室町期にはいると、いけばなの伝書として最も古い『仙伝抄』に「五せっくの花の事三月三日中そんのしんに柳を立つる桃のはなをそゆる也。一いろにても不苦」と明記され、いよいよモモが立花のなかで地位を確立することになる。かくのごとくして、モモは、貴族＝支配者の花から民衆＝被支配者の花へと変質していった。

しかし、モモが決定的に日本民衆の生活に結びつくのは、江戸時代にはいってからで、研究好きの民衆は幾多の新品種をつくりだし、いっそう美しい花を、あるいはいっそう甘味なる果実を、というふうに、モモをついに完全に日本の花木たらしめた。延宝九年（一六八一）刊の『花壇綱目』を見ると、「南豆桃　一重葉は柳の如し／一重桃　白赤あり中輪大輪なり／最上もも　桃の中にての大輪赤白の咲分なり／さもも　うす色の一重なり／しだれ桃　白赤あり中輪あり／風車　赤の一重中輪なり／せいおうほう　千ようらす色中輪なり／きとう　千よの大輪なり」とある。ちょうどそのころ、江戸・京都・大坂に雛市《ひないち》が立つようになり、雛祭りは女の子の誕生祝いの意味に固定する。モモの〝日本化〟の完結である。

木瓜

ボケは、中国の木瓜（もっか）が転化した音で、古名をモケというのも同じ理由による。いったい、草木の名として用いられている日本語の約三分の一ほどは、大陸から渡来した漢語をそのまま収用したか、あるいは転化して出来たか、いずれにしても中国を故郷とする。アンズ（杏子）、コウジ（柑子）のたぐいである。ボケもその一例である。しかし、『万葉集』をはじめとして、日本文学史のうえにほとんど顔をあらわさないのは、一つには、日本全国に普及した時期がかなり新しいと考えるべきであろうが、他方、古くから輸入されていたにもかかわらず、その野趣横溢たる美が古代・中世の日本人の好みに適さなかったために、文学の題材圏の外にはじきだされてしまったと考えるべきであろう。日本最古の博物学集成である深根輔仁編『本草《ほんぞう》和《わ》名《みょう》』（九一八年成立）には「木瓜　実榠査大而黄査子渋木瓜一名楙音貨出蘇名苑　和名毛介」と記載されているから、薬用栽培が小範囲内でおこなわれていたことの蓋然性もかなり高い。『延喜式』や『江家次第』には、卯杖《うづえ》に用いられる献上物として「木瓜三束」の記載が見える。

しからば、故郷である中国においては、ボケはどのような位置を占めていたか。薬用として、ボケの実が、脚気・心臓脚気・神経痛・小児痾痢・腎臓炎などの療法に充てられたことは、明らかである。そればかりでなく、ボケは、文学の題材として、中国最古の詩集のなかに登場しているのである。すなわち、『詩経』衛風（巻二国風衛）の篇名に「木瓜」が見える。ボケは、儒教の勝利とともに、教訓的抒情詩の構成要素として後人の記憶のなかに永くとどめられることとなった。

木瓜。美二斉桓公一。衛国有二狄人之敗一。出処二于漕一。斉桓公救而封レ之。遺二之車馬器服一焉。衛人思レ之。欲二厚報レ之。而作二是詩一也。

投レ我以二木瓜一。　我に投ずるに木瓜を以てするも、
報レ之以二瓊琚一。　之に報ずるに瓊琚《けいきょ》を以てせむ、
匪レ報也。永以為レ好也。　報ずるに匪ず、永く以て好を為さむ。
投レ我以二木桃一。　我に投ずるに木桃を以てするも、
報レ之以二瓊瑤一。　之に報ずるに瓊瑤《けいよう》を以てせむ、
匪レ報也。永以為レ好也。　報ずるに匪ず、永く以て好を為さむ。
投レ我以二木李一。　我に投ずるに木李を以てするも、
報レ之以二瓊玖一。　之に報ずるに瓊玖《けいきゅう》を以てせむ、
匪レ報也。永以為レ好也。　報ずるに匪ず、永く以て好を為さむ。

この「木瓜」篇の序（まえがき）を見ると、この国風（民俗歌謡）は、斉《せい》の桓公《かんこう》の美徳をほめ讃《たた》えて、衛の国の民衆が作った詩であるという。『春秋左伝』には、衛が異民族の侵入を受けて滅ぼされかかったとき、斉の桓公が援軍や兵糧を投じて救った記事が載っているから、ある程度まで事実を踏まえたと信じてよい。しかし、それにしては、「ボケの実を贈ってもらったけれど、わたしは、それよりも貴重な宝石をお返しした。だが、これで恩返しが済んだとは思っていない。ただ、わたしたちは、お互いいつまでも仲良しでありたいというしるしに、それを差し上げたばかりのことだ」という内容の反復詩が、斉の桓公の美挙と、どのような必然的関連性をもち得るのか、ちょっと理解しかねるところがある。冷静に観察して、斉の桓公の故事と「投レ我以二木瓜一」の詩とを結びつけた『詩経』編纂者の意図は、牽強附会を試みたものではなかったかと判断される。漢代の偽書ではあるが『孔叢子《くぞうし》』という書物を見る

と、「孔子読レ詩自二二南一至二於小雅一、喟然歎曰。吾於二二南一、見二周道之所一レ成。於二柏舟一見二匹夫執レ志之不一レ易。於二淇奥一見四学之可三以為二君子一。於二考槃一見二遯世之士而無一レ悶二於世一。於二木瓜一見二苞苴之礼行一」とある。苞苴とは、果実を送るさいに、これを包装するのを苞といい、草をしくのを苴という。すなわち、果物を人に贈呈する場合には、葦《あし》や茅《かや》でしっかり包むべしとの古礼が説かれているのである。「木瓜」篇の三章は、もともとは、そのような古代宗教儀礼の起源説明神話に付帯されてあった「ことわざ《フォルミュラ》」だったものが、無理に引き離されて『詩経』のなかに組み込まれてしまったのではなかったろうか。

〝古代詩歌〟とは、すべて、このようなものであった。詩歌の原義というと、たれしも『書経』舜典の「詩言レ志。歌永レ言。声従レ永。律和レ声」や、『詩経』大序の「詩者、志之所レ之也。在レ心為レ志、発レ言為レ詩」や、『礼記』楽記篇の「詩言二其志一也。歌詠二其声一也。舞動二其容一也」を念頭に浮かべるであろうが、「詩言レ志」の儒教公理をば、ただ抽象的＝観念的に、心のなかに自然に湧いた感情が詩になるなどと解してはならない。事実問題として、詩は政治上の要具（教化の道具）としか考えられてはいなかったのである。そこで、『詩経』などを見ても、主題や素材はすべて人間関係（生産関係と呼んでもよいが）に限られ、自然や草木に対する直接的な諷詠を発洩したものは絶無に近い、という結果が生じた。せっかく、ボケを題材に仰ぎながら、古代詩歌は、ついに教訓以外の何物をも伝えることがなかった。

そこへゆくと、時代はうんと降《くだ》るが、日本で最初に詠まれたボケの詩は、断然、おもむきを異《こと》にしている。

項羽が騅《すゐ》佐々木が生喰《いけずき》の木瓜の花（『鶉尾冠』）　素堂
紬《つむぎ》着る人見送るや木瓜の花（『住吉物語』）　許六
膝くみし十八将よ木瓜すみれ（『裏富士紀行』）　蝶夢
順礼の子や煩《わづら》ひて木瓜の花（『萍窻集』）　樗堂

近世俳諧の作者たちは、中国の古代詩歌を大いに下敷きにして勉学したはずであるのに、あべこべに、教訓詩を笑い飛ばしてしまうような独自の詩境を捜《さぐ》り当てた。素堂とか許六とかいった俳人は、その書き残した文章からも窺われるごとく、当時としてはトップ・クラスの知識人であった。それだから、前に述べた『詩経』木瓜篇などは熟知していたろうと容易に想像される。それにしても、「我に投ずるに木瓜を以てするも」の詩ばかりは、なんど読んでもさっぱり意味が通じない。すくなくとも、儒学的教訓詩として先人らが説明している事がらは、かりにその意味がわかったとしても、面白味には全く欠ける。そこで、俳諧知識人がやろうとしたのは、伝統的＝因襲的に伝えられてきた事物の意味づけやイメージを、自分の手で逆転させてみたり裏返してみたりする操作をつうじて、もとの事物には無関係のように信じられていた（正しくは、信じ込まされていた）全く別の意味づけやイメージを新たに発見しようとする作業であった。これが〝もどき〟であり、〝もじり〟である。素堂の句でいうと、初五「項羽が騅《すゐ》」により、『史記』項羽紀に見える「時不レ利兮騅不レ逝、騅不レ逝可ニ奈何一」を提示し、項羽が沛公《はいこう》（漢の高祖）に包囲されて万策尽きたときの精神状態を思い浮かべるようにと、読者によびかける。つぎに、中七「佐々木の生喰《いけずき》」によって、『平家物語』宇治川の事の段の「近江の国の住人佐々木四郎の御暇《おんいとま》申しに参られたるに、鎌倉殿いかが思召されけん、『所望の者はいくらもありけれども、その旨存知せよ』とて、生喰《いけずき》をば佐々木にたぶ。佐々木畏まって申しけるは、『今度この御馬にて、宇治川のまつ先渡し候べし。もし死にたりと聞召され候はば、人に先《さき》をせられてけりと思召され候べし。未だ生きたりと聞召し候はば、定めて先陣をば高綱ぞしつらんものと思召され候へ』とて御前をまかり立つ。参会したる大名、小名、『あつぱれ荒涼《くわうりやう》の申しやうかな』とぞ人々ささやき合はれける」を提示し、佐々木高綱が主君の前で大きな口をたたいて、もはや引っ込みがつかないような羽目《はめ》に自分を追いこんでいったときの、その精神状態を思い浮かべるようにと、読者によびかける。ともに、武将としてのぎりぎりの極限状況に立ったときの悲壮な心理と、その武将の悲壮な心理を鋭敏に感じ取った名馬のおこないとを、イメージ・アップさせる道具立ての効果は十分である。さて、座五であるが、読者のほうは、いったい作者素堂は何を訴えようとしているのかと緊張して待ち受けていると、さっと肩透かしをくわせて、なんでもない季語の「木瓜の花」をぶっつけ、なあーんだという、期待はずれとも安堵ともつかぬ薄笑《うすわら》いの気分に誘い入れる。もちろん、この場合の「木瓜」が『詩経』木瓜篇の「我に投ずるに木瓜を以てするも」を踏まえていると解釈することも可能であるが、ここは、視覚経験の世界に実在する真っ赤なボケの花を差しだし、ボケの花のもつ生硬鮮烈なイメージと、和漢の歴史ものがたりから触発される英雄的イメージとを新しく重《かさ》ね合わすことによって、先人たちが因襲的＝権威服従的に取り決め教え伝えてきたシンボリズムをもじり倒してしまった、と見るべきであろう。

すでに、時代は、貝原益軒『大和本草』や新井白石『東雅』などが刊行されるようになっていて、明《みん》の本草学の影響下にはありながら、近世知識人の〝自然の見方〟には一定限度内の科学的態度が芽生えはじめていた。漢学者や文学系統のひとびとがいつまでも伝統に固執して、出典や家学的権威ばかりにこだわりつづけていたのに対して、本草学者＝博物学者たちは経験科学の世界にむかって眼を向けはじめていた。近世俳諧のエリートたちも、当然、この新しい流れに敏感に対応していった。ボケの花ひとつをとってみても、そのことが明確に跡づけられるのである。

竹

わたくしたちは、タケと日本人の生活との関わりが太古の昔から続いているように思いがちであるけれども、本当は、タケが日本列島の地勢に融け込んで独特の景観や風趣を具えるようになったのは比較的新しい時代に属することでしかない。早い話が、京都郊外の山崎の寂照院あたりに産する有名な筍は、これはモウソウチクであるが、近世に薩摩の島津氏が琉球経由で中国から取り寄せたものをここに分植したのであった。鹿児島の島津氏別墅磯邸の竹林の由来を記した碑文「仙厳別館江南竹記」によると、この山崎のモウソウチクのほか、江戸郊外の目黒山王山のモウソウチクも、同じく島津氏によって輸入された江南竹の分植であったという（沢村幸夫『支那草木虫魚記』、江南竹・南京冬笋）。日本に竹として移植され、筍として舶載された江南竹は、安徽・江蘇・浙江・福建省あたりから輸入せられたのであろう。中国料理の冷盤・熱盤・大湯・小湯の菜譜を見ると、その三分の一ぐらいが筍を主要材料としている。中世から近世初めにかけて、中国の料理法や菓子製造法をさかんに学習した時期があるが、そのころ、中国原産のタケが輸入された。全国にタケの栽培面積が広がり、農民たちが筍を掘ったり竹材を伐採するようになったのは、ほんの近世以後のことであった。

しかるに、日本文学の古典作品には早くからタケが登場する。『古事記』上《かみ》つ巻《まき》、黄泉国の段を見ると、伊邪那美命が予母都志許売《よもつしこめ》をつかわして伊邪那岐命を追わしめたときに、伊邪那岐が「右の御美豆良《みみづら》に刺せる湯津々間櫛《ゆつつまぐし》を引き闕《か》きて投げ棄つれば、乃ち笋《たかむな》生《な》りき」とある。笋は竹芽菜《たかめな》の義と解され、竹の子である。投げた櫛が筍になったというのであるから、櫛は竹製だったのであろう。そして、齋《ゆ》つ爪櫛《つまぐし》というのであるから、これはたんなる装飾具ではなくて、鬼神や邪霊を避け斥《しりぞ》けるための呪具だったのであろう。したがって、この櫛は、日常生活レベルで常用され多用されたものとは考えられない。だが、それにしても、記紀時代に、このような竹製の呪具が至極簡単に古代人たれしもの手に入ったと考えてよいかどうか。懐疑精神を研ぎ澄ませるとき、大いに検討の余地が生じる。

タケが呪具＝祭具に用いられた例は『万葉集』にも見えている。

大伴《おほとも》　坂上《さかのへ》の郎女《いらつめ》の、神を祭る歌一首

ひさかたの　天の原ゆ　生《あ》れ来《きた》る　神の命《みこと》　奥山の　賢木《さかき》の枝に　白香《しらか》著《つ》け　木綿《ゆふ》とりつけて　齋戸《いはひべ》を　忌《いは》ひ
穿《ほ》り居《す》ゑ　竹玉《たかだま》を　繁《しじ》に貫《ぬ》き垂《た》り　鹿猪《しし》じもの　膝折り伏せ　手弱女《たわやめ》の　襲衣《おすひ》取り懸け　かくだにも　吾は祈《こ》
ひなむ　君に逢はぬかも（巻第三、三七九）

ここに歌われている「竹玉《たかだま》」は竹を短く切って紐で貫いたもの、もしくは、玉籠の類であったろうが、いずれにしても、ここに神霊が宿ると信じられていた。そうなると、タケは、当時にあっては、よほど貴重なものでなければならなかった。およそ祭具とか供犠《くぎ》とかに選ばれる物品《ショーズ》は部族共同体にとって最も貴重なものでなければならず、手軽に入手できる物品では所与の機能を果たすことが不可能だったからである。万葉時代にあって、タケがそんなに貴重品である以上は、これを所有し得る人といったら、ごく一部の特権階級のみに限られてくるのも不可避であろう。

『万葉集』には、タケに関する歌が、長歌短歌合わせて全部で十七首見える。ところが、純然たる植物としてのタケを詠んだ歌は、このうち僅かに四首しかない。あとの十三首は、直接的にタケを詠んだのではなくして、譬喩として用いられたり、枕詞として使われたり、また、その稈を材料として作られた器具について歌われたりしたものばかりである。いま、その十三首のほうの内訳を示すと、(1)隠れての譬喩（「さす竹の葉隠《はがく》りてあれわが夫子が吾許《わがり》し来《こ》ずは吾恋ひめやも」〈巻第十一、二七七三〉）、去《い》なばの譬喩（「殖竹《うゑたけ》の本《もと》さへ響《とよ》みいで去《い》なば何方《いづし》向きてか妹が嘆かむ」〈巻第十四、三四七四〉として用いられた用例が二首。⑵皇子《みこ》、大宮人《おおみやびと》、舎人壮士《とねりをとこ》にかかる枕詞として用いられた「さす竹の」が七首と、とをよる子（なよなよとした女性の意）にかかる枕詞として用いられた「なよ竹の」が一首と、つごう枕詞の用例が八首。⑶呪具＝祭具として用いられた「竹玉」「竹珠」の用例が三首。――というふうに分類できる。これらは、明らかに、自然界の一部として存在するタケを諷詠したものではない。そこで、さらに「さす竹の」の用法をさぐってみるのに、そのことごとくが、律令宮廷社会に関係をもった人物についての一定の〝栄光〟を表象するシンボルとしてのみ歌われてある。「なよ竹の」も、「吉備津《きびつ》の采女《うねめ》の死《みまか》りし時、柿本朝臣人麻呂の作れる歌」という前置きが付されている長歌（巻第二、二一七）のなかで用いられていて、これも律令宮廷社会に密接な関係をもつ。また「竹玉」「竹珠」の用例は、前掲の大伴坂上の郎女のほか、「天平五年癸酉、遣唐使の船の、難波を発《た》ちて海に入りし時、親母《はは》の子に贈れる歌一首」の前書のある長歌（巻第九、一七九〇）と、有名な言語遊戯「根《ね》毛《も》一伏《こ》三向《ろ》凝《ご》呂《ろ》爾《に》」を含む長歌（巻第十三、三二八四）とに見られ、当時の支配階級＝知識人が構成した特殊社会のなかではじめて効力をもつ祭祀方法であったことを裏書きしている。

かく構造的＝全体的視点から照明を当ててみるとき、『万葉集』のなかで詠じられたタケが、宮廷・皇親・貴族・律令社会知識人のみによって共有され了解された、いわばとっておきの詠材であった、ということを知らずにはおられなくなる。植物であるタケそのものを詠じた短歌も、律令文人貴族によってのみ産みだされた諷詠であった。

梅の花散らまく惜しみわが苑《その》の竹の林に鶯鳴くも（巻第五、八二四）　小監阿氏奥島
大和には聞こえゆかぬか大我野《おほがの》の竹葉《たけは》刈り敷き廬《いほり》せりとは（巻第九、一六七七）　作者　不詳
御苑生《みそのふ》の竹の林に鶯はしき鳴きにしを雪は降りつつ（巻第十九、四二八六）　大伴　家持
わか屋戸のいささ群竹《むらだけ》吹く風の音のかそけきこの夕《ゆふべ》かも（同、四二九一）　大伴　家持

既に明白となったと思うが、記紀万葉にあらわれるタケは、なるほどその用例や頻度数においては僅少だったとは

言い切れないけれども、ただちに、これを以てタケと日本古代人一般の生活との関係が親密であったことの証拠とするのでは非合理に過ぎる。それどころか、柿本人麻呂や田辺福麻呂や大伴家持がタケ（植物そのものにしろ、それが"シンボル"とするものにしろ）を頭裡に想い描いたときには、特別の心構えなり了解なりを必須としていた。もちろん、タケによく似た自生品種であるササやシノはあったし、それらも『万葉集』に歌われているが（特に柿本人麻呂の「小竹《ささ》の葉はみ山もさやにさやげども吾は妹思ふ別れ来ぬれば」〈巻第二、一三三〉は有名である）、それだけに、タケとササとの区別は明確に意識されていたはずである。

「さす竹の皇子《みこ》」「さす竹の大宮人《おほみやびと》」に代表されるように、タケが七〜八世紀の律令宮廷社会の"シンボル"として崇められたということは、文化意識の側面からみれば、中国詩文や中国宗教習俗を一所懸命になって模倣し学習した成果がそこに見られるということと、じつは全く同一である。後進国の政治指導者として、先進国である中国の文物を一刻も早く修得《マスター》すべく、律令文人貴族は大いに努力したのだった。

その典型的な例証は、『懐風藻』に見られる。——

釈智蔵《しやくちざう》。二首。

五言。翫ス二花鶯ヲ一。一首。

桑門寡ク二言晤一。策ツキテレ杖ヲ事トス二迎逢ヲ一。以テ二此ノ芳春節ヲ一。忽チニ値フ二竹林ノ風一。求メテレ友ヲ鶯嫣ワラヒレ樹ニ。含ミテレ香ヲ花笑フレ叢ニ。雖モレ喜ブト二遨遊志ヲ一。

還リテ媿ハヅ乏シキコトヲ二　雕虫ニ一。

五言。秋日言レ志。一首。

欲レ知ラント二得ルレ性ノ所ヲ一。来リ尋ヌ仁智ノ情。気爽ケクシテ山川麗シク。風高クシテ物候芳ニホフ。燕巣辞サリ二夏色ヲ一。鴈渚聴ク二秋声ヲ一。因リテ二茲ノ竹林ノ友ニ一。栄辱

莫シ二相驚クコト一。

○

従四位上治部卿境部王《ぢぶのかみさかひべのおほきみ》。二首。年二十五。

五言。宴《ス》二長王宅《ニ》一。一首。

新年寒気尽《ヤ》。上月淑光軽《シ》。送《リテ》レ雪《ヲ》梅花笑《ミ》。含《ミテ》レ霞《ヲ》竹葉清《シ》。歌《ハ》是《レ》飛塵《ノ》曲。絃《ハ》即《チ》激流《ノ》声。欲《セバ》レ知《ラマク》二今日《ノ》賞《ヲ》一。咸《ミナ》有《ルトイフコトヲ》二不帰《ノ》情一。

○

従五位下大学助《だいがくのすけ》背奈王行文《せなのおおきみゆきふみ》。二首。年六十二。

五言。上巳禊飲。応詔。一首。

皇慈被《カガフリ》二万国《ニ》一。帝道沾《ヌラス》二群生《ヲ》一。竹葉禊庭《ニ》満《チ》。桃花曲浦《ニ》軽《シ》。雲《ハ》浮《ビテ》天裏麗《シク》。樹《ハ》茂《ク》苑中栄《ユ》。自顧試《レド》二庸短《ヲ》一。何《ゾ》能《ク》継《ガム》二叡情《ニ》一。

釈智蔵《しやくちぞう》は、俗姓禾田氏《あわたうじ》、天智天皇から持統天皇ごろまで生存した人物。近江朝時代に唐に留学し、持統時代に帰朝して三蔵を伝え、僧正となって七十三歳で没した。この新帰朝僧がもたらした唐の文物は、律令宮廷社会に大きな影響力を与えた。「翫《くわあうをはやす》二花鶯一」という五言詩は、仏門にある自分には、向かい合って話す相手も少ないので、杖をついて出あるくことを仕事にしているのですが、このかぐわしい春の季節に出かけたところ、ゆくりなくも竹の林を吹く風に逢いました。樹間には鶯が友を求めてあでやかに鳴き、草むらには花（梅花）がよい香りをこぼしながら咲いています。自分には野に遊ぶ心のもち方のほうだけはあるのですが、詩文を作る才能に乏しいので、それを恥じ入るばかりです、の意。「秋日言レ志《しうじつこころざしをいふ》」という五言詩は、自分の性にぴったりかなった安住の所を知りたく思い、山川の風情を尋ねてやってきました。すると、空気はいかにもさわやかで、山も川もみな美しく、風は秋空高く吹いておりまして、気候風物はかんばしいばかりであります。燕のいた巣には夏の気配が去っており、かわって雁の飛来した水際には秋のものさびしい声が聞こえております。自分は、かの竹林の七賢人に似た友人のおられるおかげで、こうして自然界の移り変りのさまもわかり、栄誉や恥辱など少しも気にかけないで生きることができるのです、の意。二首とも、全体に『詩経』『論語』『老子』『揚子法言』『文選』などのさわりの字句をちりばめ、なかなかハイカラな詩篇である。

そこで、問題になるのは、前の詩では「忽《たちま》ちに竹林《ちくりん》の風《かぜ》に値《あ》ふ」という個所、後の詩では「兹《こ》の竹林《ちくりん》の友《とも》に因《よ》りて」という個所である。論者によっては、これを竹林精舎（迦蘭陀長者所有の竹林中にあった精舎）と解して、作者が仏門に没入するのを言っていると説くが、ここは、詩篇全体が下敷きともし手本とも仰いでいる漢魏六朝の詩文からの影響の濃さから推して、竹林七賢と考えるべきである。中国の隠遁思想は、老荘思想に啓発されて、山水に入る実際行動に移り変って来たのであって、山水を愛好する思想といっても、なにも山水の美しさを愛するがゆえに山水に分け入った、というのではない。釈智蔵が「遨遊《がういう》の志《こころばへ》を喜ぶ」とか「来《きた》り尋ぬ仁智《じんち》の情《こころ》。気爽《きさや》けくして山川麗《さんせんうるは》しく」とか詠じている場合も、自然観賞を目的として山水に分け入ったのではない。六朝詩の真似をしながら山水詩を作ったのであるから、当然、六朝文学のキーワードになっている「竹林」が詠じ込まれたさいには、六朝詩に近づけて解釈するのが穏当である。「竹林の風」「竹林の友」を沙門（仏門）と解する見方は、天武・持統時代の仏教が国家鎮護を目的とした、謂わば、官僚仏教にすぎなかったことに想到すれば、一面的な見方にすぎない。

境部王《さかいべのおおきみ》は、天武天皇の皇孫で、穂積皇子の子。坂合部王と書く場合もある。養老元年（七一七）従四位下、同五年（七二一）治部卿となったが、二五歳で夭折した。『万葉集』に「虎に乗り古屋を越えて青淵に鮫竜《みつち》とり来む剣《つるぎ》刀《たち》もが」（巻第十六、三八三三）という中国趣味まるだしの短歌一首を残している。「宴二長王宅《ちやうわうがいへにしてうたげす》一」の五言詩は、長屋王の邸宅である佐保楼《さほろう》に文人貴族たちが集まって、新年パーティをおこなったときに、その席上で詠まれた即興詩。特に注意を要するのは「雪を送りて梅花《ばいくわ》笑み、霞を含《ふふ》みて竹葉《ちくえふ》清し」の対句である。ここの「竹葉」は、もちろん、『文選』の張景陽の七命八首に「竹葉」（酒の名）とあるのを踏まえていると考えられるから、酒の意も暗にうたい込められている。しかし、「竹葉」そのものには、『晋書』胡貴嬪伝に「宮人乃取ニ竹葉一挿レ之、以ニ塩汁一灑レ地而引ニ帝車一」と見えるごとく、宮廷人のみのおこなう禊祓《けいふつ》の宗教儀礼の意味も隠されている。どちらの意味に解するにしても、「竹葉」は特権階級に属する者だけが享受し得る高度なる文化の〝シンボル〟として用いられていることに変わりはない。そこへもってきて、「梅花」との対応があり、両者はワン・セットになって、海を越えて眩しく輝く先進国＝中国の文化に対する尊崇とあこがれとを表出しているのである。

背奈王行文《せなのおおきみゆきふみ》は、帰化人背奈福徳（武蔵国高麗郡に住む）を父として生まれ、養老五年（七二一）明経第二博士となり、神亀四年（七二七）従五位下に叙された人物で、『万葉集』に「奈良山の児《こ》の手柏《てがしは》の両面《ふたおも》にかにもかくにも佞人《ねぢけびと》の徒《とも》」（巻第十六、三八三六）というサタイア風《ふう》の短歌一首を残している。「上巳禊飲《じやうしけいいん》」の五言詩は、三月三日の曲水宴に侍って、天子の御仁慈はかくもすばらしいのに、それに応えたてまつるべきりっぱな詩文ができない、と詠じたもの。ここでも「竹葉禊庭《ちくえふけいてい》に満ち、桃花曲浦《たうくわきよくほ》に軽《かろ》し」という対句がうたわれて、曲水宴になくてかなわぬ「竹葉」と「桃花」とをワン・セットのものとして表出している。

『懐風藻』にあらわれた叙上の用例によっていよいよ明白となったが、タケこそは、律令宮廷社会を構成する支配層にとって、文化もしくは文明を表象するための大切な〝シンボル〟であった。したがって、当時、竹を所有すること、竹を詩歌に詠み込むことは、ハイカラな中国文化を享受する証《あかし》であったし、王道イデオロギーを地でゆく大陸政治思想に触れる行為であった。日本の古代人が、純然たる自然観照の立場からタケを眺めたり諷詠したりした、と考えるのは、事実を見誤っている。

律令貴族文人にとって、タケといえばただちに〝中国文化〟を思い描かずにおられなかったことは、べつの観点からも証明し得る。ふたたび、『万葉集』に目を向けてみる。——

昔有ニ老翁一。号曰ニ竹取翁一也。此翁季春之月登レ丘遠望。忽値ニ煮羹之九個女子《アツモノヲニルココノタリノヲトメ》一也。百嬌無レ儔。花容無レ止。

于時娘子等。呼二老翁一嗤曰。叔父来乎。吹二此燭火一也。於是翁曰。唯々。漸趁《オモムヤ》徐行。著《マジハル》二接座上一良久《ヤヤ》娘子等皆共含レ咲。相推譲《オシユヅリテ》曰。阿誰《タレカ》呼二此翁一哉。爾乃竹取翁謝《コトワリテ》レ之曰。非レ慮《オモハザル》之外。偶逢二神仙一。迷惑《マドヘル》之心《ココロ》。無二敢所レ禁《サフル》。近狎之罪。希贖《フニ》以レ詞。取作歌一首并短歌

緑子の　若子《わくご》が身には　たらちし　母に懐《うだ》かえ　褨襁《ひむつき》の　這ふ児が身には　木綿《ゆふ》肩衣《かたぎぬ》　純裏《ひつら》に縫《ぬ》ひ著《き》　頸著《うなつき》の　童子《わらは》が身には　夾纈《ゆひはた》の　袖つけ衣　著し我を　にほひよる　子等が同年輩《よち》には　蜷《みな》の腸《わた》　か黒し髪を　真櫛《まぐし》も　ち〈中略〉秋さりて　山辺を往けば　懐《なつか》しと　我を思へか　天雲《あまぐも》も　行き棚引く　還り立ち　路を来《く》れば　うち日さす　宮女《みやをみな》　さす竹の　舎人壮士《とねりをとこ》も　しのふらひ　かへらひ見つつ　誰《た》が子ぞとや　思はえてある　かくぞ為来《しこ》し　古《いにしへ》　ささきし我や　愛《は》しきやし　今日やも子らに　いさにとや　思はえてある　かくぞ為来《しこ》し　古《いにしへ》の　賢《さか》しき人も　後の世の　かたみにせむと　老人を　送りし車　持ち還り来し　持ち還り来し（巻第十六、三七九一）

反歌二首

死なばこそ相見ずあらめ生きてあらば白髪《しろかみ》子等《こら》に生《お》ひざらめやも（同、三七九二）
白髪《しらかみ》し子等《こら》も生《お》ひなばかくの如《ごと》若けむ子らに罵《の》らえかねめや（同、三七九三）

この「竹取《たかとり》の翁」の伝説歌謡は、この老翁が、三月、丘に登って仙女に出会った話筋《プロット》で、おのれの華やかな青春を追想し、最後に棄老伝説をのぞかせる。明らかに、この長歌は『遊仙窟』に題材をとったもので、詞書の漢文に「百嬌無レ儔、花容無レ匹」とある修辞などは、『遊仙窟』の女人の容姿を描いた「花容婀娜、天上無レ儔、玉体逶迤、人間少レ匹。輝輝面子、荏苒畏二弾穿一、細細腰支、参差疑二勒断。……千嬌百媚、造次無レ可二比方一弱体軽身、談レ之不能二備尽二」を換骨奪胎して成ったものである。また、終りの部分の「古の賢しき人も」うんぬんのくだりは、契沖が指摘するごとく『孝子伝』の原穀説話を典拠としたものである。この「竹取の翁」の歌謡は、漢文学の素養のある人でなければ到底つくり得るものではない。作者は必ずや律令貴族文人のひとりであった、としか他に判断しようがな

い。しかも、作者は〃ユートピア〃を垣間見《かいまみ》た老翁を「号《なづ》けて竹取の翁と曰ふ也」と記さずにはおかなかった。タケの内包する思想的＝文学的意味は、この用例によっていっそう鮮明に限定される、と見るべきである。

同じ「竹取の翁」を主人公にしているとは言っても、平安朝の産物である『竹取物語』になると、もはや必ずしも中国文学の影響ばかりとは断定し切れない要素が強い。話筋《プロット》からして、『万葉集』のそれとはまるきり異なるのである。――

いまは昔、竹取翁といふもの有りけり。野山にまじりて竹を取りつゝ、よろづの事に使ひけり。名をば、さぬきの造麿《みやつこまろ》となむいひける。その竹の中に、もと光る竹なむ一筋ありける。あやしがりて寄りて見るに、筒の中光りたり。それを見れば、三寸ばかりなる人、いとうつくしうてゐたり。翁いふやう、「我あさごと夕ごとに見る竹の中におはするにて、知りぬ。子となり給ふべき人なめり」とて、手にうち入れて家へ持ちて来ぬ。妻の女にあづけて養はす。うつくしき事かぎりなし。いとをさなければ籠《こ》に入れて養ふ。

この『竹取物語』の源流および伝承経路について、三品彰英『日鮮神話伝説の研究』は、「竹取物語の母胎として、今まで『後漢書』や仏典などが指摘されて来たが、私はよりよき類縁者として新羅のそれを推し度い」と言うが、その説も間違っていないと思う。さらに遡っていって「神仙と竹及び竹の神秘などの土俗」をさぐるということになれば、中国の「竹林」思想をも含めて、タケが天から降《くだ》る神霊の憑《よ》り代《しろ》の役目を果たしたという推定もじゅうぶんに首肯し得る。じっさいに、竹筒（竹玉《たかだま》もその一種）から美女の出現するモティーフは、中国江南から福建省にかけての地域、台湾、フィリピン、ボルネオなどに広く分布する創造神話の類型の一つである。けっきょく、この神話の原初的な意味は、竹取翁は依《よ》り来《く》る神を竹籠に招《お》ぎまつる聖業者であったという由縁を説明することに存した、と考えられる。タケおよびタケの林それ自体に神秘性が感じられたというのも、謂うならば〃原始心性〃のなせるわざであった。ただ、早くから文明のひらけた中国にあっては、早くから人文化＝理性化が進んだのである。

「竹取物語絵巻」部分
江戸時代前期
チェスター・ビーティー・ライブラリー蔵

しかし、『竹取物語』の説話を管理したのは、あくまでも平安朝貴族たちであった。竹取の翁の物語に、喜んで耳傾けたのも、王朝支配階級に属するひとびとのみに限られた。なにしろ、肝腎のタケを私有し得る人の数が少なかったのだから。ものづくし風に類纂的叙述をしている『枕草子』などを見ても、タケの用例は不思議なほど少ないのである。和歌などに「竹の葉」と詠まれてあるものも、理念的には漢詩文をめざし、現実的にはササを以て代用したふしが多い。タケは、依然として、宮廷社会の指導的位置にある文人たちの〝唐風模倣〟の構成分子として用いられるにすぎなかった。

『経国集』に、タケを詠んだ漢詩二首が見いだされるが、いずれも『文選』や『芸文類聚』を手本にして作られたものばかりである。それを示すと——

五言。暇日閑居。一首。　良　安世

暇日除《キ》二煩想《ヲ》一。春風読《ミ》二楚詞《ヲ》一。簷閑《カニ》啼鳥換《リ》。門掩《ヒテ》世人稀《ナリ》。初笋篁辺《ニテ》出。遊糸柳外《ニ》飛《ブ》。寥寥高《クシテ》レ枕《ヲ》臥《ス》。庭樹落花《ノ》時。

五言。竹樹新《タニ》栽《エ》。流水遠《ク》引《ク》。即事有レ興。把《リ》レ筆《ヲ》直《ニ》疏《シ》。得《タリ》二寒《ノ》字《ヲ》一。応《ズ》レ制《ニ》。一首。（太上天皇在レ祚。）　野　岑守

竹樹新《タニ》成レ陰。春光始《メテ》欲レ闌《ナラント》。雑花圧《シテ》レ欄《ヲ》暖《カニ》。瀑水撃《ツテ》レ梁《ヲ》寒《シ》。侍女開《キテ》レ扉《ヲ》聴《キ》。親臣巻《キテ》レ箔《ヲ》看《ル》。非《ズシテ》レ経《ルニ》二山河《ノ》遠《キヲ》一。即坐《ニ》得二考槃《ヲ》一。

——かくして、上代・中古をつうじて、日本古代文学にあらわれたタケは、貴族文人の占有物であるという性格を持続した。平城宮址および平安宮址から発掘されるタケの樋《とい》などの出土品も、貴族文人の占有物と見るべきである。少なくも、日本古代都市（それ自身が、唐の長安や洛陽の都市計画をそっくり模倣したものであった）の支配機構によって占有されていたと見るべきである。

タケが民衆にまで分かち与えられるためには、中世末ないし近世初頭まで待たねばならなかった。

藤

フジが、最初に日本文学の舞台に登場するのは、『古事記』中《なか》つ巻《まき》、応神天皇の段に挿入説話《エピソード》として加えられた「秋山之下氷壮夫と春山之霞壮夫」の条《くだり》においてである。この説話それ自身はたいへんに美しいシナリオであるけれど、それの「応神紀」全体のなかで果たす神話的機能が曖昧であり、また前後の条との接続がいかにも唐突であるために、古来、さまざまの解釈を生んだ。出自についても不分明だが、天之日矛伝説とのつながりからすると、もとは朝鮮古代神話の断片だったかと想像される。

まず、『古事記』当該個所に当たってみよう。——

故《かれ》、玆《こ》の神の女、名は伊豆志袁登売神《いづしをとめのかみ》坐《ま》しき。故、八十《やそ》神是の伊豆志袁登売を得むと欲《おも》へども、皆得婚《えまぐは》ひせざりき。是に二はしらの神有りき。兄は秋山之下氷壮夫《あきやまのしたびをとこ》と号《なづ》け、弟《おと》は春山之霞壮夫《かすみをとこ》と名づけき。故、其の兄其の弟に謂ひけらく、「吾《われ》伊豆志袁登売を乞へども、得婚《えまぐは》ひせざりき。汝《な》は此の嬢子《をとめ》を得むや。」といへば、「易《やす》く得む。」と答へて曰ひき。爾《ここ》に其の兄曰ひけらく、「若《も》し汝《なれ》、此の嬢子を得ること有らば、上下《かみしも》の衣服《きもの》を避《さ》り、身の高《たけ》を量りて甕酒《みかざけ》を醸《か》み、亦山河の物を悉《ことごと》に備へ設けて、宇礼豆玖《うれづく》を為《せ》む。」と云ひき。爾に其の弟、兄の言ひしが如く、具《つぶ》さに其の母に白せば、即ち其の母、布遅葛《ふぢかづら》を取りて、一宿《ひとよ》の間《ほど》に、衣褌及襪沓《きぬはかまたしたぐつ》を織り縫ひ、亦弓矢を作りて、其の衣褌《きぬはかま》等《ども》を服《き》せ、其の弓矢を取らしめて、其の嬢子の家に遣はせば、其の衣服及《きものまた》弓矢、悉に藤の花に成りき。是に其の春山之霞壮夫、其の弓矢を嬢子の厠《かはや》に繋《か》けき。爾に伊豆志袁登売、其の花を異《あや》しと思ひて、将《も》ち来る時に、其の嬢子の後《しり》に立ちて、其の屋に入る即ち、婚《まぐは》ひしつ。

秋山の精霊《ジェニー》との〃兄弟争い〃に勝利者となった春山の精霊《ジェニー》は、もちろん、万物復活を祈願する春の農耕儀礼に関する神事芸能のシテ役である。古代農耕民は、このように、はじめから勝利者の決まっている〃争い〃や〃勝負〃をわざわざ実修して、その一年の収穫や多幸を祈願するようすがとしたのだった。ここで特に問題とすべきは、原文に「即其母、取二布遅葛一而、布遅二字以レ音。一宿之間、織二縫衣褌及襪沓一、亦作二弓矢一、令レ服二其衣褌等一、令レ取二其弓矢一、遣二其嬢子之家一者、其衣服及弓矢、悉成二藤花一」とある記述個所である。このうちの後半部分は、伊豆志袁登売との婚姻につながって、イニシエーションの宗教儀礼の重要な構成要素となっているが、いまは、母（部族内の年長女性でもよい）が与えてくれた「布遅葛《ふちかづら》」（藤かつら）を問題にしたい。フジカズラとは、いったい、何者であろうか。冬のあいだ枯死状態にあって、鉱物みたいにからからになっていたフジの蔓《つる》が、一陽来復、春の日ざしを浴びるようになるやいなや、逞しい新芽をふき、輝くような若葉をひろげ、力いっぱいに苞《つと》を持ち上げ、やがて美しい花房を垂れ、芳香をただよわすのに接したとき、古代人は驚異と歓喜との声をあげずにはいられなかったであろう。フジカズラによる類似呪術を成立させた一種の〃原始心性〃には、容易に理解が届く。フジは、まさしく〃生命の木〃として崇拝されたにちがいない。

藤という漢字をたずねてみると、『爾雅』釈木篇に「諸慮山櫐。今江東呼レ櫐為レ藤似レ葛而麤大也。」とあり、『毛詩』周南篇に「南有二樛木一、葛藟纍レ之、楽只君子、福履綏レ之」とあって、古い時代から、この植物がものにからみついて生育していく逞しい生命力に対して、古代民の注意が向けられた痕跡を確かめ得る。そのためか、中国の本草書や博物誌では、伝統的に、フジは草部に入れて扱われている。フジは、もともとは温暖の地帯に自生していた植物であったろうが、しだいに北方の地域にも繁殖していった。石器時代には石鏃を竹に挾んでフジの皮で巻いたらしく、この皮の繊維から紐縄が作られたり衣服が作られたりもした。いや、そんなに遠古の時代でなくても、日本では、つい江戸時代ごろまでフジの布は、久しく庶民の間で織られていたものであった。げんに『万葉集』を見ると、「須磨の海人《あま》の塩焼衣《しほやきぎぬ》の藤《ふぢ》服《ごろも》ま遠にしあればいまだ著《き》穢《な》れず」（巻第三、四一三）、「大王《おほきみ》の塩焼く海人《あま》の藤衣《ふぢごろも》穢《な》れはすれどもいやめづらしも」（巻第十二、二九七一）などの用例がある。なにしろ、強靱な生命力を持ち、また実際に繊維の強さなどが知られていたから、古い時代においては、フジといえば、その花の姿よりも木の生態のほうに注意が集められたのである。

もちろん、『万葉集』を見ると、フジの花にも目が向けられ、多くの長歌短歌が詠まれている。

恋《こひ》しけば形見にせむとわが屋戸《やど》に植ゑし藤浪いま咲きにけり（巻第八、一四七一）　山部　赤人

藤浪の咲ける春野に延《は》ふ葛下《かづらした》よし恋ひば久しくもあらむ（巻第十、一九〇一）　作者　不詳

藤浪の散らまく惜しみ霍公鳥《ほととぎす》今城《いまき》の岡を鳴きて越ゆなり（同、一九四四）　作者　不詳

春日野の藤は散りにて何をかも御狩《みかり》の人の折りて挿頭《かざ》さむ（同、一九七四）　作者　不詳

かくしてぞ人の死ぬといふ藤浪のただ一目《ひとめ》のみ見し人ゆゑに（巻第十二、三〇七五）　作者　不詳

妹が家に伊久里《いくり》の森の藤の花今来《こ》む春も常《つね》かくし見む（巻第十七、三九五二）　大原　高安

藤浪の咲き行く見れば霍公鳥《ほととぎす》鳴くべき時に近づきにけり（巻第十八、四〇四二）　田辺福麻呂

明日の日の布勢の浦廻《うらみ》の藤浪に蓋《けだ》し来鳴かず散らしてむかも（巻同、四〇四三）　大伴　家持

ここに短歌八首を引いてみたが、これは、『万葉集』所収のフジの歌二十七首の約三分の一である。これらを注意深く観察してみるのに、純然たる〃自然観照〃の態度を以てフジを眺めた作品は、国歌大観番号一九四四番の「藤浪の散らまく惜しみ霍公鳥」の歌一首だけで、他はことごとく人事（人間関係）を詠出する手段としてフジを借りた歌ばかりである。他に、四〇四二番と四〇四三番とが一見《いっけん》これに近いようにうかがえるが、この二首は、巻第十八の巻頭に据えられた福麻呂・家持の間で交わされた贈答唱和の歌十二首のうちの最後のワン・セットを成すもので、両貴族官僚のやりとりした作品群は酒宴の上での挨拶交換にすぎないことが明白である。そうなると、一九四四番の歌だ

けが植物としてのフジを対象に把らえて詠出していることになるが、この歌とても、巻第十を見ると、「夏の雑歌」の部立《ぶだて》のうちの「鳥を詠める」というグループ二十七首（鳥といっても、全部が霍公鳥《ほととぎす》の歌である）を構成する一首としての重たさしか持ち得ず、とりたててフジの美しさに注目して諷詠した作品とは判断しがたい。けっきょく、『万葉集』には、ついにフジの花そのものを〝自然観照〟的に認識＝再創造した作品は皆無である、との帰結に到るほかない。

こうしてみると、『万葉集』にあってさえ、フジは、その花の美しさが注意を呼ぶという以上に、その木の内有する〝生命力〟が崇拝され、そのために人事（人間関係）を詠んだ歌のなかに呪術《マジコ》＝宗教的《レリジャス》なリアリティを付与する役目をはたした、という事実がわかる。

このことは、『万葉集』とほぼ同時代の作品を集めた漢詩集『懐風藻』を見れば、いよいよはっきりする。

大宰大弐正四位下紀朝臣男人《きのあそみをびと》。三首。年五十七。

五言。扈従吉野宮。一首。

鳳蓋停南岳。追尋智与仁。嘯谷将孫語。攀藤共許親。峰巌夏景変。泉石秋光新。此地仙霊宅。何須姑射倫。

この五言詩に「藤《ふぢ》を攀《よ》ぢて許《きよ》と親《むつ》ぶ」と詠まれてあるフジは、南山の嶮崖に自生しているマメ科植物それ自体であって、花のほうではない。しかも、そのフジは、中国詩文の達人である孫綽（孫興公）および許詢（許玄度）との関わりにおいて意味をもち、さらに律令文人貴族の親縁共同体《ソリダリテ》の補強という目的において意味をもっている。そして、谷の風光といいフジといい、すべては、吉野山という神仙境《ユートピア》の〝シンボル〟の機能を果たしているのである。このことは、たとえば柿本人麻呂の近江荒都を過ぐる時の長歌「たまだすき、畝火の山の、橿原の、ひじりの御世ゆ、あれましし、神のことごと、樛木《つがのき》の、いやつぎつぎに……」（巻第一、二九）の樛木が、前述の『毛詩』周南篇から出ていて、当時の貴族文人官僚の間では、「樛木《きゅうぼく》」といえば、帝王が臣下を「葛藟」のようにからませてやる比喩に用いられていたはずの学芸上の知識を前提にして、わざわざこの用字や訓み方を選択したあの例を、ここに想起させる。小島憲之によると、「樛木は蔓草などがまつはりからむ(fast cling)木として知られ、これに葛藟(くずやきづた)がまつはり繁るために、『楽只君子』以下の句のたとへとなる。まつはりつくことをもつて、恵みにすがる心をも示す。これを少し展開させると、天皇が歴代の天皇に続いて――あたかも蔓草が長く続いてまつはり茂る如く――つぎつぎに天下を幸福に治めると云つた表現にあたることになる」(『上代日本文学と中国文学・中』、第五篇第五章 万葉集と中国文学との交流)という。そうだとすると、紀男人が「藤《ふぢ》を攀《よ》ぢて許《きよ》と親《むつ》ぶ」と表現したときにも、中国詩文にくわしい官人貴族同士の間では、フジとあるだけで、君子の幸福をたたえ合ったという寓喩を示したことになる。その次元では、フジは、帝王側近の臣下を象徴する意味をもっているとも言い得る。また、このように考えてこそ、はじめて詩題の「扈従吉野宮」の意想が完全に了解される。

この例は、平安初期の三大勅撰漢詩集の二番目にあたる『文華秀麗集』巻中梵門にも見える。――

過梵釈寺。一首。　御製

雲嶺禪扃人蹤絶。昔将今日再攀登。幽奇巖嶂吐泉水。老大杉松離旧藤。梵宇本無塵滓事。法筵唯有薜蘿僧。忽銷煩想夏還冷。欲去淹留暫不能。

御製とあるのは、嵯峨天皇の作詩。「老大《らうだい》なる杉松《さんしやう》旧藤《きうとう》を離《か》く」は、矚目の庭景を詠じたものには相違ないが、暗《あん》に前記『毛詩』周南篇の「楽只君子」を踏まえてある。嵯峨帝が〝唐風模倣〟のチャンピオンであったことは周知のとおりであるが、そのかぎり、〝中国古代詩〟の制約を逃《のが》れ得なかった。

フジの、その美しい花が賞美されるようになるためには、〝摂関時代〟の到来を待たねばならない。フジの花の美しさを発見したのは、王朝女房文学者たちの功績に帰せられる。しかし、それも、帝王の権勢以上に盛んな藤原関白家の栄光の周囲に侍《じ》していたればこその功績であった。

『枕草子』は、フジについて、つぎのように言及する。「【三七】木の花は　こきもうすきも紅梅《こうばい》。桜は、花びらおほきに、葉の色こきが、枝ほそくて咲きたる。藤の花は、しなひながく、色こく咲きたる、いとめでたし。」「【八八】めでたきもの　唐錦《からにしき》。飾《かざ》り太刀《たち》。つくり仏のもくゑ。色あひふかく、花房《ぶさ》ながく咲《さ》きたる藤《ふぢ》の花の、松にかかりたる」と。もちろん、純然たる自然観賞の眼で以てフジの花を「めでたし」「めでたきもの」と評価したのだ、と解釈して差し支えない。しかし、摂関時代知識人の頭裡に描かれるフジの花の象徴なり記号なりが藤原氏の権勢を離れて単独に存在し得たかどうか、考慮に入れておく必要もある。それを考えるためには、『源氏物語』を材料にするのがいちばん早道であるのだが、作者紫式部が中宮彰子に仕えてその父藤原道長母倫子の知遇を受けた人物だったとあってはあまりにも付き過ぎの感がする。それで、ここでは、『伊勢物語』を引例してみたい。その百一段をみると——

むかし、左兵衛(の)督《(かみ)》なりける在原の行平《ゆきひら》といふありけり。その人の家によき酒《さけ》ありときゝて、うへにありける左中弁藤原《ふぢはら》の良近《まさちか》といふをなむ、まらうどざねにて、その日はあるじまうけしたりける。なさけある人にて、瓶《かめ》に花をさせり。その花の中《なか》に、あやしき藤《ふぢ》の花ありけり。花のしなひ、三尺六寸ばかりなむありける。それを題《だい》にてよむ。よみはてがたに、あるじのはらからなる、あるじし給《たま》ふときゝて来《き》たりければ、とらへてよませける。もとより歌のことは知《し》らざりければ、すまひけれど、しゐ《(ひ)》てよませければ、かくなん、

咲《さ》く花のしたにかくるゝ人を多《おほ》みありしにまさる藤《ふぢ》のかげかも

「などかくしもよむ」といひければ、「おほきおとゞの栄《えい》花の盛《さか》りにみまそがりて、藤氏のことに栄《さか》ゆるを思《おも》ひてよめる」となんいひける。皆人《みなひと》、そしらずなりにけり。

（「日本古典文学大系」本に拠る）

むかし、左兵衛の督《かみ》である在原行平《ありはらのゆきひら》（在原業平《なりひら》の兄）という人がいた。この行平が、自分の家に良い酒があるというので、殿上人《てんじょうびと》であった藤原良近なる人物を主賓に招き、ある日、パーティをひらいた。行平は、風流を解する人物で、瓶に花をさして部屋を飾ったが、その花のなかに、ふつうのものとは大いに異なる藤の花がいけられてあった。

「伊勢物語絵巻 衰えたる家の藤」部分
室町時代

垂れ下がった花房が三尺六寸もある、どでかいやつである。この藤の花を題にして和歌を詠もうじゃないか、ということになった。めいめいが詠み終わったころ、あるじである行平の兄弟に当たる者（業平）が、兄貴がパーティをひらいていると知らされてやって来たので、さっそく、行平は弟をとっつかまえて、歌を詠めと言った。すると、業平は、もともとわたしは歌のことはとんと不調法でして、などと言って辞退していたが、無理矢理に求められて、つぎのごとき一首を詠んだ。「咲く花のしたにかくるる人を多みありしにまさる藤のかげかも」（咲きさかるフジの花の下に隠れる人が多いので、以前よりもフジの蔭のところがいっそうすばらしく見えますよ、の意）そこで、同席の人が「どうしてこんなふうに詠むのですか」と質問すると、業平は答えて、「おおきおとど（太政大臣藤原良房）が栄華をおきわめになっていらっしゃるものですから、藤原氏一門のかたがたが格別に栄えておられる、ということを祝賀申しあげて詠んだのです」と言った。爾後、だれひとりとして、業平の歌の悪口を言う者はなくなった。

——だいたい、こんな意味のコントであるが、全体に不自然なことばかりが語られている印象を受ける。それで、今井源衛の「諷刺の対象は藤氏であり、『下にかくるる人多み』には、藤氏一門のかげに次々と姿を消し去ってゆく他の弱少氏族の運命をこめているにちがいない。その危険な諷刺をそのまま見抜いた同席者が、こともあろうに良近の面前でと、色をなすと、しゃあしゃあとああいう言遁れをして、一同の口を閉じさせてしまった。『もとより歌のことは知らざりければ』というのも、あらかじめ逃げ場を用意したものであろうし、さらに結文の『皆人そしらずなりにけり』にいたっては、風俗どもを手玉に取った作者の人のわるい笑い声さえ聞えてくるのである」（日本文学協会編『日本文学講座Ⅳ』、伊勢物語）という新解釈も生まれ得る。だが、最も穏当なのは、玉上琢弥の「文字通りに解し、『咲く花』を太政大臣良房、『下にかくるる人』を良近と見るべきではなかろうか。いずれにしても、藤原氏の極盛期におもねる歌、媚と追従の表現以外の何物でもあるまい」（『物語文学』、七　私家集と歌物語）の帰結だろうと思われる。

フジの花の象徴は、かくして、古代末期まで藤原氏の権勢栄耀を意味しつづけたことが跡づけられるはずである。

花菖蒲

『万葉集』に「菖蒲《あやめ》(草《ぐさ》)」「安夜売《あやめ》(女)具佐《ぐさ》」としてあらわれる植物は、いま謂うショウブ(サトイモ科)であって、アヤメ(アヤメ科)ではない。一方、『万葉集』では、「菖蒲《あやめぐさ》」とは区別されて、「垣津幡《かきつばた》(旗)」「加吉都播多《かきつばた》」が歌われてある。わたくしたち現代の植物愛好者ならば、外側に垂れているいちばん大きな花びらのつけ根の部分を見て、ショウブ・アヤメ・カキツバタの三つを簡単に見分けることができるが、今から千二百年以上も昔のひとびとがどうやって弁別したものか、そこのところはさだかではない。差し当たっての必要がないままに、区別もせずに過ごしてきたのではなかったろうか。

ところが、『万葉集』の用例について冷徹な眼を光らせてみると、それぞれの花の内包する〝シンボル〟はまるで異なっていた、ということに気付かされる。

まず、「菖蒲《あやめ》(草《ぐさ》)」のほうに照明《ライト》を当ててみよう。

同じ石田《いはた》の王《おほきみ》の卒《みまか》りし時、山前《やまくま》の王の哀傷《かなし》みて作れる歌一首

つのさはふ　磐余《いはれ》の道を　朝さらず　行きけむ人の　念ひつつ　通ひけまくは　霍公鳥《ほととぎす》　鳴く五月《さつき》には　菖《あや》蒲《ぐさ》　花橘を　玉に貫《ぬ》き　蘰《かづら》にせむと　九月《ながつき》の　時雨の時は　黄葉《もみちば》を　折り挿頭《かざ》さむと　延《は》ふ葛《くず》の　いや遠永く　万世に　絶えじと念ひて　通ひけむ　君をば明日ゆ　外《よそ》にかも見む(巻第三、四二三)

大伴家持の、霍公鳥の歌一首

霍公鳥待てど来喧《きな》かず菖蒲草《あやめぐさ》玉に貫《ぬ》く日をいまだ遠みか（巻第八、一四九〇）

夏の雑歌　鳥を詠める

霍公鳥厭ふ時無し菖蒲蘰《あやめぐさかづら》にせむ日此《こ》ゆ鳴き渡れ（巻第十、一九五五）

天平二十年春三月二十三日、左大臣橘家の使者造酒司の令史田辺福麻呂を守大伴宿禰家持の館に饗しき。ここに新しき歌を作り幷せて便ち古き詠を誦みて各心緒を述ぶる。

霍公鳥厭ふ時なし菖蒲蘰《あやめぐさかづら》にせむ日此《こ》ゆ鳴き渡れ（巻第十八、四〇三五）

右の四首＊は、田辺史福麻呂。〔＊他の三首は、不必要なので略〕

国の掾久米朝臣広縄《ひろのり》、天平二十年を以ちて朝集使に附きて京に入り、その事畢《をは》りて、天平感宝元年閏の五月二十七日本任に還り到りき。仍りて長官の館に詩酒の宴を設けて楽飲せり。時に主人守大伴宿禰家持の作れる歌一首

大君の　任《まき》のまにまに　執《と》り持ちて　仕ふる国の　年の内の　事かたね持ち　玉桙《たまほこ》の　道に出で立ち　岩根踏み　山越え野行き　都べに　参《ま》ゐしわが夫《せ》を　あらたまの　年往《ゆ》き還《がへ》り　月累ね　見ぬ日さまねみ　恋ふるそら　安くしあらねば　霍公鳥　来鳴く五月《さつき》の　菖蒲草　蓬蘰《よもぎかづら》き　酒宴《さかみづき》　遊び慰《な》ぐれど　射水河　雪消《ゆきげ》溢《あふ》れて　逝《ゆ》く水の　いや増しにのみ　鶴《たづ》が鳴く　奈呉江《なごえ》の菅《すげ》の　懃《ねもころ》に　思ひ結ぼれ　歎きつつ　我《あ》が待つ君が　事畢《をは》り　帰り罷《まか》りて　夏の野の　さ百合の花の　花咲《ゑみ》に　にふぶに笑《ゑ》みて　逢はしたる　今日を始めて　鏡なす　かくし常見む　面変《おもがは》りせず（巻第十八、四一一六）

かりに五首を引いておいたが、既に歴然たるごとく、一九五五番の作者不詳歌と四〇三五番の田辺福麻呂歌とは同一作品である。『万葉集』のような千古に輝く古典のなかで作品重出の誤謬が犯されているなど、ちょっと考えられないことだが、それほどまでに、この「霍公鳥厭ふ時無し菖蒲《あやめぐさ》」の歌は類型的であり観念的である、という証拠にはなる。リアリティに乏しく、印象鮮明ならざるがゆえに、かかる錯簡が生じた。いっさいは作者の力倆の拙《つたな》さに原因

が帰せられようが、しかし、『万葉集』のなかで菖蒲《あやめぐさ》を詠んだ十二首全部が、ことごとく類型的であり観念的であるという事実からすると、この歌材（歌語と呼ぶほうが正しいかもしれぬが）そのものに問題があったと考えられる。というのは、「菖蒲」は、多く「霍公鳥」「花橘」を引きだすための序《じょ》として用いられているか、そうでない場合には「縵《かづら》く」「玉貫《たまぬ》く」の媒材として歌われていて、独立した〃もの〃として観賞されている痕跡が見られないからである。前掲五首の例でもわかるように、「菖蒲」は、生命延長、永遠なる寿齢、不老不死の〃シンボル〃としての意味をもち、かかる呪術＝宗教的次元《マジコ・レリジャス・フェーシス》においてしか対象化されていないのである。

わたくしは、大伴家持や田辺福麻呂が頻りに「菖蒲」の語を用いたのは『芸文類聚《げいもんるいじゅ》』を学習した結果ではないかと思う。学習したという言い方が大袈裟《おおげさ》に過ぎるとしたら、この類書《るいしょ》（一種の文芸百科辞典である）をぺらぺらとめくっては目に飛び込んでくる語彙を倭詩（和歌）に翻案した結果だ、というふうに言い替えてもよい。律令文人貴族たちは、先進国文化に追い付こうとして、懸命になって中国詩文を模倣し摂取したのである。

その『芸文類聚』巻第八十一薬香草部上の「菖蒲」の項を見ると、「春秋運斗枢曰。玉衡星散為菖蒲。遠雅頌。著倡優。則玉衡不明。菖蒲冠環」とか「神仙伝曰。王興者。陽城人。漢武帝上嵩高。忽見有仙人。長二丈。耳出頭。下垂肩。帝礼而問之。仙人曰。吾九疑人也。聞中岳有石上菖蒲。一寸九節。食之可以長生。故来採之。忽然不見。帝謂侍臣曰。彼非欲服食者。以此喩朕耳」とか、さらには「梁江淹菖蒲頌曰。薬実霊品。爰迺輔性。除痾衛福。蠲邪養正。縹色外妍。金光内映。草経所珍。山図是詠」とかの出典がならぶ。家持や福麻呂が官僚知識人として生きた奈良時代後半になると、中国からこの草本の実物がどしどし輸入され、じっさいに見聞したろうと推測される。おそらく、帰朝遣唐使など支配階級によって移植普及せしめられるよりは、漂流民や密貿易など、民衆レベルでの輸入伝播が大きかったのではあるまいか。もともと道教（老荘信仰）や中国民間信仰のなかで菖蒲は五月の節日と結び付いていたし、ヨモギ（艾《もぐさ》）といっしょに頭髪に挿して邪気を祓除《ふつじょ》する習俗も遠くティベットから伝わってきたものであるから、全アジア的な起源をもっていたと言える。しかも、なおかつ、『懐風藻』に「菖蒲」の用例が一つも見られないのは、桃・梅・竹・桂・柳などとは違って、権力レベルではこの草の珍重されたお手本がなかったためであろう。「菖蒲」の呪力は、民衆の救済に役立つか、あとはたかだか高位高官のプライヴェートな招福に役立つかするだけで、帝王に対してはなんの実効も揮《ふる》い得なかった。それで、君主礼賛を枢要な主題とする『懐風藻』のなかでは、ついに役割を振り当てられることがなかったのである。『万葉集』においても、大伴家持や田辺福麻呂が「菖蒲」を詠じた場合、それはたかだか友人同士もしくは自分個人の長寿や幸福を祈願するための宗教的シンボルとして用いられたにすぎなかった。

詩語としての「菖蒲《あやめぐさ》」の〃シンボル〃の意味ないし機能は、これで明らかになった。その明らかさは、もう一つの詩語「垣津幡《かきつばた》」と比較対照するとき、いよいよ確定的なものとなる。『万葉集』に七首見えるカキツバタの歌から二首だけ引いておく。

吾のみやかく恋すらむ杜若丹《かきつばたに》つらふ妹《いも》はいかにかあらむ（巻第十、一九八六）

杜若衣《かきつばたきぬ》に摺りつけ丈夫《ますらを》のきそひ猟《がり》する月は来にけり（巻第十七、三九二一）　大伴　家持

つまり、「垣津幡《かきつばた》」「加吉都播多《かきつばた》」は、七例中の六例まで恋の歌として詠まれ、「丹《に》つらふ妹」すなわち色美しい女性の譬喩として用いられているのである。三九二一番の大伴家持の「杜若衣に摺りつけ」の歌は、もとよりカキツバタの花が染料（野性のものを使うと青紫色に染まる）に用いられた事実を証《あか》している点で重要だが、どこやらに青春とか若者とかを暗示する要素が感じられる点も看過《かんか》してはならない。けっきょく、カキツバタのほうは、ただそこに咲いているだけで〃若さ〃や〃美しさ〃を感じさせる具体的な生気をシンボライズしている、と見るべきである。少なくとも、呪術＝宗教的な意味は全く持っていない。カキツバタは、日本の北半分地域に自生する特産の草だから、漢名もなく（「杜若」「燕子花」を宛てるのは本当は間違いである）、したがって中国流の信仰や伝説と無縁だったのも、

当然のことである。

さて、「菖蒲《あやめぐさ》」のほうのショウブだが、これは、『万葉集』から約百五十年経って編纂された『古今和歌集』の時代になると、ますます類型的＝観念的な扱い方を受けるようになる。その一首は、あまりにも有名である。

題しらず　　　　読人しらず

ほとゝぎすなくやさ月のあやめぐさあやめもしらぬこひもする哉（巻第十一恋歌一、四六九）

ここでは、初句から「あやめぐさ」まで、たんに「あやめもしらぬこひ」を引きだすための序詞として用いられているだけであり、植物としてのショウブの実体も重要でなければ、かつて中国詩文から導入した呪術＝宗教的シンボルも重要でなくなっている。では、恋に関わる歌だからカキツバタとの対応＝継承関係がありはしないかと疑ってみても、それもない。ただただ言語形象（縁語の機能）のうえで「あやめ」が用いられているにすぎない。よく考え直してみると、『万葉集』の「霍公鳥《ほととぎす》鳴く五月には菖蒲《あやめぐさ》」（巻第三、四二三）にも、植物としてのショウブの実体など何もありはしなかった。もともと知識の産物だったものが、『古今和歌集』のなかに流れ込んだにすぎないのである。

そうかと言って、平安時代にはまるきり「菖蒲」の実体に関心が持たれなかったかといえば、それもまた実情に反する。王朝時代中ごろには、「菖蒲」を「あやめ」とはよまずに、わざわざ「しょうぶ」「そうぶ」と字音でよぶ言い方が始まった。ちゃんと実物を見ているからこそ、かかる転換もあり得た。げんに『枕草子』には「【三九】せちは五月にしくはなし。さうぶ・よもぎなとのかをりあひたるもいみじうをかし。ここのへの内をはしめて、いひしらぬ民のすみかまで、いかでわがもとにしげくふかむとふきわたしたる、猶いとめづらしく……」と記されている。そうしてみると、摂関時代ごろには、かつて万葉歌人らがもっぱら個人生活レベルで受容しただけに終始した中国民間宗教習俗は、ついに宮廷社会のなかにまで滲透しはじめたものと見える。それもそのはずで、平安王朝文化の真の核心は中国詩文（真名文《まなぶみ》）のほうに在ったのであり、むしろそれに反撥したればこそ女房文学（仮名文《かなぶみ》）の台頭を見たのであったから。

かくして、「菖蒲」すなわちショウブは、王朝知識階級の間では、中国文化の再生産＝再創造のための大事な媒体として珍重されるようになった。そのことを裏書きする文献が『古今著聞集《ここんちょもんじゅう》』のなかに見いだされる。

六五七　大江匡房が進上水辺菖蒲の状を弼《ひつの》少将師頼判読して一首の歌に詠む事

堀河院の御時、五月五日、江帥《ごうのそち》菖蒲をたてまつりたりける状《じゃう》に、

進上　水辺菖蒲

千年五月五日　　大江為武

此《この》状を殿上に出されて、人々によめと仰《おほせ》けれども、たれもその心をしる人なかりけるに、師頼卿、其《その》時弼少将とて候《さふらひ》けるが、あんじ得てよみ侍《はべり》ける、

たてまつりあぐる汀のあやめ草千《ち》とせのさ月いつかたえせん

堀河院《ほりかわいん》（在位一〇八六～一一〇七）の御世《みよ》、ある年の五月五日に、大学者で貴族の大江匡房《おおえのまさふさ》が菖蒲を献上申しあげたおりに、「進上水辺菖蒲／千年五月五日」という書状が添えられてあった。堀河院は、この書状を、殿上人《てんじょうびと》らに下《くだ》して、だれかこの意味を解する者はおらんか、とおっしゃった。しかし、その心を知り得た貴族はいなかった。そのときに弾正台《だんじょうだい》の次官をしていた少将　源　師頼《みなもとのもろより》が判読して、これを和歌に翻訳した。ただ今ここに、水辺に咲いておりましたハナショウブを献上たてまつりますが、この花が千年の長寿を象徴し予言する効力をもっていることはご承知のとおりです、されば、陛下にとって、五月五日のよき日は永遠に繰り返されるでございましょう、と。

じつは、『古今著聞集』巻第十九草木篇には、この説話と同じグループに「六五五　永承六年五月内裏にして菖蒲根合の事」という記事（『袋草紙』を粉本にしたものと考えられる）も載せられてあり、宮廷遊戯であるショウブ・コンテストの次第が克明に描かれているが、現代のわたくしたちが読んでは面白くもおかしくもない。

ショウブにまつわる面白おかしい小説《コント》ということになれば、『源平盛衰記』陀巻第十六に見えるつぎの頼政入道ロマンス譚に目を転ずるほかない。

菖蒲前《あやめのまへ》の事

殊に名をあげ面目を施しけることは、鳥羽院の御中《おんうち》に、菖蒲前《あやめのまへ》とて世に勝《すぐ》れたる美人あり。心の色深うして、形《かたち》人に越えたりければ、君の御いとほしみも類《たぐひ》なかりけり。雲客卿相《けいしやう》、始めは艶書《えんしよ》を遣《つか》はし情《なさけ》をかくる事隙《ひま》なかりけれども、心に任《まか》せぬ我が身なれば、一筆《ひとふで》の返り事、何方《いづかた》へもせで過《すぐ》しける程に、或時頼政《よりまさ》菖蒲《あやめ》を一目《ひとめ》見て後《のち》は、いつも其の時の心地して忘るゝ事なかりければ常に文を遣《つか》はしけれども、一筆一詞《ひとふでひとことば》の返事もせず。頼政こりずまに、又遣《つか》はし〳〵なんどする程に、年も三年になりけり。何《いか》にして漏れたりけん、此の由を聞召《きこしめ》すに依って、君菖蒲《あやめ》を御前に召し、「実《まこと》や頼政が申す言葉《ことば》の積るなる」と綸言《りんげん》ありければ、菖蒲《あやめ》顔うち赧《あか》めて御返事詳らかならず、頼政を召して御尋ねあらばやとて、御使ありて召されけり、頃は五月五日の片夕暮《かたゆふぐれ》許りなり。

若き日の源三位入道がひと目惚れした相手は、合憎《あいにく》、鳥羽院の寵愛を一身に受けている菖蒲前《あやめのまえ》であった。一途《いちず》に恋いこがれる頼政は、一筆一詞の返事さえ得られないというのに、やたらに恋文を送りつづけて、とうとう三年にもなった。このことが鳥羽院の耳にはいると、そこは院政《いんせい》デスポットの気紛れ、頼政を呼び出すことになった。頼政は木《と》賊《くさ》色の狩衣《かりぎぬ》を着て参上し、縫殿《ぬいどの》の正見《むかい》の板にかしこまっていると、しばらくして院は御出《ぎよしつ》された。

……何事を仰《おほ》せ出されずるやらんと思ふ処に、「誠か頼政菖蒲《あやめ》を忍び申すなるは」と御諚《ごぢやう》あり。頼政は大きに色を失ひ恐れ畏《かしこ》まって候ひけり。院は、「憚《はばか》り思ふにこそ、勅諚の御返事は遅かるらめ。但《ただし》菖蒲をば誰彼時《たそがれどき》の虚《そら》目《め》か、又立舞《たちま》ふ袖の追風《おひかぜ》を徐《よそ》ながらこそ慕ふらめ、何かは近附き其の験《しるし》をも弁ふべき。一目見たりし頼政が、眼精《がんせい》を見ばや」とぞ思召《おぼしめ》しける。菖蒲が歳長《としたけ》色貌少しも替らぬ女二人に菖蒲を具《ぐ》して、三人同じ装束《しやうぞく》同じ重《かさね》になり、見すませて出されたり。三人頼政が前に列《な》み居たり。梁《うつばり》の燕の竝べるが如く窓の梅の綻《ほころ》びたるに似たり。

家庭の裾風呂での菖蒲湯
歌川国貞「五節句ノ内 皐月」部分
江戸時代

「頼政よ其中に忍《しの》び申す菖蒲侍るなり。朕《ちん》占め思召《おぼしめ》す女なり、御免《おんゆる》しあるぞ、相具《あひぐ》して罷《まか》り出でよ」と綸言《りんげん》ありければ、頼政いとゞ色を失ひ額《ひたひ》を大地《だいち》に附けて実《まこと》に畏まり入りたり。

鳥羽院も罪なことをなさるものである。別嬪さんが三人、それも年齢といい容貌といい、わざわざ見分けのつかぬ女三人をならべて、このなかにわが寵姫《ちょうき》である菖蒲がいるから連れて帰ってよろしい、と綸言あっても、当の頼政にそのような識別ができるはずはない。可哀相に、色を失った頼政は額を大地にすりつけ、畏まっているうちに、だんだん歎きのけしきがあらわになってきた。

……重ねて勅諚に、「菖蒲は実《まこと》に侍るなり、疾《と》く賜ひて出でよ」とぞ仰《おほ》せ下されける。御諚終らざりける前《さき》に掻繕《かきつくろ》ひて頼政かく仕る。

五月雨《さみだれ》に沼の石垣《いはがき》水こえて何《いづ》れかあやめ引きぞわづらふ

と申したりけるにこそ。御感《ぎょかん》の余りに竜眼《りょうがん》より御涙を流させ給ひながら、御座《ぎょざ》を立たせ給ひて、女の手を御手に取りて引立《ひきた》ておはしまし、「これこそ菖蒲よ、疾《と》く汝に賜ふなり」とて頼政に授けさせたまひけり。

窮地に追い込まれた頼政が、もうわたしには識別できませんとの歎きをこめた和歌一首を口ずさんだところ、鳥羽院はいたく感動され、御座を立たせられて菖蒲の手を取り、引き立ておわしまして、頼政にお授けになった。

もちろん、これは一つの説話にすぎない。源三位入道頼政にまつわる伝説としては、『平家物語』に見える例の〝鵼《ぬえ》退治〟のほうが有名である。ところが、『源平盛衰記』においては、〝化鳥《けちょう》退治〟の説話の主人公は別人の平清盛だということになっている。いずれも、実録であろうはずはなく、おそらくは『十訓抄《じっきんしょう》』の記事などを粉本に仰ぎながら、中国古典の『山海経《せんがいきょう》』『淮南子《えなんじ》』の畸物表現に詳しい中世知識層の誰かがつくりあげた説話だったろう。文武両道の達人であった頼政に対する個人崇拝と、その非運の末路に対する社会的同情とが結び合わさって叙上の〝射怪説話〟のヒーローにまつり上げたものに相違ない。絶世の美姫《びき》菖蒲をば和歌一首の効能によって入手した説話にも、同じく頼政に対する崇拝と同情とが籠《こ》められている、と見るのが一番正しい。

そして、「菖蒲《あやめ》」（ハナショウブ）に関していえば、いったん貴族社会に占有されかかったショウブ観賞の行為が、ふたたび民衆の手に引き戻されたことを、この説話は跡づけている。『源平盛衰記』は、公卿道（貴族社会の生活論理）が極まって、やがて武士の逞しい意志の世界が展開しはじめる過程を明らかにしている。沼の石垣のところに咲いているショウブひとつを眺める視線にしても、もはや貴族のそれであっては滅びるほかない、という歴史の弁証法を明らかにしている。

中世、近世を経て、ショウブは、はじめて日本民衆の生活文化の底辺ひろく浸透し定着するに至るのである。

山吹

ヤマブキが日本文学に最初に現われるのは『万葉集』においてである。長歌短歌併《あわ》せて十七首も見えている。

山吹の立ちよそひたる山清水汲みに行かめど道の知らなく（巻第二、一五八）　高市　皇子
蝦《かはづ》鳴く甘南備河《かむなびがは》に影見えて今か咲くらむ山吹《やまぶき》の花（巻第八、一四三五）　厚　見　王
鶯の来鳴く山吹うたがたも君が手触れず花散らめやも（巻第十七、三九六八）　大伴　池主
山吹の茂み飛び潜《く》く鶯の声を聞くらむ君はともしも（同、三九七一）　大伴　家持
山吹は撫でつつ生《おほ》さむありつつも君来ましつつ挿頭《かざ》したりけり（巻第二十、四三〇二）　置始　長谷
わが夫子《せこ》が屋戸の山吹さきてあらば止《や》まず通はむいや毎年《としのは》に（同、四三〇三）　大伴　家持
山吹の花のさかりにかくの如《ごと》君を見まくは千年《ちとせ》にもがも（同、四三〇四）　大伴　家持

かりに半数に近い七首を掲げたが、このうち、第一首目は「十市の皇女の薨《かむさ》り給ひし時、高市の皇子の尊《みこと》の作りませる御歌三首」という前書のある連作の一つ。そうなると、「山吹の立ちよそひたる山清水」とは、黄泉の修辞的《ビューティフィ》美化《ケーション》に用いられた表現だとしか考えられない。既にして、律令文化人は黄泉に関する知識をもっていた。『芸文類聚《げいもんるいじゅ》』（巻第七十九霊異部下）に見える「我死。当以時葬。永帰黄泉。子不我忘。豈能奔喪。式便馳往赴之」などの知識があったればこそ、記紀の他界神話にもこの語がそっくり用いられた。かく了解してみると、第二首目の歌も、単純に自《リ》然写生《アリズム》の作品とばかり享受できないことになる。「蝦鳴く甘南備河に影見えて」には、やはり地下世界のシンボリッ

クな表象をめざしている要素が強い、と解すべきではないのか。第三首目と第四首目とは一組の贈答歌になっていて、天平十九年二月下旬に、越中の国守の館で病臥した家持が、掾《じよう》の池主との間に頻りに漢詩・倭詩（和歌）のやりとりを交《か》わしたときの作品群のなかの二首。ここでは、ヤマブキは、一種の〝ユートピア〟のシンボルとして用いられている。第五首目と第六首目とは、やりとりの歌ではないが、同年三月十九日、家持の庄（私有領地）の門前なるツキ（槻）の樹下にて宴飲《うげた》した折の二首で、置始連長谷《おきそめのむらじはつせ》が「君来ましつつ挿頭《かざ》したりけり」と歌ったのに対して、「長谷花を攀ぢ、壺を提げて到り来、これに因りて大伴宿禰家持この歌を作りて和《こた》ふる」という経緯があって、越中国守が「わが夫子が屋戸の山吹さきてあらば」と応じたのであった。第七首目の歌には「同じ月二十五日、左大臣橘の卿の、山田の御母《みおも》の宅《いへ》に宴《うたげ》せる歌一首」という前書があり、祝賀の儀式として、ヤマブキに「千年にもがも」のしるしの意味をもたせているのである。

かく検校《けんぎよう》してみると、ヤマブキの花にも、なんらかの呪術《マジコ・レリジャス》＝宗教的なシンボルの機能が付与されてあったのではないか、との推臆が成り立つ。もちろん、はっきりそうとは推断し切れない部分も残らないではない。約百五十年後の『古今和歌集』のなかでは、ヤマブキは全く安っぽい取り扱いを受けるようになっているからである。

山ぶきはあやなさきそ花みんとうゑけんきみがこよひこなくに（巻第二春歌下、一二三）　よみ人しらず

山吹の花色衣ぬしやたれとへどこたへずくちなしにして（巻第十九雑体俳諧歌、一〇一二）　素性　法師

前の歌は、ヤマブキさん、これじゃ筋が立たないじゃないか、咲いてもらっちゃ困るよ、お前さんの花咲かすがたを見たいと言って植えたお方が今夜来なさらぬというのにさ、というほどの意。後の歌は、ヤマブキの花の色をした着物に向かって、お前さんはだれだねと質問してみたが、答えは無かったよ、それもそのはず、着物は口無し、色はくちなし（山梔の実は黄の染料となる）というわけなのだから、の意。前者は、近世俗謡「やまぶきゃ浮気で、色ばっかり、しょんがいな」に通う気安さが主調。後者は、山吹の花色衣に使われる染料の山梔にひっかけて、ちっと

も口を開いてくれない女性のつれなさに対するアイロニカルな恨みをぶつけた平談調。どちらの場合も、嘗《かつ》てヤマブキに付与されてあった神話的シンボルの重みは剝《は》ぎとられてしまっている。

『古今和歌集』（巻第二春歌下）には、ほかに「一二二いまもかもさきにほふらむたち花のこじまのさきの山吹の花」「一二三春雨ににほへる色もあかなくにかさへなつかし山吹の花」「一二四吉野河岸の山吹ふく風にそこの影さへうつろひにけり」「一二五かはづなくゐでの山吹ちりにけり花のさかりにあはましものを」などの歌も見えるが、いずれも冴えないこと夥《おびただ》しい。

『大和物語』百段には、つぎのようなコントが見える。

大井に季縄《すゑなは》の少将すみけるころ、帝《みかど》の宣《のたま》ひける。

「花おもしろくなりなば、かならず御らむぜむ」とありけるを、おぼし忘れて、おはしまさざりけり。されば、少将、
散りぬればくやしきものを大井川《おほゐがは》岸の山吹《やまぶき》けふさかりなり
とありければ、いたうあはれがりたまうて、いそぎおはしましてなむ御らんじける。

ここに季縄というのは藤原季縄（九一四年没）で、千乗《ちしげ》の子、右近少将であった。交野羽林と号し、鷹狩の名手でもあった。帝というのは宇多天皇。大井川というのは京都府葛野《かどの》郡にある。一首の意味は、このまま散ってしまいましたなら残念なことでございます、大井川の岸の山吹は今日《きょう》が盛りでございます、の意。この歌は『後拾遺和歌集』巻第二に藤原季綱の作として出ているが、誤りである。それにしても、このコントは、歌も凡庸ならば、歌物語も凡庸で、まずこれといった取り柄《とえ》がない。このたびも、ヤマブキの花は、たいへん冴えない役廻りを負わされていると言ってよい。

『後拾遺和歌集』の同じ春歌のなかに収められている兼明親王（九一四〜九八七）の「七重八重花はさけども山吹

103　山吹

道灌の逸話になぞらえた見立て絵
鈴木春信「見立山吹の里」
江戸時代

の実のひとつだに無きぞかなしき」の歌は、後代になって太田道灌の逸話《エピソード》に牽強附会されて『常山紀談』に書きとどめられ、そのおかげで有名になったが、一首のもともとの意味はヤマブキのらちもない咲き乱れのさまを詠んだものでしかなかった。摂関時代の才女が書いた『枕草子』に見える「【一二三】おほきにてよきもの　家。餌袋《えぶくろ》。法師《ほふし》。くだもの。牛。松の木。硯の墨。男の目のほそきは女びたり。また、金椀《かなまり》のやうならんもおそろし。火桶《ひおけ》。酸漿《ほほづき》。山吹の花。桜の花びら」という叙述も、この段全体の文脈《コンテキスト》を構造的に把え直すとき、むしろ、ヤマブキの花が冴えないさまをしていることに苛立《いらだ》たしさを覚えていると見るべきであろう。『源氏物語』野分の巻に見える「八重山吹の咲き乱れたる盛りに露かかれる夕ばえぞ、ふと思出でらるる」という描写も、八重山吹は必ずしも八重咲きのヤマブキの義ではなしに、数量的に多いの義であろうから、むしろ、ここのヤマブキは雑草扱いされていると見るべきであろう。なんにしても、万葉時代のヤマブキとは格段の懸隔が生じていることには、疑念の余地がない。

なぜ、こんなことになったのであるか。その零落過程を討究してみるのに、八世紀ごろ中国文化を輸入摂取した段階で「款冬《くわんとう》」イクォール「山吹《やまぶき》」という誤った同一化がおこなわれ、そのあと、それの誤りであることにおいおい気づく段階が来たのだったが、そうなればそうなったでますます「山吹」の尊厳なるべき側面は軽んじられていくようになった、というプロセスを跡づけ得るように思われる。

前にも挙げた『芸文類聚』は、律令文人貴族が首っぴきにして活用してきた類書（文芸百科用語事典）であるが、その巻第八十一薬香草部上、款冬の項に「本草経曰。款冬一名顆冬、一名菟奚。生常山。」と見え、「晋傅咸款冬賦曰。惟玆奇卉。款冬而生。原厥初之載育。稟淳粋之至精。……遠皆死以枯槁。独保質而全形」と見える。さきに示した家持の歌「君を見まくは千年《ちとせ》にもがも」などには、款冬イクォール山吹を知識的前提にして詠出した要因が強い。『本草和名』（九一八年成立）第九巻草中三十九種、款冬の項には「款冬楊玄操音義作東字一名橐吾一名顆東一名虎鬢一名菟奚一名氏冬楊玄操音丁礼反一名於屈出釈薬性一名耐冬出兼名苑一名苦茎一名款凍已上出広雅和名也末布〻岐一名於保波」と見える。つまり、款冬はツワブキであり、げんに「和名也末布々岐一名於保波」と識別されているのであるから、専門の本草学者たちからは、款冬イクォール山蕗《やまぶき》であって、けっして款冬イクォール山吹《やまぶき》ではない、との判定がくだされていたはずである。ところが、詩文を事《こと》とする宮廷文人貴族たちのほうは一知半解の知識を振り回すだけで、唐風模倣を急ぐあまりに、山蕗を山吹に混同するぐらいのことはほんの朝飯前の仕事だった。そして、この混同は、八世紀から十一、二世紀ぐらいまで続けられるのである。混同が混同を呼んで、平安朝日本漢文学においては途方もないソフィストケーションが現出し、かえって、それが正統性をさえ主張するに至った。

『和漢朗詠集』春、款冬の部を見ると、

点二着《シテ》雌黄《ヲ》一天《ソラニ》有《リ》レ意《ナサケ》。款冬《クワントウ》誤《ツテ》綻《ブ》二暮春《ノ》風《ニ》一。〔清慎公〕。

書窓有《ニ》レ巻相収拾《ス》。詔紙無《ニ》レ文《クシテ》未二奉行《ブギヤウセ》一。題二黄花一。慶保胤。

かはづなくかむなび川にかげ見えて今かさくらんやまぶきの花。厚見王。

わがやどの八重山吹はひとへだにちりのこらなん春のかたみに。兼盛。

とある。『和漢朗詠集』は藤原公任《きんとう》撰で、長和二年（一〇一三）に成立。当時愛読され、また朗然誦詠されていた純然たる声楽のための漢詩・和歌八百首を、四季に分けて編纂したもので、摂関時代文化の精髄と見ることができる。中国の詩人の長句詩句を百八十四も採用しているが、いずれも優麗な声韻の作例のみに限られるのは、王朝文人貴族の好尚や気風に適《かな》っていなければならなかったためである。王朝文化の本質を卜《ぼく》するに足る。

さて、第一首目の漢詩「雌黄《しくわう》を点着《てんちやく》して天《そら》に意《なさけ》あり。款冬《くわんとう》誤って暮春の風に綻《ほころ》ぶ」であるが、現代人には、注釈なしではとても読解鑑賞し得ない。柿村重松『倭漢・新撰朗詠集要解』に拠って、必要事項を示しておく。

〔記事〕清慎公は藤原実頼。江談抄巻四によるに、此の句は題も作者も不詳で、実頼の作ではないらしい。〔語義〕雌黄は古人文字の誤書を滅すに用ひたもの。款冬は山吹。正しくは都和布岐のことであるが、当時已《すで》に山吹の意に用ひられて居た。〔評解〕山吹が咲いて処々に雌黄を点じたやうにして居るのは天も意ありてのことであらう。何となれば、款冬は其の名より言へば冬咲くべきはずなるに、誤つて暮春に咲いて居るからとの意。

この語義・評解をさらにやさしく注釈すると、ヤマブキがあちらこちらに咲いているのは、まるで雌黄（硫黄と砒素との化合物で、薬用や顔料に使うほか、詩文に誤りがあった場合にこれを塗って訂正した）を点じたみたいに見えるが、これは天のはからいによるものだろう。というのは、もともと款冬《かんとう》という植物は冬期に開花するものに定まっているのに、ここにこうして暮春のころに花咲いているのだから。――と、まあこんな意味になろうか。つまり、中国の款冬をば、日本人が誤解して勝手にヤマブキだと決めてしまったのに、それだけでは足りなくて、この七言の対句は、本来ならば冬に咲く花を暮春に咲かせるとはなんて天なる造物主はおつなはからいをなさったものか、という讃歎の感動を表出している。

第二首目「書窓に巻あり相収拾す、詔紙に文無《もんな》くして未だ奉行《ぶぎやう》せず」とは、同じく柿村によると、「〔評解〕書巻や詔紙は黄色の紙を用ひるから之れを山吹に比したのである。即ち山吹が簇り咲いて居るのは、書窓の巻冊を収拾したやうで、又詔紙をまだ文字が書いてないので奉行せずにあるやうであるとの意。奉行は奉受施行すること」だという。つまり、ヤマブキがそこかしこに群らがり咲いているさまは、宮廷社会の文書係りの机上にある黄色の紙みたいだ、と慨息し、頻りに感に堪えているのが、この七言の対句のモティーフなのである。

こうなると、ヤマブキの花は、漢籍に深い素養のある宮廷貴族文人でなければ享受＝観賞する資格がないことになってしまう。山吹イクォール款冬であるかぎりは、山吹は、庶民にとって〝高嶺の花〟でなければならなかった。しかも、それは中国詩文の誤解から発した混同であったから、貴族・庶民ともどもにちんぷんかんぷんな思いでヤマブキの花を眺めねばならなかった。

近世に入って、松永貞徳撰『俳諧御傘』（慶安四年刊）の款冬《やまぶき》の項に「薬の名に款冬《くわんどう》といふは、蕗のたうのことなり。……根本、款冬の字をやまぶきと読むは、日本の誤りなり。されども、上代よりの義なれば、今さら改めずしておくなり」とある。ところが、北村季吟撰『増山の井』（寛文三年刊）は、これに反論を加えて、「貞徳云、くわんどうは、蕗のたうをいふといへど、和名集に順の山吹をいひ、朗詠にも公任卿の山吹に用ひたまへば、わが朝にては、ただ山吹のことなり」と述べる。この論争の決着は、各務支考撰『俳諧古今抄』（享保十五年刊）の蕗塔《ふきのとう》の項に「この名は古来より論ありて、款冬《やまぶき》は山蕗にきはめたれど、和歌の題には山吹に用ひ来たれば、やがて大和の故実とはなれり。しかれば、中古の式目には、蕗の塔も蕗の花も、同じく春に用ひたれど、この名は例の賞翫より、村消の雪に結ぶとも、蕗の塔は冬と定むべし。しかれども蕗の花は、漢に賈島が春雪の詩より春といはむも宜《むべ》なれど、その名はさして俳諧に用なし。蕗の芽は、ただし、春にして、一物二用の例といふべきなり」と記述された論旨のなかに見いだされる。そして其諺撰『滑稽雑談』（正徳三年刊）、篚文撰『華実年浪草』（天明三年刊）に至って、款冬すなわち山吹と決めてきた王朝文化人の誤謬が指弾されている。

ここまで来て、ヤマブキの独立主権がはじめて文学者に承認されることとなったのである。

萱草

萱草は、ワスレグサとよむ人もあり、カンゾウ（クワンザウ）とよむ人もあり、人によってまちまちである。カンゾウという硬質の音声を好む人は、マメ科の草本であるもう一つのカンゾウ（甘草）をもいっしょくたにして、とにかくこの漢字音の爽快な韻《ひび》きを愛しているらしい。一方、ワスレグサの柔らかい語感を好む人は、たとえば立原道造の有名な詩集『萱草《わすれぐさ》に寄す』などに触発される、可憐でリリカルな情緒をいとしんでいるらしい。たしかに、カンゾウには男性的な音色《おんしょく》があり、ワスレグサには女性的な匂いが感じられる。それで、気の早い人は、カンゾウといえば漢名で薬草を呼ぶ正式の名、ワスレグサといえば和名で優雅な言い回しを楽しむ文学語、というふうに思い込んでしまっているようである。

　ところが、よく調べてみると、カンゾウが中国名であることは理の当然だとしても、一方のワスレグサという呼び名までが大和島根の住民みずからの発明したことばでなかった、という事実に突き当たって困惑する。紀元一〇〇年ごろ漢の許慎があらわした『説文解字《せつもんかいじ》』を見ると、「萱忘憂草也」という説明がなされている。これは、おそらく『詩経』に「焉得萱草言樹之背」とある詩句を踏まえて言っているものと思われる。そして、六朝の詩人たちが萱草をうたうとき、きまって「忘憂」の語を詠み込んだものであった。梁の徐勉「萱草花賦」には「萱草忘憂而樹之爰有憂」と見え、隋の魏彦深「詠階前詠萱草詩」には「雲度時无影風来乍有香横得忘憂号余憂遂不忘」と見える。唐の徐堅（八世紀はじめ）編の類書『初学記』は、それらの出典を整理分類したのち、萱草の「事対」（ここでは、関係概念

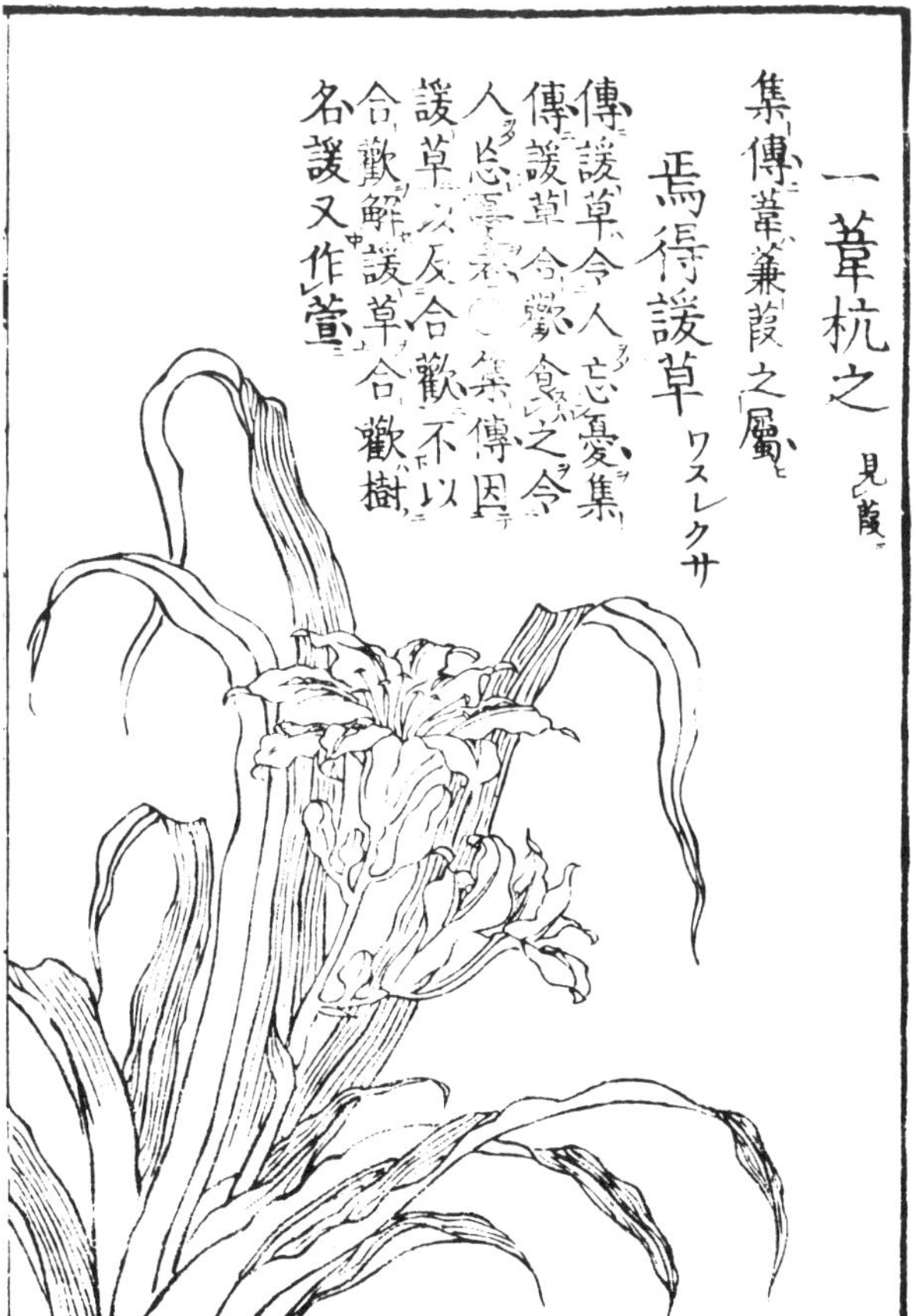

ワスレグサ
岡元鳳『毛詩品物図考』（天明5年刊）より

もしくは取り合わせの美に解しておけばよい）として「忘憂」「解思」の二語を挙げている。こうなって、「忘憂」は完全に萱草の同義語《シノニム》となった。F・ポーター・スミスが編纂し、のちにG・A・スチュアートが増補して上海《シャンハイ》から刊行した『*Chinese Materia Medica*, vegetable kingdom』(1911)を繰ってみると、"HEMEROCALLIS. ——萱草(Hsüants'ao), 476, The first character is written 諼 (Hsüan) is the classics, and is defined by 忘憂 (Wang-yu), the plant of forgetfulness." という記述にぶつかる。

萱草が、日本の古典のなかに最初に姿を現わすのは、『万葉集』のつぎの四首においてである。

萱草《わすれぐさ》わが紐《ひも》に付く香具山《かぐやま》の故《ふ》りにし里を忘れむがため（巻第三、三三四）　大伴 旅人

萱草《わすれぐさ》わが下紐《したひも》に著《つ》けたれど醜《しこ》の醜草言《しこぐさこと》にしありけり（巻第四、七二七）　大伴 家持

わすれ草わが紐に著《つ》く時と無く念ひわたれば生けりとも無し（巻第十二、三〇六〇）　作者 不詳

わすれ草垣もしみみに植ゑたれど醜《しこ》の醜草《しこぐさ》なほ恋ひにけり（同、三〇六二）　作者 不詳

白文「萱草」を「わすれぐさ」と訓じて読むのは、源順編『和名類聚抄』（九三七年ごろ成立）に「兼名苑云。萱草一名忘憂。漢語抄云。和須礼久佐。令人好歓無憂草也」に拠っている。大伴旅人・家持のこの父子二代ともに、律令官人貴族として当時最高の知識人《インテリ》であり、中国詩文に深い素養を有していたから、萱草と忘憂とが同義語であることを仔細《しさい》に弁《わきま》えたうえで、三三四番および七二七番の短歌を作ったに相違ない。文人貴族が四時《しいじ》手もとに置いて放さなかった"虎の巻"である『文選《もんぜん》』を見ると、その巻第五十三、論三の稽康（叔夜）「養生論」に「合歓蠲レ忿、萱草忘レ憂、愚智所ニ共知一也」とある。もっとも、この語句は、晋の張華編『博物誌』に「神農経曰、中薬養性、謂合懽蠲忿萱草忘憂也」と見えるから、広く民間に信じられていたのであろう。大宰帥《だざいのそち》として九州に在った晩年の大伴旅人は、貿易にやってくる中国人からじかにこの知識を獲得したのではなかったか。その蓋然性は、大いにある。なにしろ、旅人は当時の尖端的モダニストであったのだから。

しかし、それにしては、第一首目の旅人作品は、藤原京に近い故里を忘れないようにするためにワスレグサを下紐に付けるという意であるから、どうも、ひとひねりもふたひねりもした屈折心理が露《あら》わにすぎる。憂いのほうは忘れたいが、飛鳥なる故郷のほうは忘れたくないために、ワスレグサを紐にゆわえつけるというのである。なぜ、こんなに複雑な歌を詠んだか。旅人は、大宰府に赴任した神亀五年（七二八）の夏、愛する妻を失ってしまったのだった。前掲の一首は「帥《そち》大伴の卿の歌五首」の四番目にあるもので、この群作ちゅうには「三三一わが盛また変若《をち》めやもほとほとに寧楽《なら》の京《みやこ》を見ずかなりなむ」「三三二わが命も常にあらぬか昔見し象《きさ》の小河《をがは》を行きて見むため」「三三三浅茅原つばらつばらにもの念《も》へば故《ふ》りにし郷《さと》し念ほゆるかも」「三三五わが行《ゆき》は久にはあらじ夢《いめ》の曲淵《わだ》瀬にはならずて淵にあらむ」などの秀歌が見え、これらは同時の作と考えられる。中国的教養の深かった旅人は、ワスレグサが「忘憂」の効力はもち得ても「忘我」にまではひっぱり込む力のないことを、厳密に識別していたのではなかろうか。

第二首目の家持作品になると、かなりこの識別が弛《ゆる》んでくる。七二七番の短歌には「大伴宿禰家持の、坂上の家の大嬢《おほいらつめ》に贈れる歌二首数年を離り絶えてまた会ひ相聞往来す。」という前書がついている。つまり、この歌は、ワスレグサを下紐にゆわえつければ恋愛のことなんか忘れると信じて、そうしたのに、なんというだめな草だろう、ちっとも効力がないじゃないか、という意味で、愛人の坂上大嬢が忘れられなかったという思いを叙べているのである。もちろん、まだここには「憂いを忘れる」という機能が期待されている。相手の女性を忘れるばかりでなく、恋愛そのものの苦しさをも忘れようとする効果が期待されている。「言《こと》にしありけり」も、『詩経』の「言樹之背」の「言」を踏まえていると推測されるふしがある。作者不詳の三〇六〇番、三〇六二番についても、同じことが言い得る。中国的教養がまだ生きているのである。

それが、『古今和歌集』になると、もはや「忘憂」ではなくなって、なべての忘却（主として恋の忘却であるが）をもたらす草、というふうに拡大解釈されてくる。

忘れ草たねとらましを逢ふことのいとかくかたきものと知りせば（巻第十五恋歌五、七六五）　よみ人しらず
こふれども逢ふ夜のなきは忘れ草ゆめぢにさへやおひしげるらむ（同、七六六）　よみ人しらず
忘れ草枯れもやするとつれもなき人の心に霜は置かなむ（同、八〇一）　源　宗于
わすれぐさなにをかたねと思ひしはつれなき人のこころなりけり（同、八〇二）　素性　法師

ワスレグサの種子をとっておくんだった、それを播《ま》いて茂らせれば、愛するあの人を忘れることができるのになあ、という七六五番の歌。はげしく恋うているのに、とうとう逢うこともかなわぬこんな夜は、きっと、あの人の心のうちに生えているワスレグサが、わたしの夢のなかにまで入り込んできて、いっぱいに茂ることだろうよ、という七六六番の歌。つれない人の心のなかに生えているワスレグサが立ち枯れてしまうように、あの人の心に霜を降らせてみたいものだ、という八〇一番の歌。ワスレグサは何を種子にして生え育つのかと思っていたが、それは、薄情な人の心というやつを種子にするものだとわかりましたよ、という八〇二番の歌。いずれも、平安王朝歌人の遊戯的気分にふさわしい、いかにも気の利いた歌ばかりである。しかし、ここまでくると、「忘憂」の原義からは、ずいぶんの距離が生じている。宗于《むねゆき》朝臣の和歌など、恋の苦しみを忘れさせる草を枯らしてしまおうと、相手の女性の心に霜を降らせようと願うのであるから、原義からすれば、全くさかさまな事態が生起することになり、よく考えると意味さえ成していない。ワスレグサの本来の性質が失われたのである。

『伊勢物語』『大和物語』は、ともに、古い歌謡と説話との二つが結合して生まれた〝歌物語《うたものがたり》〟として重要な古典であるが、そのなかに出てくるワスレグサには、もはや本来の意味が切り捨てられてあり、物事を（主として恋の相手を）忘れるという意味しか与えられていない。『伊勢物語』百段には、

むかし、をとこ、後涼殿のはさまを渡りければ、あるやむごとなき人の御局より、「忘れ草を忍ぶ草とやいふ」とて、いださせ給へりければ、たまはりて、

忘れ草生《お》ふる野べとは見るらめどこは忍ぶなり後《のち》もたのまむ

と見え、また『大和物語』百六十二段には、

又、在《ざい》中将、内にさぶらふに、宮すん所の御方《かた》より、忘れ草をなむ「これは何とかいふ」とてたまへりければ、中将、

わすれぐさおふる野辺とはみるらめどこはしのぶなり後《のち》もたのまむ

となむありける。同じ草を忍ぶ草、忘れ草といへば、それよりなむ、よみたりける。

と見える。

この二つのコントは、典拠を同じ『続古今和歌集』巻第十四恋歌四の在原業平の和歌に求めてこしらえあげた二様の〝歌物語〟であるが、『大和物語』のほうの作者には、歌の解釈上、ひどい思い違いがあるようにうかがえる。なんにしても、平安朝半ごろに至ると、「忘憂」の原義がすっかり薄れてしまうことになる。

そして、平安朝も末期の院政時代になると、ワスレグサは、つれない愛人の比喩とか、相手のつれない仕打ちに対する抗議的アイロニーの武器とかにとどまることはできなくなって、ついに、積極的な「忘却作用」の促進剤としての効能まで付与されるに至る。あらあらしい転換期の時代世相を活写した『今昔物語集』(十二世紀前半の成立)においては、この草を用いて親を忘れてしまおうとした新時代の人間像までが描きだされている。

兄弟二人、萱草《クワンザウ》ト紫菀《シヲニ》トヲ殖《ウ》ヱタル語《コト》第二十七

今ハ昔、□ノ国□ノ郡に住ム人有リケリ。男子《ナンシ》二人有リケルガ、其ノ父失セニケレバ、其ノ二人ノ子共《ドモ》恋ヒ悲シブ事、年ヲ経レドモ忘ルル事无《ナ》カリケリ。昔ハ失セヌル人ヲバ墓《ツカ》に納メケレバ、此ヲモ納メテ、子共《ドモ》祖《オヤ》ノ恋シキ時ニハ打具《ウチグ》シテ彼ノ墓ニ行キテ、涙ヲ流シテ、我ガ身ニ有ル憂ヘモ歎キヲモ、生キタル祖《オヤ》ナドニ向ヒテ云ハム様ニ云ヒツヅ返《カヘ》リケル。

而《シカ》ル間、漸《ヤウヤ》ク年月積《ツモ》リテ、此ノ子共《ドモ》公《オホヤ》ケニ仕ヘ私《ワタクシ》ヲ顧ルニ難堪キ事共《ドモ》有リケレバ、兄ガ思ヒケル様《ヤウ》、「我レ只ニテ思ヒ□可キ様《ヤウ》无《ナ》シ。萱草《クワンザウ》ト云フ草コソ、其レヲ見ル人思《オモ》ヒヲバ忘ルナレ。然レバ彼ノ萱草《クワンザウ》ヲ墓《ツカ》ノ辺《ホトリ》ニ殖ヱテ見ム」ト思ヒテ、殖ヱテケリ。

其ノ後《ノチ》、弟常ニ行キテ、「例ノ御墓ヘヤ参リ給フ」ト兄ニ問ヒケレバ、兄障《サハ》リガチニノミ成リテ不具《グセ》ズノミ成《ナ》リニケリ。然レバ弟、兄ヲ「糸《イト》心疎《ウト》シ」ト思ヒテ、「我等二人シテ祖《オヤ》ヲ恋ヒツルニ懸リテコソ、日ヲ暗《クラ》シ夜ヲ暁《アカ》シツレ。兄ハ既ニ思ヒ忘レヌレドモ、我ハ更ニ祖《オヤ》ヲ恋フル心不忘《ワスレ》ジ」ト思ヒテ、「紫苑《シヲニ》ト云フ草コソ、其レヲ見ル人心ニ思《オボ》ユル事ハ不忘《ワスレ》ザルナレ」トテ、紫苑ヲ墓《ツカ》ノ辺《ホトリ》ニ殖ヱテ、常ニ行キツツ見ケレバ、弥《イヨイ》ヨ忘ルル事无カリケル。

（巻第三十一　本朝付雑事）

このあと、弟のほうは、親の死骸《しにかばね》を守る鬼から、わが身の上に起こる一切《いっさい》に関する予言を授けられ、「其ノ後ハ日ノ中ニ有ルベキ事ヲ夢ニ見ル事違《タガ》フ事无カリケリ」という日々がつづく。この説話のしめくくりに、作者によって「然レバ、喜《ウレシ》キ事有《ア》ラム人ハ紫苑《シヲニ》ヲ殖《ウ》ヱテ常ニ可見《ミルベ》シ。憂《ウレ》ヘ有ラム人ハ萱草《クワンザウ》ヲ殖ヱテ常ニ可見《ミルベ》シトナム語リ伝ヘタルトヤ」との教訓が提示される。

憂え（苦しみ）がずっとつづいてもいいと思う人は、萱草を植えて、しょっちゅうこの草を見ていろ、というのであるから、本来の性質とは全く正反対の機能を負わされたことになる。これでは、呪われた草でしかない。ワスレグサもから値打ちがなくなった。一切価値の逆転する転換期の時代を迎えて、草ひとつにも正統的享受法が無視される風潮が生じた。

しかし、以上に跡づけてきたような本末顛倒ないし価値逆転の軌跡こそが、多くの場合に、日本における中国文化の摂取過程のパターンであったのかもしれない。

ハチスの語原は、たとえば『和漢三才図会』（一七一三年刊）に「蓮　和名波知須。蓮房似二蜂巣一故名レ之。又略曰二波須一」と見える記事によって代表されるように、この実が蜂巣に似ているところから名づけられた、というふうにいわれている。この通説に異を立てるつもりはないが、わたくしなりに調べた範囲では、どうもこれは辻褄《つじつま》が合いすぎてこじつけとしか見えない。蜂そのものは、『古事記』上巻の大国主命の根国訪問の条に「蜂の比礼《ひれ》」が見え、また『日本書紀』皇極天皇二年の末尾に「是歳、百済太子《こんきし》余豊《よほう》、以二蜜蜂房《みちはちのす》四枚《よつ》一、放二養於三輪山一。而終不二蕃息《うまはら》一」が見える記述から推すと、久しく日本列島住民から恐怖の対象とされ、七世紀以後になってやっとのこと朝鮮半島の蜜蜂飼養技術の輸入を見たというにすぎなかった。なんにしても、蜂がひとびとから親しまれていなかったことだけは確実である。そうだとすれば、花も美しければ根もまた食べられるという、すてきでもあり有益でもあるこの渡来種の水草に、わざわざ憎まれっ子の蜂の名を冠《かむ》せるなどのことがあり得ようとは、ちょっと考えられない。それに、日本上代語のパターンからすると、蜂巣は、ハチスではなくて、ハチノスでなければならない。通説には、どうしても無理があるように思う。

しからば、本当の語原は何かということになるが、それに答えるすべは当方にもない。当方は、むしろ、あいまいな語原を追い求めるより、はっきりわかっている原産地におけるハチスの名称をおさえておくべきである、との科学的立場にとどまるをよしとする。

七〜八世紀の日本律令政府の官僚知識人が首っぴきにして活用した類書（エンサイクロペディア）に『芸文類聚《げいもんるいじゅ》』のあることは、周知のとおりである。その『芸文類聚』巻第八十二草部下を見ると、巻頭に「芙蕖」の出典用例がずらり豊富に列挙されている。

「爾雅曰。荷。芙蕖。其茎茄。其葉葭。其本蔤。其花菡萏。其実蓮。其根藕。其中的的子也。的中薏子中心也。的蓮実。広雅曰。菡萏。芙蓉也。周書曰。藪沢已竭。即蓮藕掘。毛詩曰。彼沢之陂。有蒲与荷。又曰。隰有荷花。説文曰。芰菱也。管子曰。五沃之士生蓮。真人関令尹喜伝曰。真人遊時。各各坐蓮花之上。一花輙径十丈。楚辞曰。集芙蓉以為裳。又曰。製芰荷以為衣。又曰。荷衣兮蕙帯。又曰。芙蓉始発雜芰荷。紫茎屏風文緑波。洛神賦。灼若芙蓉出緑波。文選。芙蓉散其華。又曰。神飈自遠至。左右芙蓉披。又曰。菡萏溢金塘。又曰魚戯新荷動。又曰。神蔡止荷心。……」

などの引例がつづくのである。これによって、まずわかるのは、この植物 ***Nelumbium Speciosum*** が、総称を「荷」(Ho)または「芙蕖」(Fu-ch'ü)といい、茎を「茄」(Ch'ieh)、葉を「葭」(Hsia)、本すなわち地下茎の先端を「蔤」(Mi)、花を「菡萏」(Hantan)、実を「蓮」(Lien)、根を「藕」(Ou)、種子を「的」(Ti)、種子の中身を「薏」(I)、「的」をまた「蓮実」(Lien-shih)、というふうに、それぞれ細かい呼称の使い分けをもっていることである。もともとの用法からすると、ハチスといえば「荷」「芙蕖」とあるべきで、特にハチスの実をさすときにだけ「蓮」を用いるのである。中国においてさえ、その使い分けがだんだんに乱れてきて、元来は「菡萏」であったハチスの花も、ついには「蓮花」「芙蓉」と表現されるようになってくるのである。

ところで、これは特に注意を喚起しておきたい事がらであるが、日本の古代詩歌にハチスが登場する場合には、原則として「荷」という表記が用いられている。「蓮」という表記は、むしろ例外に属する。しかるに、平安中期ごろになって浄土教が知識階級の文化意識のなかに浸透してから以降になると、ハチスといえば、もはや「蓮」のみに限られてしまう。そして、もっぱら「蓮」が用いられるようになった時点からは、ハチスという呼び方さえも無くなって、ハスという呼び方のみが残っていく。だが、平安朝初めごろまでは、原則として「荷」が用いられたのである。つまらない穿鑿のように見えるかもしれないが、このことは、じつは、語原究明上にもたいへん重要なのである、すなわち、ハチス（ハス）の語原は、「荷」もしくは「芙蕖」の中国音（七〜八世紀の発音については正確を期し難いけれども）ではないかと推量される。あるいは、いったん朝鮮半島に渡ってその地で定着した訛音《かいん》が新たに日本に入ってきたかとも推量される。そこで、しばらく、その「荷」の用例を跡づけ、同時に、日本における「蓮」の用法を跡づけてみることにする。——

いま、原則として「荷」という表記が用いられていると記したが、すでに『万葉集』のなかで「荷」と「蓮」とが併用されている事実が歴然としているのに、なぜ、そんな断言めいたことをなし得るのか。この点の説明ないし釈明が、まず必要であろう。

『万葉集』においてハチスを詠んだ歌は、次の四首である。その四首全部に注意の目を注いでいただきたい。

御佩《みはかし》を　剣の池の　蓮葉《はちすば》に　渟《たま》れる水の　行方《ゆくへ》無み　わがする時に　逢ふべしと　あひたる君を　な寝《ね》そと
母聞《きこ》せども　わが情《こころ》　清隅の池の　池の底　吾は忍ばず　ただに逢ふまでに（巻第十三、三二八九）

　荷葉を詠める歌

蓮葉《はちすば》はかくこそあるもの意吉麻呂《おきまろ》が家なるものは芋《うも》の葉にあらし（巻第十六、三八二六）　長忌寸意吉麻呂《ながのいみきおきまろ》

　新田部《にひたべ》の親王に献れる歌一首　詳ならず

勝間田《かつまだ》の池は我《われ》知る蓮《はちす》無し然言《しか》ふ君が鬚《ひげ》無きが如《ごと》（同、三八三五）

　右は或るは人あり。聞くに曰はく、新田部《にひたべ》の親王堵裏《みやこのうち》に出で遊び、勝間田の池を御見《みま》して御心の中《うち》に感《め》でませり。その池より還りて怜愛《れんあい》に忍びず、時に婦人《をみな》に語り給はく、今日遊行して勝間田の池を見る。水影濤濤として蓮花灼灼

たり。可怜《かれん》断腸、言ふことを得べからずといへり。ここに婦人、この戯歌《たはれうた》を作りて、専輙《もつぱら》吟詠《うた》へるなりといへり。

ひさかたの雨も降らぬか蓮葉《はちすば》に渟《たま》れる水の玉にあらむ見む（同、三八三七）

右の歌一首は、伝へ云ふ。右兵衛姓名いまだ詳ならずあり。歌作の芸に多能なりき。時に府家、酒食を備へ設け、府の官人等を饗宴す。ここに、饌食は盛るに皆荷葉を用ゐき。諸人酒酣《たけなは》にして歌舞絡繹す。すなはち兵衛を誘ひて云ひしく、その荷葉に関《か》けて歌を作れといひしかば、登時《すなはち》声に応へてこの歌を作りきといへり。

長歌一首、短歌三首とも、作品ちゅうにおいては、すべて「蓮」を用いている。しかるに、三八二六番の前書《まえがき》と、三八三七番の詞書《ことばがき》（左注）とにおいては「荷」が用いられ、三八三五番の詞書（左注）にだけ「蓮」が用いられている。こうなると、頻度数の比率から見た場合、「蓮」のほうが『万葉集』においては一般的だったと見做したくなる。けれども、四首の作品のなかで「蓮」が構造的に負うている機能に注意すると、パーセンテージだけから単純な帰結を導いてはならぬことに気づかされる。

それならば、四首の作品のなかで「蓮」が構造的に負うている機能とは何であるか。詳細な論証を企てる余白がないので、要点のみ示すとすると、万葉歌人が、ハチスを指示する正しい漢字表記が「荷」でなければならぬことを確実に知っておりながら（三八二六番の前書、三八三七番の左注を見よ）、わざわざ他の個処で「蓮」を用いたのには、ちゃんとした根拠があったからである。

万葉歌人が手もとに置いて四時《しいじ》めくっていた〝虎之巻〟の『芸文類聚』『文選』『遊仙窟』などを見ると、中国詩文の用例では、「蓮」が詩材や文学素材に使われる場合には、かならず「思レ婦」の比喩もしくは暗喩として使われていた。されば、美的規範を中国文化に求めてそれを学習した七〜八世紀の律令知識人が、ハチスの花といえば、美女のアナロジーとして把握したろうことは、容易に想像され得る。そして、そのさい、正確さといおうか律気《りちぎ》さといおうか、美女の比喩として用いられるハチスに限っては「蓮」をあて、他の場合のハチスには「荷」をあてる、という原則を、かれらは守ったのであった。

他に、万葉人が手もとに置いて愛読したもう一つの中国テキストに『玉台新詠』（六世紀後半成立）がある。このアンソロジーを見ると、ハチスを詠材にした作品が十数編載っている。そこでの用例を左に示す。——

採蓮　　呉均

錦帯雑花鈿。羅衣垂緑川。問子今何去。出採江南蓮。遼西三千里。欲寄無因縁。願君早旋反。及此荷花鮮。

採蓮　　簡文帝

晩日照空磯。採蓮承晩暉。風起湖難渡。蓮多摘未稀。櫂動芙蓉落。船移白鷺飛。荷糸傍遶腕。菱角遠牽衣。常聞蕖可愛。採擷欲為裙。葉滑不留綖。心忙無仮薫。千春誰与楽。惟有妾随君。

採蓮曲　　昭明太子

桂楫蘭橈浮。碧水江花玉。面両相似蓮。疎藕折香風起。香風起白日低。採蓮曲使君迷。

古絶句

日暮秋雲陰。江水清且深。何用通音信。蓮花瑇瑁簪。

夏歌　　鮑令暉

鬱蒸仲暑月。長嘯北湖辺。芙蓉如結葉。抛豔未成蓮。

夏歌　　梁武帝

江南蓮花開。紅光覆碧水。色同心復同。藕異心無異。

遙見美人採荷　　劉孝綽

菱茎時遶釧。棹水或沾粧。不辞紅袖湿。惟憐緑葉香。

詠石蓮　　劉孝綽

蓮名堪百万。百姓重千金。不解無情物。那得似人心。

これらの作例を見れば一目瞭然としていると思うが、かくのごとく、中国詩文においては、「蓮」といえば、だいたい「怜」「憐」「恋」の相関語として用いられるのを常とした。これは、蓮（Lien）＝怜・憐（Lien）＝恋の音声的連関に拠る。つまり、「蓮」が美女や思婦のイメージを踏まえている根拠には、中国語の音声における類同関係が厳然として介在するのである。

そこで、『万葉集』の巻第十六、三八三五番の左注を見ていただきたい。白文で「還自彼池、不忍怜愛、於時語婦人曰、今日遊行、見勝田池、水影濤濤、蓮花灼灼、可怜断腸、不可得言」とある部分の、「怜愛《れんあい》」＝「蓮花《れんくわ》」＝「可《か》怜《れん》」の相関性に、いやでも注意させられるであろう。これは、あくまで「蓮《れん》」の下に「怜《れん》」をかけたものであつて、「蓮花灼灼」のなかに婦人への「怜」（恋愛）を暗示する。そう解釈しないことには、この三八三五番の作品はちんぷんかんぷんな歌意になってしまうし、その左注に至ってはなおさらちんぷんかんぷんな内容になってしまう。この婦人の戯れの歌については、小島憲之の「諸注は、勝間田の池には蓮の花が咲きにほひ、また新田部親王の鬚は甚だ多かつたものと説く。但し、この歌の『なし』を文字通りに解することもできる。勝間田の『蓮』即ち親王のたはむれの『恋』（憐愛）を『蓮《レン》』を通じてみてとつた婦人は、これを否定するために『蓮なし』（恋の気持などありはしませんょ）と云ひ、丁度君の鬚の『無い』と同じやうに、と当意即妙に吟詠したとも解することができる。むしろこの方が正しいのではなからうか。……この歌は『下座』の『あそび』ではなく、漢籍によつて学んだかなり高度の『あそび』と云へる」（『上代日本文学と中国文学・中』、第七章「遊仙窟の投げた影」）とする見解が、いちばん正鵠を射ていると思う。

そして、同じ巻の三八二六番の「蓮葉はかくこそあるもの意吉麻呂が」の歌は、よそで美女に接した意吉麻呂が家妻の醜さを思って罵倒したという伊藤博氏説（「はちす―戯咲歌の一解釈―」、万葉三八号所載）が正しいと思われる。三八三七番の「蓮葉に渟れる水の玉にあらむ見む」も、美女の姿態を連想していると言えなくもない。ただし、この三八三七番の左注は、白文「於是、饌食盛之皆用荷葉。諸人酒酣、歌舞絡繹。乃誘兵衛云、関其荷葉、而作歌者、登時応声、作斯歌也」とあり、酒席の眼前にあるハチスの葉を詠み込んで即吟したことがわかる。眼前の卓に、食器がわりとして置かれたハチスの葉っぱを指示したのであるから、当然「荷」が用いられた。しかも、それにひっかけて即吟を強いられた恋愛詩であるから、作品のほうには当然「蓮」が用いられた。両者の区別は、かくのごとく厳然として認知されていたのである。(したがって、巻第十三の三二八九番の長歌においても、恋愛歌の性質上、「蓮」が用いられたのであった。)

あるいは瑣末に過ぎる吟味であったかもしれないが、七〜八世紀の律令知識人たちが忠実に遵守《じゅんしゅ》した「荷」と「蓮」との区別(もしくは使い分け)こそ、まさしく、その時代の文化意識が中国一辺倒であった事実を、あらためて確認するのには役立ったかと思う。そこで、考え合わされるのは、『古事記』雄略天皇記の、引田部《ひけたべ》の赤猪子《あかいこ》の段で、天皇の口約束を待ちわびて八十年も過ぎてしまった老婆が、天皇の宮居に参じ、再会を果したときにうたった短歌二首のうちの次の一首である。

日下江《くさかえ》の　入江の蓮、花蓮《はなばちす》。身の盛り人《さかびと》、羨しきろかも《とも》(歌謡番号九六)

白文は「久佐迦延能。伊理延能波知須。波那婆知須。微能佐加理毘登。登母志岐呂加母」であるが、諸注釈本が「入江の蓮、花蓮」という仮名混りの訓み下し文を採用しているのは、やはり正しかったといえる。「入江の荷、花荷」という表記を採ったならば、恋愛に無関係な、たんなる植物でしかなくなるからである。怜愛(憐愛)の寓意を負う以上は、当然「蓮」でなければならないからである。しかも、それと同時に、雄略記をいろどるこの短歌が、もはや純然たる民族固有の伝承歌謡ではあり得ないことにも、わたくしたちは注意を向ける必要がある。このモティーフは、あくまでも、中国文学の影響なしでは作られ得なかったはずである。

しかし、ハチスの表記として原則的に「荷」を用いたということの論証は、まだこれだけでは十分でない。なにしろ、頻度数から見れば、『万葉集』の「荷」は三例、「蓮」は五例、しかも作品ちゅうにおいてはことごとく「蓮」が使用されているからである。いかに「蓮」と怜愛＝恋との相関関係が明かされたとしても、それをもって「荷」の使用のほうが原則的だなどとは到底いい切れるものではない。つぎに、わたくしたちは、一歩をすすめて、平安朝初期の詩文にメスを入れなければならぬ段どりに迫られている。万葉時代から半世紀たった弘仁年間（八一〇～二三）は漢文学全盛の時代を現出している。その時代にハチスはどのようにうたわれたかを検証しよう。

弘仁五年（八一四）成立の『凌雲集』には、ハチスを詠じた漢詩が三首見える。嵯峨天皇の御製二首、皇太弟他戸親王（のち淳和天皇）の令製一首である。

夏日皇太弟ノ南池。　　御製嵯峨

納涼儲弐南池ノ裏。尽ク洗フ二煩襟ヲ一碧水湾。岸影見知ル楊柳ノ処。潭香聞キ得タリ芰荷ノ間。風来リ前浦収メテレ煙ヲ遠ク。鳥散ジ後林欲シテレ暮レント閑カナリ。天下共ニ言フ貞シ二万国ニ一。何ゾ労シテ二羽翼ヲ一訪ハン二商山ヲ一。

秋日皇太弟ノ池亭ニ賦ス二天字ヲ一。　　五言同

玄圃ノ秋云ココニ粛シク。池亭ニ望ム二爽天ヲ一。遠声ノ驚キ二旅鴈ニ一。寒引ノ聴ク二林蟬ヲ一。岸柳惟レ初メテ□。潭荷葉欲スレ穿タント。蕭然幽興ノ処。院裏満ツ二茶煙ニ一。

九月九日侍シ二讌神泉苑ニ一各賦ス二一物ヲ一。得タリ二秋露ヲ一。応ズレ製ニ。　　令製淳和

蓐収警節秋云ココニ老イ。百卉初メテ腓ツカレ露已ニ凄シ。池際ノ凝荷残葉折レ。岸頭ノ洗菊早花低シ。未央闕側承ケ二雙掌ニ一。長信宮中起ス二隻啼ヲ一。謬ツテ忝ウス二恩筵ヲ一何ノ所ゾレ賦スル。

嵯峨帝御製「潭香《たんかう》聞き得たり芰荷《きか》の間《かん》」とは、池の水の香がハチスの間に立ちのぼっていますの意で、夏の太陽が落ちかかったころ喘《あえ》ぎから蘇生する水生植物の風趣をよく把えている。そして、「蓮葉間」などと言わずに「芰荷間」

（ヒシとハチスとのあいだ）と言ったところに、作者嵯峨帝の漢文的教養の正しさがうかがわれる。つぎの「潭《たん》の荷《か》葉穿《えふうが》たんとす」とは、池のハチスの葉がいまにも破れそうになっておりますの意で、中秋から晩秋にかけて枯れ色を見せはじめる水生植物の風情に〝新しい美〟を発見している。ここでも「蓮葉」と言わずに「荷葉」と言って、教養の正しさを示している。淳和帝の「池際《ちさい》の凝荷残葉《ぎようかざんえふ》折れ」は、晩秋のやぶれハチス（のちに、和歌のほうで「破《や》れ蓮《はちす》」という類題になる）にあわれを見いだしている。ここでも「凝蓮」とは言わずに「凝荷」と言っているのは、怜愛（恋愛）に無関係だからである。なんにしても、万葉時代とは全く別の〝寂寥美〟が達成されたが、これまた中国詩文を正しく学習した成果にほかならぬ。

そして、『文華秀麗集』（八一八年成立）以後になると、ハチスの風情といえば、寒気に穿《うが》たれた「破《や》れ蓮《はちす》」のみに限られることとなった。『文華秀麗集』は、ふたたび嵯峨帝の勅を受けて、さきの勅撰詩集『凌雲集』に洩れた作品を補い、それ以後に続出した秀作を加えて編纂したもので、『凌雲集』やあとの『経国集』が魏の文帝のいわゆる「蓋文章経国之大業、不朽之盛事」（『文選』巻第五二、典論論文）なる政治イデオロギーを表面に押し出したのに対して、これはもっぱら文学表現を尊重する立場を取ったところに特色がある。その『文華秀麗集』にあらわれたハチスの詩は二首。巻中述懐に見えている。

奉ルレ和シ二重陽ノ節書スルニレ懐ヲ。一首。　　　仲雄王

寰中農事澇旱事。帝念ハホス黔首不レ登ミノラ年ヲ。強乗客摛文雅罷ミ。却ツテ使ム三伶人フシテ侍ラ二楽懸ニ一。菊浦ノ早花霜下ニヤ発。荷潭ノ寒葉水陰穿ニウガタル。災ノ不レ勝ルコト徳ニ古来在リ。況ンヤ乎神哀ビテ輔クルツヤレ自リレ天。

晩秋述懐。一首。　　　姫大伴氏

節候蕭条歳将ニレ闌タケント。閨門静閑秋日寒。雲天遠鴈声宜レ聴。檐樹ノ晩蟬引シラベ欲レ殫ツキナント。菊潭帯ビテレ露ヲ余花冷カナリ。荷浦含レ霜ヲ旧蓋残ソコナハル。寂寂トシテ独リ傷ム四運ノ促セマルコトヲ。紛紛タル落葉不レ勝タヘ看ルニ。

仲雄王《なかおおう》の詩のなかで「菊浦の早花霜下に発《ひら》き、荷潭《かたん》の寒葉水陰《かんえふすゐいん》に穿《うが》たる」とうたわれてあるのは、この年、農民が飢饉に苦しんでいるために、宮中の詩文パーティ開催を中止して、そのかわりに収穫祈願の音楽儀礼をおこなったことを叙したあとで、宮中庭園のさびしいけしきを描いたもの。菊の咲く水ぎわの早咲きの花は霜の下にひらき、ハチスの葉は水かげに破れています、の意。姫大伴氏《おおとものうじのひめ》の詩の「菊潭露を帯びて余花冷やかなり、荷浦霜を含みて旧蓋残《きうさんそこな》はる」という句は、菊の咲く水べでは咲き残りの花が露を帯びていかにも冷《つめ》たそうに見えております、ハチスの生えた水ぎわでは酒杯のような形をした古いハチスの葉が霜を含んで破れそこなわれているのですよ、の意。こちらの詩は、終始一貫、晩秋の悲哀を自然に託して叙情している。

――このように跡づけてくれれば、なるほど日本古代詩歌においてはハチス即《そく》「荷」が原則で、特殊用法（恋愛に関する場合）のみに「蓮」が用いられたのだ、という確説が十分に得られたかと思う。事《こと》は表記法＝用字法のみに限られない。日本古代人の植物観の根本姿勢が、ここにさぐり得られるはずである。

しかし、このように正確かつ律気に使い分けされたハチスの表記法（すなわち観賞態度）も、十世紀ごろから急激に乱れはじめる。もちろん、仏教の影響力が決定的になったためである。そして、「荷」は影を潜め、「蓮」は美人＝恋愛の寓喩であることを止《や》め、「はちす」といえば、もっぱら、阿弥陀如来（もしくは発菩提心《ほつぼだいしん》）の寓喩のみに限られることとなった。

『古今和歌集』のなかに現われるハチスの歌は、つぎの一首である。

はちすの露をみてよめる　　僧正　遍昭

はちすばのにごりにしまぬ心もてなにかはつゆをたまとあざむく（巻第三夏歌、一六五）

一首の歌意を示すと、だいたい、こういうことになろうか。ハチスという植物は、泥水のなかで育ちながらその濁りに染まない清らかな心をもっているのに、これはなんとしたことであろう、広葉のうえにおく露をば玉のように見せかけて、人をあざむくとは。

この僧正遍昭の和歌は、もはや美人＝恋愛の寓喩である「蓮」を詠んだのでもなければ、植物それ自身である「荷」を詠んだのでもない。「はちす」が、新たに仏教的説法の方便に見立てられたのである。知らず識らずのうちに経典の影響をこうむっているものと考えられる。

『古今和歌集』と同じく延喜五年（九〇五）に醍醐天皇の勅命を受けて編纂を開始した『延喜式』（九二七年完成）を見ると、巻第三九内膳司の項に「荷葉。稚葉七十五枚。波斐四把半。並起五月中旬尽六月中旬。壮葉《さかり》七十五枚。蓮子二十房。稚藕十五条。起六月下旬尽七月下旬。黄葉七十五枚。蓮子二十房。稚藕十五条。起八月上旬尽九月下旬。右河内国所レ進。各随二月限一隔二一日一供レ之」とある。こちらは、さすがに漢文で書かれているだけあって、ハチスの表記法（すなわち観賞態度）が正確かつ律気に使い分けされている。『古今和歌集』が編まれた時代は、しばしば〝国風復興〟時代などと呼ばれているが、政治レベルではこのように正しい漢文的思考が依然としておこなわれていたのである。『延喜式』所載の記事は、ハチスの生葉を乾かして薬用としたり、蓮根を掘り起こして食用蔬菜としたり、また米飯をくるむ食膳用材料としたりした王朝貴族の日常生活を〝影絵〟のように映しだしてくれている。

しかし、文学レベルでは、ハチスの変貌が進行する。

『枕草子』においては、ハチスはもっぱら往生極楽の〝シンボル〟としての役割をはたす。愛らしいものの代表として「蓮の浮葉のいとちひさきを、池よりとりあげたる。葵のいとちひさき。なにもなにも、ちひさきものはみなうつくし（【一五一】うつくしきもの）と叙されてはいるけれど、ハチスは、ひたすら仏教的象徴としてしか考えられていなかった。

【三四】菩提《ぼだい》といふ寺《てら》に、結縁《けちえん》の八講《はちこう》せしにまうでたるに、人のもとより「とく帰り給ひね。いとさうざうし」
といひたれば、蓮《はす》の葉のうらに、

蓮花

「宗清花伝書」部分
室町時代、大和文華館蔵

もとめてもかかるはちすの露をおきてうき世にまたはかへるものかは

と書きてやりつ。

まことにいとたふとくあはれなれば、やがてとまりぬべくおぼゆるに、さうちうが家の人のもどかしさも忘れぬべし。

【六六】草は、菖蒲《さうぶ》、菰《こも》、葵《あふひ》、いとをかし。……

蓮葉《はちす》、よろづの草よりもすぐれてめでたし。妙法蓮華のたとひにも、花は仏にたてまつり、実《み》は数珠《ずず》につらぬき、念仏して往生極楽《わうじやうごくらく》の縁とすればよ。また、花なき頃、みどりなる池の水に紅《くれなゐ》に咲きたるも、いとをかし。翠翁紅《すゐをうこう》とも詩に作りたるにこそ……

【二七八】関白殿、二月廿一日に法興院《ほこ》の積善寺《さくぜんじ》といふ御堂《みだう》にて一切経供養せさせ給ふに、……

ことはじまりて、一切経を蓮《はす》の花の赤《あか》き一花《ひとはな》づつに入れて、僧俗《そうぞく》・上達部《かんだちめ》・殿上人・地下《ぢげ》・六位、なにくれまで持てつづきたる、いみじう尊《たふと》し。……

第三四段に見える和歌は、『清少納言集』にも見え、また『千載和歌集』巻第十九釈教歌にもとられている。歌意は、わざわざ求めてでもぬれたいと思っているこういう蓮の露（すなわち法華八講）を中途からぬけだして、憂き世にふたたび帰るなんてことが、どうしてできるでしょうか、の意。ハチスは、ここでは、全く仏教的シンボルとして扱われている。第六六段「蓮葉、よろづの草よりもすぐれてめでたし」という理由は、妙法蓮華すなわち衆生済度の妙法が蓮華《れんげ》に譬えられているからだと説き、ハチス（ハス）の花を仏前に供華《くげ》し、その実を数珠《ずず》につらぬいて、ひたすら念仏すれば往生極楽のよすがとなるのだと礼賛している。ハチスは、ここでも、植物観賞の対象とはなっていない。第二七八段の「一切経を蓮《はす》の花の赤き一花《ひとはな》づつに入れて」に至っては、「蓮の花」そのものが既に植物ではなくなって紙製の造花を意味するまでに変化している。

平安王朝文学のなかでハチスの象徴作用が〝中国離れ〟していったのは、一つには浄土思想（これとても、中国からの輸入文化であったことに相違はないのだが）の普及が著《いちじる》しかったことと、もう一つには新しい中国文学の傾向を積極的に学び取ろうとする意欲（弘仁期から承和期にかけては、あれほど熱心に摂取しようとしたのだったが）が失せてしまったこととの、この二つの理由による。有名な周敦頤《しゅうとんい》（一〇一七〜七三）の「愛蓮説《あいれんのせつ》」に提示された「菊花之隠逸者也、牡丹花之富貴者也、蓮花之君子者也」というハチス復権運動が、平安王朝時代人を動かし得なかった理由は、時代のずれによるものだったと考えられるから、これは仕方ない。しかし、それにしても、ハチスといえばもはや仏教的シンボル以外にはあり得ないと決めてかかるに至った、それ以後の日本人の〝自然観〟には、いささかの発展性も力動性もない。あったのは文化上の鎖国性と思考上の停滞性とだけであった、とはいかにも情けない。

なんにしても、ハチスの寓喩するものが大きく変化することとなった。かつて中国詩文の影響下に発見された美女や寂寥の〝古代美〟が、今や、仏教文化の影響下に〝古代末期の美〟へと変質していくのである。そして、それは、現代人のあいだで疑わず〝日本美〟とか〝民族の美〟とか称されているものの始まりであった。

菊

キクは、サクラとともに日本を象徴する植物と考えられている。菊花が皇室の紋章と定められたのは、明治元年(一八六八)一月の太政官布告によるのであるが、これ以後、たかだかモダン・デザインでしかないはずの菊花紋章は、国粋主義や軍国主義のためにさんざんに悪用された。明治十八年(一八八五)七月から九月にかけて、長崎郊外で日本人の娘と結婚生活をいとなんだ体験をもとにして書かれた、ピエール・ロチの小説『お菊さん』のヒロインの名である Chrysanthème は、まだ懐しい日本の風物や習俗を象徴することができた。『お菊さん』は、そのまま脚色されてプッチーニの歌劇『お蝶夫人』となって世界じゅうに知れ渡るが、当時のヨーロッパ人の目に投影された日本婦人や日本社会の像といったら、およそこのようなものであった。前著を追っかけるようにしてロチが書いた印象記『秋の日本』(一八八九)には「観菊御宴」の一章が含まれ、文明開化時代の日本人の甘く優しい(ただし、陰気臭い)生活感情をば chrysanthème をもって的確に寓喩している。こうして、大日本帝国憲法および教育勅語が発布されて日本国民をがんじがらめに締めあげる以前にあっては、キクといえば、陰湿ではあるが兎も角も平和な日本的心性をシンボライズするに充分であったし、外国人もそのように見ていたのであった。ところが、その後の半世紀間に日本社会は誤った国家主義の方向へと突き進んでいき、ついに、第二次大戦ちゅうにルース・ベネディクトが『菊と刀』(一九四五)のなかで分析したごとく、「刀も菊も共に一つの絵の部分である」といった社会矛盾や非合理の記号となるに至った。

もともと、キクは、日本に固有の花ではなかった。八世紀の終わりごろになって、中国から輸入された渡来植物であったことは、こんにち、あまりにもはっきりしている。そうなると、キクをもって日本の代表花（サクラとともに「国花」と目《もく》されている）と見做すことは遠慮しなければならなくなりそうだが、それにもかかわらず、キクは依然として〝日本的なるもの〟の首位にくらいしていて動かない。いったい、〝日本的なるもの〟の正体は、外来文化の影響下に入る以前の民族宗教レベルの文化しか含まないものであるのかどうか、はたしてそんなものが存在するかどうか、じつははなはだ疑問である。むしろ、廂《ひさし》を借りて母屋《おもや》を取る式に、波状的に滲透してくる外来文化をその都度《つど》受容しては自家薬籠中のものたらしめる貪欲な摂取力こそ、まさに〝日本的なるもの〟の正体なのではないか。キクが、中国原産の花でありながら、しかも長時間を経過するうちについに日本を代表する「国花」の位置を占めるようになっていったプロセスこそ、日本文化の本質を照らし、また、そう呼びたければ呼んでもよい日本精神なるものの真面目《しんめんぼく》を示してるのではないか。

キクが日本に固有の花でなかったことの何よりの証拠は、『万葉集』（七七一年以後成立）四千五百十六首ちゅうに、この花を詠じた歌が一首も見いだしえない、という明白な事実である。ただし、ほぼ同時代の漢詩集『懐風藻』（七五一年成立）のほうには、菊を詩材に仰いだ作品が六首見えるから、その六つの用例を検討したうえでなければ、奈良時代にキクの実物があったか無かったという疑問を解決することができない。

はじめに『懐風藻』所載の三首を俎上にのせてみる。

左大臣正二位長屋王《ながやのおほきみ》。三首。

五言。於宝宅宴新羅客。一首。賦得烟字。

高旻開遠照。遙嶺靄浮烟。有愛金蘭賞。無疲風月筵。桂山余景下。菊浦落霞鮮。莫謂滄波隔。長為壮思篇。

従三位中納言兼催造宮長官《さいぞうきゅうのかみ》安倍朝臣広庭《あべのあそみひろには》。二首。

五言。秋日於長王宅宴新羅客。一首。賦得流字。

山牖臨幽谷。松林対晩流。宴庭招遠使。離席開文遊。蝉息涼風暮。雁飛明月秋。傾斯浮菊酒。願慰転蓬憂。

――この二首は、タイトルに「於宝宅宴新羅客」「秋日於長王宅宴新羅客」と見えるように、神亀三年（七二六）に来朝した新羅《しらぎ》の国使薩飡金造近らの帰国送別パーティを長屋王の私邸である佐宝楼《さほろう》で催したときの、席上詩会の作品であったと考えられる。すなわち、長屋王詩と安倍広庭詩とは同時作であったと考えられる。問題は、長屋王詩の「菊浦」（キクの花さく池の浦）と安倍広庭詩の「浮菊酒」（キクの花を入れてひたした酒）とが、はたして、実物のキクを詠んだものであったかどうか、という一点に絞られる。ここに『続日本紀《しょくにほんぎ》』巻第九の神亀三年の条を徴《ちょう》するに、「〇秋七月戊子。令ム二奏勲等ヲシテ帰ラ一レ国ニ。賜二璽書ヲ一曰ク。勅スラク二伊飡金順貞一ニ。汝卿ナンタチ安二撫シテ彼境一ヲ。忠二事ス我朝一ニ。貢調使薩飡金奏勲等奏称。順貞以二去年六月三十日一ヲ卒シヌ。哀シキ哉。賢臣守レ国。為二朕股肱一。今也ハ則チ亡シ。殲シツ二我吉士一ヲ。故贈二賻物黄絁一百疋。綿百屯一ヲ。不レ遺ワスレ二爾ガ績一ヲ。式モッテ奨メン二遊魂一ヲ」と見える。この記事をそのまま信ずるとすれば、新羅貢使の退京は七月二十三日であるから、長屋王邸宅におけるパーティは、それより以前の日付でなければならないことになる。いかに太陰暦ではあっても、七月二十二日以前にはキクは咲かないであろうゆえ、「菊浦」とか「浮菊酒」とかの表現は、やはり文学的約束事にとどまるとしか考えられない。長屋王も安倍広庭も、キクの実物を目にしたことがなかったにもかかわらず、中国詩文の教養を駆使して、この植物の呪術的意義や宗教的シンボルの形象化を試みたのである。「菊浦」と対《つい》になっている桂山のカツラも、中国では霊木とされ、また百薬の長として尊まれた。「浮菊酒」は、ずばり不老長寿の妙薬であった。

『懐風藻』に見えるそのつぎの用例を示すと――

正三位式部卿藤原朝臣宇合《しきぶのかみふぢはらのあそみうまかひ》。六首。

七言。秋日於左僕射長王宅宴。一首。

帝里烟雲乗季月。王家山水送秋光。霑蘭白露未催臭。泛菊丹霞自有芳。石壁蘿衣猶自短。山扉松蓋埋然長。遨遊已得攀竜鳳。大隠何用覓仙場。

この藤原宇合詩にあらわれる「泛菊丹霞自有芳」なる第四句は、菊酒のなかに浮かんでいる赤色の霞にはおのずから艶色と香りとがあります、という意であって、ここの丹霞と第三句の白露とは対《つい》を成している。このあたり四句を長屋王の邸宅内外の実際的情景を描写したと解釈することも、むろん不可能ではないが、詩篇全体の主題から推すと（長屋王の詩宴に集まったわれわれは既に大隠者であるのだから、いまさら仙人の住居を求めるには及ばない、という挨拶が主題になっている）、「蘭を霑《ぬ》らす白露未だ臭《か》も催《うなが》さぬ」といったり「菊に泛かべる丹霞自《おのづか》らに芳《にほひ》有り」といったりした表現は、ようするに現世のユートピアを説明するための手段以上のものではあり得ない。すなわち、この詩に見えるキクの用例も、中国詩文を模倣＝借用しながら、主催者《ホスト》である長屋王のパーティのすばらしさを讃めたたえたものと解すべきである。キクの実物が長屋王の邸宅に植えられていなくても、いや植えられていなかったればこそ、かえって、文献的《ブッキッシュ》な知識をふんだんに駆使して、「泛菊丹霞」などというカッコイイ表現ができたのだろう。

じつは、六首のうちの、あとの三首に見える「対峰傾菊酒」（境部王）、「菊風披夕霧」（吉智首）、「巖前菊気芳」（田中朝臣浄足）の詩句も、それぞれ、長屋王のガーデン・パーティに関係があると考えられるので、叙上のわたくしの説明は六首全部にぴたり当て嵌まることになる。

奈良時代の律令文人貴族が〝虎之巻〟としてつねに首っぴきにした『芸文類聚《げいもんるいじゅ》』を見ると、はじめから「爾雅曰、菊。治蘠。今之秋華菊也。　山海経曰。女几之山。其草多菊。　礼記曰。季秋之月。菊有黄花。　楚辞曰。朝飲木蘭之墜露兮。夕餐秋菊之落英。　又曰。春蘭兮秋菊。長無絶兮終古」などと記され、中国古代においてキクが貴重な花としてたっとばれたという知識をはっきり得る。さらに「盛弘之荊州記曰。酈県菊水。太尉胡広。久患風羸。恒汲飲此水。後疾遂瘳。年近百歳。非唯天寿。亦菊延之。此菊甘美。広後収此菊実。播之京師。処処伝埴」とか「抱朴子曰。劉生丹法。用白菊花汁蓮汁樗汁。和丹蒸之。服一年。寿五百歳」とか「魏鍾会菊花賦。……又云。夫菊有五美焉。黄華高懸。准天極也。純黄不雑。后土色也。早植晩登。君子徳也。冒霜吐穎。象勁直也。流中軽体。神仙食也」とか「晋孫楚菊花賦曰。彼芳菊之為草兮。稟自然之醇精。当青春而潜翳兮。迄素秋而敷栄。於是和楽公子。雍容無為。翩翔華林。駿足交馳。薄言採之。手折繊枝。飛金英以浮旨酒。掘翠葉以振羽儀。偉玆物之珍麗兮。超庶類而神奇」とか「晋傅玄菊賦曰。布濩河洛。縦横斉秦。掇以繊手。承以軽巾。服之者長寿。食之者通神」とか「晋王淑之蘭菊銘曰。蘭既春敷。菊又秋栄。芳薫百草。色豔群英。孰是芳質。在幽愈馨」とか「晋嵆含菊花銘曰。煌煌丹菊。翠葉紫茎。詵詵仙神。徒餐落英」とか「晋傅統妻菊花頌曰。英英麗草。稟気霊和。春茂翠葉。秋曜金華。布濩高原。蔓衍陵阿。陽芳吐馥。載芬載葩。爰採爰拾。投之醇酒。御于王公。以介眉寿。服之延年。佩之黄耇。文園賓客。乃用不朽」とか「爾雅図賛曰。菊名日精。布華玄月。仙客薄採。何憂華髪」とかの出典が示され、これによって、キクがランと雙《なら》んで百草の女王《クイーン》であること、キクのジュースやカクテルを飲むと長寿不老の効能のあること、キクが神仙のめじるしであること、などなどの知識も得られる。

けっきょく、『懐風藻』の詩人たちは、実物のキクを経験的に知ることなしに、観念的=教養的にキクを詩材として詠出した。八世紀中ごろまでに日本列島にキクが渡来していなかったので、あれほどこまごまとした植物に関心を示した万葉歌人も、ついにキクの歌一首をも諷詠することができなかった。奈良時代にキクの栽培がおこなわれたと推断することには、どうも無理がある。

キクの栽培、もしくは菊花観賞が、文献の上で確かめられるのは、菅原道真編の『類聚国史《るいじゅうこくし》』（八九二年成立）巻第七十五歳時部六、曲宴の項に「十六年十月癸亥、曲宴。酒酣皇帝歌曰、己乃己呂乃《このごろの》。志具礼乃阿米爾《しぐれのあめに》。菊之波奈《きくのはな》。知利曾之奴倍岐《ちりぞしぬべき》。阿多羅蘇乃香乎《あたらそのかお》。賜㆓五位已上衣被㆒」とある記事である。平安遷都三年目の延暦十六年（七九七）十月十一日、宮中で開かれた曲水宴《ごくすいのえん》（中国の文人パーティは三月三日の節供におこなわれたが、日本では、平安時代のはじめは一月、九月を除く各月に催し、一定していなかった）の席上で、桓武天皇がキクをうたった即興の和歌を朗詠したのであった。つぎに古いのは、同書巻第七十四歳時部五、九月九日の項に見える「平城天皇大同二年九月癸巳。……又九月九日者。菊花豊楽聞食日爾在止毛。」うんぬんの記事で、桓武の子の平城《へいぜい》天皇の大同二年（八〇七）ごろには重陽節の当日菊花パーティが開かれることが恒例になりはじめていたことがわかる。こうして、八世紀の最末期から九世紀の発端にかけて、中国原産のキクは、日本の宮廷社会のうちに根をおろすことになったのである。キクを主にしてレンズをのぞくと、平安時代の出発とはキクの栽培観賞が宮廷内にひろめられるプロセスの始まりであったと言ってよい。そして、その見方は、平安王朝文化の基本特徴をかなり鋭く摑むことになるはずである。

桓武の子で、平城の弟である嵯峨天皇は、周知のごとく〝唐風崇拝〟の帝王《キング》だが、じっさいに、キクを謳歌する漢詩を数多く作っている。

『凌雲集』（八一四年成立）を開くと、御製二十二首の劈頭部分につぎの三首が見える。——

重陽節神泉苑賜宴群臣。勒空通風司。

登臨初九日。霽色敞秋空。樹聴寒蟬断。雲征遠鴈通。晩蘂猶含露。衰枝不梟風。延祥盈把菊。高宴古今同。

九月九日於神泉苑宴群臣。各賦一物得秋菊。

旻商季序重陽節。菊為開花宴千宮。蘂耐朝風今日笑。栄萿夕露此時寒。把盈玉手流香遠。摘入金林弁色難。聞《きくな》道《らく》仙人好所服。対之延寿動心看。

重陽節神泉苑同賦三秋大有年。題中取韻。大韻成篇。

旻気何寥郭。登高望悠悠。大田穫豊稔。従此歳工休。芳萸筵上薦。時菊盞中浮。林洞逢揺落。池清為潦収。蟋蟀蔵声暁。蒹蕁変色洲。重陽常宜宴。況復有年秋。

『経国集』（八二七年成立）になると、嵯峨帝のキクを詠じた漢詩はふんだんにあらわれる。平安宮廷では、重陽節とキクの花とは切っても切れない関係を結ぶが、これは中国詩文の模倣であると同時に、専制的王権の永続性や絶対性をシンボライズする意味を踏まえていた。キクこそは〝貴族の花〟そして〝都市の花〟であった。

そして、このような中国詩文の受容や咀嚼を基礎にした文化体系のなかから、『古今和歌集』が生まれたのであった。『古今和歌集』というと、ふつう、〝国風文化〟の長子のように考えられているが、仔細に検証するならば、その発想や美的範疇が案外にも中国詩文のフレームを出られずにいることに気づかされる。

人のせんざいに菊にむすびつけてうゑける哥

うゑしうゑば秋なき時やさかざらん花こそ散らめ根さへ枯れめや（巻第五秋歌下、二六八）　在原　業平

寛平御時きくの花をよませたまうける

久方の雲のうへにてみる菊は天つ星とぞあやまたれける（同、二六九）　藤原　敏行

このうたは、まだ殿上ゆるされざりける時に、めしあげられてつかうまつれるとなん

これさだのみこの家の哥合のうた

露ながらをりてかざさむ菊の花おいせぬ秋のひさしかるべく（同、二七〇）　紀　友則

仙宮に菊をわけて人のいたれるかたをよめる

ぬれてほす山ぢのきくの露のまに早晩《いつか》ちとせを我はへにけん（同、二七三）　素性　法師

――これら古今調の粋《すい》を、成心《せいしん》なく読み味わってほしい。ひとつひとつが中国的教養なしで生まれ得なかった事実に、いやでも突き当たらざるを得ないではないか。キクの花は、長寿不老のシンボルであり、また宮廷エリートのみに許された特権の直喩であることは、あまりにも明白ではないか。中国から輸入した律令政治思考をよそにしては、キクの言語形象化は理解し得ない。

そのことは、延喜十八年（九一八）成立の『本草和名』を見れば、いっそうはっきりする。第六巻草上に「菊花

一名節華一名日精一名女即一名女華一名女茎一名更生一名周盈一名傅延年一名陰成一名苦意味苦揚玄。操音憶。白菊花白已上二種出陶景注一名周成茎也一名神精子也一名神華子也一名神英子也一名長生根名也已上五名出大清経、一名女䕢一名𧆛已上出兼名苑、菊花者月精也出大清経、一名日華一名延年華也。一名生嬰茎也、一名扶公華也已上出。神仙服餌方菊花天精也出苑注方、一名朱䕢一名傅公出雑要訣。和名加波良於波岐」とあり、いちいちの典拠を中国本草書に求めている。菊が〝女性の花〟だったり、天体の精だったり、神のしるしだったり、不老長寿のシンボルだったり、ようするに平安朝貴族がこの植物について抱いた感じ方（ずばり、自然観といってよいものだが）のすべてが、この書物のなかに集約されてある。さらに、承平《じょうへい》年間（九三一〜八）成立の『倭名類聚鈔』巻第二十草木部には「菊　四声字苑云菊挙竹反。与毛木。本草洋伝菊有二白菊紫菊一。加波良一云可波良於波岐、俗云本音之重。曰精也」と見える。ここでも、菊は、天地の主宰のgenius《ジーニアス》としての崇拝を受けることに変わりはない。宮廷儀式にはなくてかなわぬ位置を占めていたのも、さこそと頷《うなず》かされる。

さて、キクの象徴する永久性や神聖力は、律令政治が摂関政治に取って代わられる時代になってからも、いよいよ強力に増幅された。『源氏物語』藤裏葉《ふじのうらば》の巻に、つぎのごとき一段がある。――

あるじの院、菊を折らせたまひて、青海波の折を思《おぼ》しいづ、

色まさるまがきの菊もりをり〳〵に袖うちかけし秋を恋ふらし

大臣《おとど》、その折は同じ舞ひに立ち並びきこえたまひしを、われも人にはすぐれたまへる身ながら、なほこのきははこよなかりけるほど思し知らる、しぐれ、折り知り顔なり、

むらさきの雲にまがへる菊の花にごりなき世の星かとぞ見る

時こそありけれ、と聞えたまふ。

この二首目の和歌は、前掲『古今和歌集』の藤原敏行朝臣の「あまつ星とぞあやまたれける」のパロディとして作られたものである。摂関時代になると、たしかに日本文化（やまと的芸術）がひとり歩きを始めはするが、しかし、

美的カテゴリーの〃祖型〃はあくまで中国詩文のなかに求められる。『源氏物語』の作者である紫式部は、女房仲間から「なでふ女が真字書《まんなぶみ》は読む」との批判をこうむったくらいに、漢籍に明るかった女性である。漢籍に通暁していたればこそ、彼女は、本当の〃日本文化〃の形成に参加《アンガジエ》する栄誉を担うことができた。

つぎに、『紫式部日記』の記述のなかに、キクに関する叙述をさぐろう。

九日、菊の綿を、兵部の、おもとのもてきて、「これ、殿のうへの、とりわきて、いとよう老《おい》のごひすて給へと、のたまはせつる」とあれば、

菊の露わかゆばかりに袖ぬれて花のあるじに千代はゆづらむ

とて、返し奉らむとするほどに、「あなたにかへりわたらせ給ひぬ」とあれば、ようなさにとどめつ。

――これは、寛弘五年（一〇〇八）九月九日の記事である。重陽の節供の日、菊花にかぶせてその香を移しとった綿でもって、身体を拭うと、老を除《と》り去ることができる、という信仰があった。兵部《ひょうぶ》の御許人《おもとびと》（素性不詳であるが、東宮＝三条院の乳母であった女房）から、「この綿は、殿の上（藤原道長の北の方倫子《りんし》）がわざわざあなたにあげるようにおっしゃったものです」という伝言とともに、その菊の綿を頂戴したので、わたしは、和歌一首（いただいた菊の露には、わたし自身はほんの若やぐ程度に袖をふれるにとどめ、それで拭えば千代の寿命がのびるというその寿命のほうは、花の主である君におゆずりしましょう、の意）を添えて、これをお返ししようとしましたところ、「殿の上はあちらにお帰りになられた」との情報がはいったため、これももはや無用になったと判断してお返事するのを見合わせた、というのが、この部分の記述内容である。

行幸ちかくなりぬとて、殿のうちをいよいよつくろひみがかせ給ふ。世におもしろき菊の根をたづねつつ掘りてまゐる。色々うつろひたるも、黄なるが見どころあるも、さまざまに植ゑたてたるも、朝霧のたえまに見わたしたるは、げに老《おい》もしぞきぬべき心地するに、なぞや、まして、思ふことのすこしもなのめなる身ならましか

鳥居清長「子宝五節遊 重陽」
江戸時代

ば、すきずきしくももてなし、若やぎて、つねなき世をもすぐしてまし、めでたきこと、おもしろきことを見聞くにつけても、ただ思ひかけたりし心の引くかたのみ強くて、ものうく、思はずに、なげかしきことのまさるぞ、いとくるしき。

――これは、同じく寛弘五年の十月十余日の日付のある記事である。中宮彰子《しょうし》の分娩した敦成《あつなり》親王（のちの後一条天皇）を抱き上げた藤原道長が、赤ん坊におしっこをひっかけられて有頂天になる、あの有名な叙述のすぐあとに続いて書かれた個処である。土御門殿《つちみかどどの》の内庭にキクをいっぱいに植え飾る庭園デザイン計画は、けっきょく、支配権の永久性とその神聖力とを宗教＝儀礼的に保有しようとする意図に他ならない、中関白家から指導権を奪取した御堂関白家の、洋々たる未来を表象化せんとの意図に他ならない。キクをみれば「げに老もしぞきぬべき心地する」のが当然であると、そう紫式部は叙している。道長一門の女房たちも、キクの花を見て、長寿や繁栄の予感に湧き立っていたにちがいない。しかも、紫式部の個人的内面世界においては、キクを見ても一向に晴れることのない鬱悒《スプリーン》がぶすぶすと燻《くすぶ》っていた。秋山虔の「紫式部日記には、栄光の世界に住んだがゆえに、かえってその世界と格闘しなければならなかった精神の内面が随所にさらけだされている」（『源氏物語』、Ⅵ紫式部と源氏物語）という指摘は正しい。貴族支配の花であるキクを、このように純粋に個人的で自由不羈な観照的態度をもって眺め、そのようにして癒やしがたい憂鬱な気分に浸《ひた》った日本人は、彼女をもって嚆矢《こうし》とする。その意味で、紫式部は、真に〝日本的なるもの〟の発見者第一号であった。

　キクは、中世および近世をつうじて、ひろく庶民たちがおのが個人的哀感を表白するための媒体の位置に据えられていく。キクの〝民衆化〟の過程である。そして、中国原産の植物が、その故郷の中国をすっかり忘れ去り、日本列島をこそおのが生地と見做すようになったとき、〝日本的なるもの〟の形成が始まり、やがて完成することになるのである。

秋草

秋草というと、たれしもがいちばんに念頭に浮かべるのは、『万葉集』のつぎの二首である。

山上臣憶良の、秋の野の花を詠める二首

秋の野に咲きたる花を指《および》折りてかき数《かぞ》ふれば七種《ななくさ》の花　その一（巻第八、一五三七）

芽子《はぎ》の花尾花《をばな》葛花《くずばな》瞿麦《なでしこ》の花　女郎花《をみなへし》また藤袴《ふぢばかま》　朝貌《あさがほ》の花　その二（同、一五三八）

秋の七草《ななくさ》というが、山上憶良の歌はあくまでも「秋の野の花」のうちにすぐれたものが七種類（白文も「可伎数者七種花」である）ありますよとの意で、草のほうに重点があるのではない。秋に咲く美しい花はたくさんあろうのに、わざわざ「七」という数に限ったのは、中国律令的思考（七教・七経・七順・七賢・七徳・七去・七声・七音・七星などの名数が知られていた）によるか、もしくは仏教的思考（七仏・七堂・七宝・七難などの名数が知られていた）によるか、いずれにしても大陸文化の影響のあらわれであることは確実である。当時、最高の知識人のひとりであった山上憶良が、これをもって〝野の花ベスト・セブン〟と決めたときには、ちゃんとした理由を踏まえていたはずである。しかし、その理由がまもなくわからなくなったまま、七草という呼称法だけが固定化することとなった。

じっさいに、この二首の歌のために、のちのち、日本文学や植物文化の世界のなかで〝秋の七草〟の規範が固定してしまうことになるが、憶良には〝秋の七草〟の等級決定《ランキング》をおこなう所算《つもり》などありはしなかった。いま「七」という数に限って数え上げるとすると、こうなります、ぐらいの気持でしかない。むしろ、作者の動機は「七」という観念を詠《えい》じ込みたいというほどの軽いものだったかと想像される。

さて、山上憶良が第一指に屈して讃《たた》えているハギは、白文では「芽子」と表記されてある。『万葉集』に詠まれた植物のなかで、ハギの百四十一首は、ウメの百十八首を抜いて、頻度首位を占める。いかに万葉歌人に親しまれた草本であるかがわかるが、その白文表記は「芽子《はぎ》」「芽《はぎ》」「波疑《はぎ》」「波義《はぎ》」に限られている。のちのち、ハギの漢字表記には「萩」が宛てられることになるが、萩という字は、中国ではヨモギ（蕭）またはヒサギ（楸）と同義である。これに国訓ハギができたのは、ちょうど、春の木という意味で椿の字にツバキの国訓が生まれたように、秋の草を代表する意味を付与したのであろう。このことは、もう周知になっている。また、ハギという日本語そのものの語原は、ハエキ（生《は》え芽《き》）からきたとされる。このことも、周知になっている。通説を踏襲してほぼ誤りないと思うが、それとは別に、この草本をば中国では古く「胡枝子」（Hu-chih-tzŭ）（Hu-qi-zi）と呼んでいることを考え合わすと、フキ（チ）→ハキの音声転化が認められなくもない。通説の「生《は》え芽《き》」（この語原説は、まるで、他の植物は古い株から芽を生やさないかのような口吻《くちぶり》ではないか）よりは、唐音転化説のほうが、ずっと蓋然性に富む。

しかし、そうだからと言って、ハギが八世紀ごろの渡来植物であったと強弁するつもりはない。ただ、『万葉集』に当たってみると、巻第八に三十五首、巻第九に七十五首というふうに、この両巻において、ハギの歌は集中的に詠まれている。この統計的事実は、奈良に都が遷された時代、平城宮を囲繞する高円山《たかまどやま》や春日野や佐保山のあたりにハギが実際に生い茂っていたことを推定せしむるに足る。しかも一方、中国文化の移植に忙《いそが》しかった律令国家建設期における貴族文人階級の審美的趣尚に、このハギの形姿なり信仰的記号なりはぴたり適《かな》っていたはずで、もしそうでなかったならば、頻度第二位（木本類では第一位）のウメを凌駕するほどに多数のハギの歌が詠出されるなどの事象は起こり得なかったに相違ない。自生種のほかに、早期に、中国からの渡来種もあったのではなかろうか。中国のハギ（Hu-qui）は、観賞花の扱いを受けていないが、花を染料にしたり茎を室内建材にしたりする点で、必ずしも軽視されていたのではない。別にメドハギ（著 Shih）といって、キク科に属する草本で、ハギのそれによく似た茎を乾かして卜筮《ぼくぜい》（のちになると竹を用いたので、筮竹《ぜいちく》と呼ぶ）に用いる、神草（霊草）があり、中国ではこれが儒教の霊地や墓域に植えられていたことも、知識として把握しておいてよい。というのは、律令知識人が〝虎之巻〟にしていた例の『芸文類聚《げいもんるいじゅ》』巻第八十二薬香草部下に「著」の項があって、どうも、このメドハギとハギとを同一視したらしい痕跡がうかがえるからである。奈良の都の周囲にこれだけたくさんのハギが群らがり咲いていた事実を、たんなる偶然とばかり見ては済まし得ないように思う。

弓削《ゆげ》の皇子《みこ》の、紀《き》の皇女《ひめみこ》を思《しの》びませる御歌四首

吾妹子に恋ひつつあらずは秋芽子《あきはぎ》の咲きて散りぬる花にあらましを（巻第二、一二〇）　（弓削皇子）

霊亀元年歳の乙卯に次れる年の秋九月、志貴の親王《みこ》の薨り給ひし時、作れる歌

高円《たかまど》の野辺の秋芽子《あきはぎ》いたづらに咲きか散るらむ見る人無しに（同、二三一）　笠　金村

天平三年辛未の秋七月、大納言大伴の卿の薨りし時の歌

かくのみにありけるものを芽子《はぎ》の花咲きてありやと問ひし君はも（巻第三、四五五）　余　明軍

三年辛未、大納言大伴の卿の、寧楽《なら》の家にありて故郷を思《しの》ぶ歌

指す墨の栗栖《くるす》の小野《をぬ》の芽子《はぎ》の花散らむ時にし行きて手向《たむ》けむ（巻第六、九七〇）　（大伴旅人）

秋芽子は盛りすぐるを徒《いたづら》に挿頭《かざし》に挿さず還りなむとや（巻第八、一五五九）　沙弥尼

さ男鹿《をじか》の朝立つ野辺の秋芽子に玉と見るまで置ける白露（同、一五九八）　大伴　家持

秋芽子の上に置きたる白露の消《け》かも死なまし恋ひつつあらずは（同、一六〇八）　弓削　皇子

わが屋戸《やど》の秋の芽子咲く夕影に今も見てしか妹が光儀《すがた》を（同、一六二二）　大伴田村大嬢

かりに、国歌大観番号順に、ハギの名歌八首を引いてみたが、このように並べてみると、ハギは、けっして漫然と

眺められているのでないことが、はっきりとわかる。一二〇番と一六〇八番と、この二首は、弓削皇子が異母姉の紀の皇女と恋愛関係に入って、すでに死を覚悟している胸衷のシンボルとして「秋芽子」を詠んでいる。二三一番の歌は、志貴の親王の死をシンボライズしている。四五五番の歌は、大伴旅人が最晩年にみずからの死を予知して「芽子の花咲きてありや」と問うた日のことを、旅人卿葬儀に参列しながら、思い当たったようにまざまざと想起して慟泣《どうきゅう》する護衛《ガードマン》雑仕役の挽歌。九七〇番の歌は、その旅人が、死を予感して頻りに故郷明日香《あすか》の「芽子の花散らん時」を心に思い描いた望郷詩。一五五九番の歌は、「秋芽子」の花を挿頭《かざし》のマジックに用いたことを証す。一五九八番および一六二二番は、それぞれに「白露」(『礼記』『楚辞』に見える)とか「光儀」(『遊仙窟』に見える)とかの中国詩文の教養を詠み込んで、「秋芽子」の文化価値を再生産した歌として特色づけられる。

——かくて、ハギの寓喩するところの呪術＝宗教的意味と、中国詩文的教養の因子とを、陰画《ネガ》に現像することが可能になった。植物観賞の行為が自立独歩する以前の時代の事がらを考察の対象に据えるときに、単純に花の美しさや生態だけを説明するのでは不十分である。ハギは、飛鳥京および藤原京以前には、確実に〝宗教文化的シンボル〟の意味をもっていた。奈良京に引き遷った当初には、このシンボルの重たさがなお分有《パルサンペ》されていたが、律令政治機構の運用が円滑になるにつれて(言い換えれば、この時代なりの合理主義的思考が指導的地位を獲得するにつれて)、ハギは、しだいに矚目写生の素材に用いられるように変わっていった。『万葉集』巻第八および巻第十に集中的に百十首もハギの歌があらわれるのは、律令文人官僚がまざまざと宗教文化的転換期(過渡期の時代精神)を実感したからであろう。

平安時代に入ると、ハギは、宮廷貴族の庭園の内に移し植えられるようになる。ハギにかぎらず、ナデシコ、オミナエシ、フジバカマなど、すべて園芸品種に転じられていく。かつて山上憶良が「秋の野に咲きたる花」と概念規定した「野の花」は、今や「園の花」として、都市文化を構成する必需のデザインとなった。かつては山野に自生する

土佐光吉「源氏物語手鑑 野分」
桃山時代、和泉市久保惣記念美術館蔵

ハギが詠材になっていたが、今や机上でつくる貴族和歌の類題システムのなかに位置を占めることとなった。『古今和歌集』の作例を見よう。——

あきはぎも色づきぬればきりぎりすわがねぬごとやよるはかなしき（巻第四秋歌上、一九八）　よみ人知らず
秋はぎにうらびれをればあしひきの山したとよみ鹿のなくらん（同、二一六）　よみ人知らず
秋はぎの花さきにけり高砂のをのへのしかは今やなくらん（同、二一八）　藤原　敏行
なきわたるかりの涙やおちつらん物思ふやどのはぎのうへの露（同、二二一）　よみ人知らず

『古今和歌集』は、ふつうに考えられているほどには純日本的美学の現実化《レアリザシオン》なのではなく、かえって中国詩文の影響を色濃く受けているアンソロジーである。特に、その制作＝発想の〝場〟が律令宮廷サロンに限定されていたことを、見落としてはならない。ハギの美観に詠材を求めたとはいっても、とことんまでこの植物の美を究め尽くしたというふうに解釈してはならない。やや遅れて、摂関時代の『枕草子』に「萩、いと色ふかう、枝たをやかに咲きたるが、朝露にぬれてなよなよとひろごりふしたる、さ牡鹿のわきて立ち馴らすらんも、心ことなり」（【六七】草の花は……）と見えるのも、すでに固定化した美的尺度の外へは脱出し難かったことの証拠になる。王朝和歌史をつうじて、萩と露、萩と鹿、萩と雁、萩と小川、萩と宮城野（他に歌枕として、伏見の里、宇陀野《うだの》、真野、交野《かたの》がある）など、配合の方程式がついに崩されずに終わった。中世になってから、『無名抄』所載の橘孝中の風流や、狂言「萩大名」など、固定化したハギの美学を破る個人プレーがようやく出現する。ハギが完全に庶民の手に帰するのは、やはり近世以後に属する。

つぎに、「尾花」すなわちススキについて考えたい。

ススキの語原は、『大言海』以降、葉のすくすくと生いしげるさま、すくすく立つ草《き》、ということに決まってしまっているが、他に、草木の叢生《そうせい》するさま、芒《のぎ》のある荒々草《すすき》という説も棄てがたい。『万葉集』の「妹等《いもら》がりわがゆく

道の細竹《しの》すすき我《われ》し通《かよ》はば靡け細竹原《しのはら》」（巻第八、一一二一）、「わが門に禁《も》る田を見れば佐保の内の秋芽子《あきはぎ》すすき念《おも》ほゆるかも」（巻第十、二二二一）などの用法を見ると、「すすき」そのものに草木の叢生の意を認めたほうが穏当である。ススキの漢字に当てられている「薄」も、もとは、広くしきつめた草はらの意であった。そして、もう一つの漢字「芒」は、葉末ののぎ、とげ、きっさきの意である。どうも、すくすく説には信憑性が乏しい。けっきょく、大正期における植物文化誌の先達、前田曙山の「凡《すべ》て一所に固まつて花が咲いたり、叢生したりした事を、昔はすゝきと言つたので有つたが、漸く降《くだ》つて、今の芒なる者が、簇生《そうせい》の性質を有する為に、此方《こつち》へお株を奪つたので、猶《なほ》花と言へば、桜に限られたと同工異曲で有る」（『採集栽培・趣味の野草』、すすき）とする説に落ち着かざるを得ない。ススキの別名は、オバナのほか、カヤ（草）ともいうが、これら別名は特に花穂、刈草の意に制限して用いられる。如上《じょじょう》の穿鑿は、あるいは無駄のように見えるかもしれないが、あえてこれをおこなったわけは、ススキが上代において大切な建築材であり、またある種の呪術用具であったことを明らかにしたかったためである。この野草だけは、平安王朝時代に入っても、ついに観賞用園芸植物にはならなかった。

『古今和歌集』に、ススキを詠んだ歌が意外なほど少ししかあらわれないのも、王朝美学のフレームから食《は》みでてしまっていたためである。『枕草子』においても、清少納言は、はじめ〝秋草ベスト・テン〟からススキを落っことしている。ところが、晩年になってからの加筆で「これに薄《すすき》を入れぬ、いみじうあやしと人いふめり。秋の野のおしなべたるをかしさは薄こそあれ。穂さきの蘇枋《すはう》にいと濃きが、朝霧にぬれてうちなびきたるは、さばかりの物やはある。秋のはてぞ、いと見どころなき。色々にみだれ咲きたりし花の、かたちもなく散りたるに、冬の末まで、かしらのいとしろくおほどれたるも知らず、むかし思ひ出顔に、風になびきてかひろぎ立てる、人にこそいみじう似たれ。よそふる心ありて、それをしもこそ、あはれと思ふべけれ」（【六七】草の花は……）と修正してみせている。ここには、明らかに、老境に入ってからの作者の日常境涯が投影していると見られ、まことに痛々しい。若き日の才気に溢れていたころの彼女には、ススキなど全く眼に入るいとまがなかった。しかも、ついにススキの植物観賞に開眼《かいげん》した老年の清少納言は、〝ススキの美〟発見者第一号となった。

そして、この〝ススキの美〟は、中世に入って、鴨長明の『無名抄《むみょうしょう》』に登場する登蓮《とうれん》法師のごとき、前例なき〝ススキ気違い〟によって、極限まで追究されていく。「ますほの薄」というものを知っているなにがしの聖《ひじり》が渡辺《わたのべ》なる地に住んでいると聞いた登蓮法師は、雨中、蓑笠をつけて出ようとし、驚いて引き止めようとした人に向かって、「いではかなき事をもの給ふ哉。命は我も人も、雨の晴間などを待つべきものかは。何事も今静かに」と言い捨てて去った。このコントの末尾には「いみじかりける数寄者《すきもの》なり。さて本意の如く尋ね合ひて問ひ聞きて、いみじう秘蔵《ひぞう》しけり」という鴨長明の批評が付されている。同時代の『夫木和歌抄』に見える「うちしめり薄のうれ葉おもりつゝ西ふく風になびく村雨」（藤原定家）、「あはれなり門もなき庵のませの内にこぬ人招く薄一もと」（慈円）、「一むらの梢を宿のしるべにて尾花分けゆく道のはるけさ」（光台院入道）などのススキ観賞も、たしかに、古代のそれとは随分の距離がある。中世末期に至って、ヒメススキ（姫芒）、イトススキ（糸芒）、タカノハススキ（鷹羽芒）などの園芸品種が出現したことも、幽玄美＝余情美の確立と無関係ではなかった。

クズについて言えば、このマメ科の多年生つる草も、ついに園芸化されることはなかった。近世庶民の間で大ばやりだった盆栽の試みも、ついにこの野草に花を咲かせることはできなかった。やはり、クズは、山野到る処の木に草に纏繞《てんにょう》する太く美しき蔓物《つるもの》であるのがその本領なのであろう。特に、その根から澱粉《でんぷん》（葛粉《くずこ》）をとったり、その茎の繊維を織って葛布《くずふ》を製したりすることができるので、クズの実用価値が古くからたっとばれた。クズの語源は、吉野の国栖《くず》の人が葛粉を売ったのでしぜんにそう呼ぶようになったなどと言われているが、漢名の「葛《カツ》」からの転化と見るほうがむしろいっそう自然であろう。それにしてもクズの効用性ばかりでなく、花の美しさに最初に注目した山上憶良の審美眼には驚かされる。杜甫に「方士飛軒駐碧霞。酒香風冷月初斜。不知誰唱帰春曲。落尽渓頭白葛花」の絶唱があるけれど、憶良はまだこの詩を知らなかったはずである。ちなみに『万葉集』にクズを詠材にした歌は全部で十八首あるが、花をうたったのは一五三八番の歌一首しかない。

一五三八番の歌一首しかない、といえば、フジバカマも、他に『万葉集』には作例が全く見られない。フジバカマは、漢名「蘭」または「蘭草」で、本草学の謂う沢蘭・不老草がこれに当たる。日本への渡来は奈良時代だったらしく、『懐風藻』にはいくらでも登場する。『芸文類聚』巻第八十一薬香草部上には「説文曰。蘭。香草也。易曰。同心之言。其臭如蘭。蘭。芳也。礼記曰。婦人或賜之茝薄。則受。献諸舅姑」以下の豊富な出典が挙げられ、律令貴族官僚はこれについての文化価値を学習したことが明らかである。奈良時代には「らに」が正式の呼称だったのではあるまいか。(もしかしたら、一五三八番の歌の「又藤袴」は蘭なになにの誤写で、二字で「らに」と訓《よ》ませたかったのではないか。)平安時代になってからのことだが、『源氏物語』藤袴の巻に、つぎのような個所のあるのに出くわす。

かかるついでにとや思ひ寄りけむ、蘭《らに》の花のいとおもしろきを持ち給へりけるを、御簾《みす》のつまよりさし入れて、こも御覧すべき故はありけりとて、頓《とみ》にもゆるさで持《も》たまへれば、うつたへに、思ひもよらで取り給ふ御袖《おんそで》を、引きうごかしたり。

おなじ野の露にやつるる藤袴あはれはかけよかごとばかりも

――これで見ると、王朝時代、「蘭《らに》」といえば正式の真名よみ、「藤袴」といえば優雅な仮名よみであり、両者は同一の植物をさしたことが明白である。『経国集』などでは、蘭は、菊や茱萸《しゆゆ》とセットになって、宮廷の重陽節パーティには無くてかなわぬフラワー・デザインを構成したことが証《あか》される。いっぽう、『古今和歌集』などでは、藤袴は、この植物のもっている花の可憐さや香りの清らかさを深くつっ込んで追究されることなく、もっぱらその文字の面白さに興味が集められ、貴族たちの言語遊戯に恰好《かつこう》の材料を提供した。「なに人か来てぬぎかけし藤袴くる秋ごとに野べをにほはす」(藤原敏行)「やどりせし人のかたみか藤袴わすられがたき香ににほひつつ」(紀貫之)のたぐいが、それである。

秋草に関して是非とも言及しなければならないのは、山上憶良の歌にある「朝貌の花」(白文「朝良之花」)の実体いかんという問題である。この「朝貌の花」については、古来、アサガオ(牽牛子《けんごし》)説、ムクゲ(木槿)説、キキョウ(桔梗)説、ヒルガオ(旋花)説の四つがあり、今日では、キキョウ説が植物学者の間で支持せられている。キキョウ説の論拠は、現存最古の漢和辞典である『新撰字鏡』(八九八年ごろ成立)に「桔梗　加良久波又云阿佐加保」とあることと、秋の野の花としてふさわしいことと、この二点にあるのだが、他の辞典(『和名類聚抄』『類聚名義抄』など)では牽牛花や木槿を「阿佐加保」としており、なにも『新撰字鏡』のみを重要視せねばならぬという積極的な理由はない。必ずしもキキョウ説が正しいという裁決は得られないはずである。

殊に、キキョウ説を支持する植物学者が、ムクゲ説やアサガオ説を論破するのに、それらが外来植物だからという理由を挙げているのは、いかがなものか。牧野富太郎の駁論にしてからが「元来ムクゲは昔支那から渡った外来の灌木で、七種の一つとして決してふさわしいものではない」(『植物一日一題』)とか、「アサガオは、始め薬用として支那から渡来したものだが、その花の姿がいかにもやさしいので栽培しているうちに種々花色の変わった花を生じ、ついに実用から移って観賞花草となったものである」(同)とか言うのである。外来種もしくは薬用植物が失格だというのなら、キキョウもりっぱに失格する。なぜなら、キキョウは、名前からして漢名(桔梗《きちこう》 Chieh-keng)をそっくり音写したものであり、中国最古の博物学書『神農本草経』にこの草本の根が去痰薬として効能あることが記載されているから。もちろん、日本全土に自生種が分布するが、これが貴重視された理由は、なんといっても唐文化のなかで演ずる役割の大いさによる。それゆえ、『万葉集』の「朝貌」をキキョウと断定する現代植物学者の諸説も、必ずしも完全な論証とは言い得ない。

よしんば〝秋の七草〟の選に洩れたと仮定しても、わがキキョウの花の美しさには変わりはないし、あの「桔梗色」の色名《しきめい》とともにわたくしたちの瞼に浮かぶ清潔な花の風情《ふぜい》を引き下げることは絶対にない。

そこで、中国の古典にあらわれた「桔梗」の用例を調べてみるのに、薬剤・処法のほかの所載は見当たらない。わずかに『戦国策』（紀元前一〇年ころ成立）のなかに「淳于髠曰。不然。夫鳥同翼者而聚居、獣同足者而俱行。今求柴胡、桔梗於沮沢、則累世不得一焉」とある記事に出くわすにとどまる。周代の、孟子と同じジェネレーションに属する縦横家《ソフィスト》で、斉《せい》の宣王《せんのう》に仕える淳于髠《じゅんうこん》が、一日に七人もの士《し》（優秀な人材）を宣王に謁見させたことがあった。王は「ちょっと人数が多過ぎやしないか」と文句を付けた。すると、淳于髠が答えて言うのに「そうじゃありません。鳥は自分と同じ翼をもっているもののところに相集まり、獣も自分と同じ足をもっているもののところに相集まります。かりに今、サイコやキチコウを湿地に求めるならば、何十年何百年かかったって一本も得られやしないでしょう。まあそういうわけで、このわたしが賢者ゆえ、類は友を呼ぶ式に人材が寄り集まって来るのですよ」と。淳于髠は機智と滑稽とによって宣王のブレーンとして活躍した人物だが、この時代（紀元前三〇〇年頃）にキキョウへの言及があったのは、薬草として貴重視されていたためだろう。もう一つ、晋の干宝《かんぽう》の『捜神記《そうじんき》』に「陀陽趙寿、有犬、盟。時陳豈詣寿、惣有大黄犬六七君、出吠豈。後余相伯帰与寿婦食、吐血幾死、乃屑桔梗以之、而愈。」という記事が見える。この時代（後四世紀）には道教的神仙術のシステムのなかで、桔梗は極めて重要な役割を演じている。

けっきょく、キキョウは〃ユートピアの草〃であった。この植物の存在を、万葉時代の最高の知識人＝中国学者である山上憶良はちゃんと知っていた。知ったうえで〃ベスト・セブン〃に数え入れた。結論部分では、わたくしも「朝貌はキキョウ」の説に加担する。

「朝貌の花」に該当する花がアサガオであったにしろ、ムクゲであったにしろ、キキョウであったにしろ、ヒルガオであったにしろ、この四種ことごとくがすべて渡来品種であることに、注意を向けるべきではなかろうか。そういえば、山上憶良の選んだ七種《ななくさ》の花のうち、ナデシコ（『万葉集』には、他に「石竹《なでしこ》」の表記があり、所詠二十六首こととくが天平期に集中している）もオミナエシ（漢名「敗醬」「苦葴」「苦荼」）も、渡来品種である。

ナデシコについては、白井光太郎の『日本園芸史』が「此時代は和産のみにて漢種は未だ渡来せざりしと思はる、漢種渡りて後は和産をやまとなでしこ、漢種をからなでしこと呼びて区別せしなり」と断定的ジャッジをくだしているが、植物観賞＝栽培というそれ自身きわめて高度なる〝文化行為〟は、どう考えても中国から学んだものである。

つぎの二首の包蔵するシンボルを見よ。

わが屋外《やど》に蒔《ま》きし瞿麦《なでしこ》いつしかも花に咲きなむ比《なぞ》へつつ見む（巻第八、一四四八）　大伴　家持

一本《ひともと》のなでしこ植ゑしその心誰に見せむと思ひそめけむ（巻第十八、四〇七〇）　大伴　家持

けっきょく、山上憶良の選定した「七種花」全部が中国原産だったと推考して差し支えなさそうである。そして、それは、〝秋の野の花〟であると同時に、先進国へのあこがれを集約する〝文化の花〟でもあった。

楓

カエデ、すなわちカエデ属のカエデ *Acer Palmatum*《アセル・パルマトゥム》は、同じ品種のなかにじつに多くの園芸的変種があり、その葉形および葉色のヴァラエティといったらまことに驚くべき数にのぼる。カエデに園芸的変種がげんに多いのは、ウメ、キク、ボタンの場合がそうであるように、貧しいけれど兎も角も平和にひたることのできた近世庶民がひたすら手塩にかけて新品種を開発しつづけた執心と努力との結果だったろう、と考えられる。ずっと昔、牧野富太郎が『随筆草木志』という本のなかで「元来わが邦にはなかったものが、支那もしくは朝鮮より渡ってわが邦のもののようになり、その美を世界に誇りおる植物は決して少なくない。すなわち、ぼたん、しゃくやく、はす、あじさい、かいどう、あさがお、せきちく、はくもくれん、きくなどはその中の主なるものである。この中でぼたん、しゃくやく並びにきくはたいへん種類が多くなっているが、中に就《つい》てきくは昔時支那渡来以来大いにわが邦にて発達し、したがって種々の名花ができ、品種もまたきわめて多くなって幾百品を数うるにいたり、かえって本国の支那よりは遠く優った国となっている」（世界に誇るに足るわが日本の植物）と語っていたことがある。日本的なるものとか、日本文化とか、日本的心性とかいう思考形態は、このように、外来文化を次第に自家薬籠中のものとしながらけっきょくは御本尊の文化の及びも付かぬ次元を切り拓くようになるプロセスを辿ってみせる軌跡をさして謂うのではなかったろうか。

ただし、カエデは日本列島に自生する木本であって、中国からの渡来種ではない。だから、外来文化を自家薬籠中のものとしながら結局は御本尊の文化を追い越すという日本的思考の物質化の例証《サンプル》としては、必ずしも適切ではない

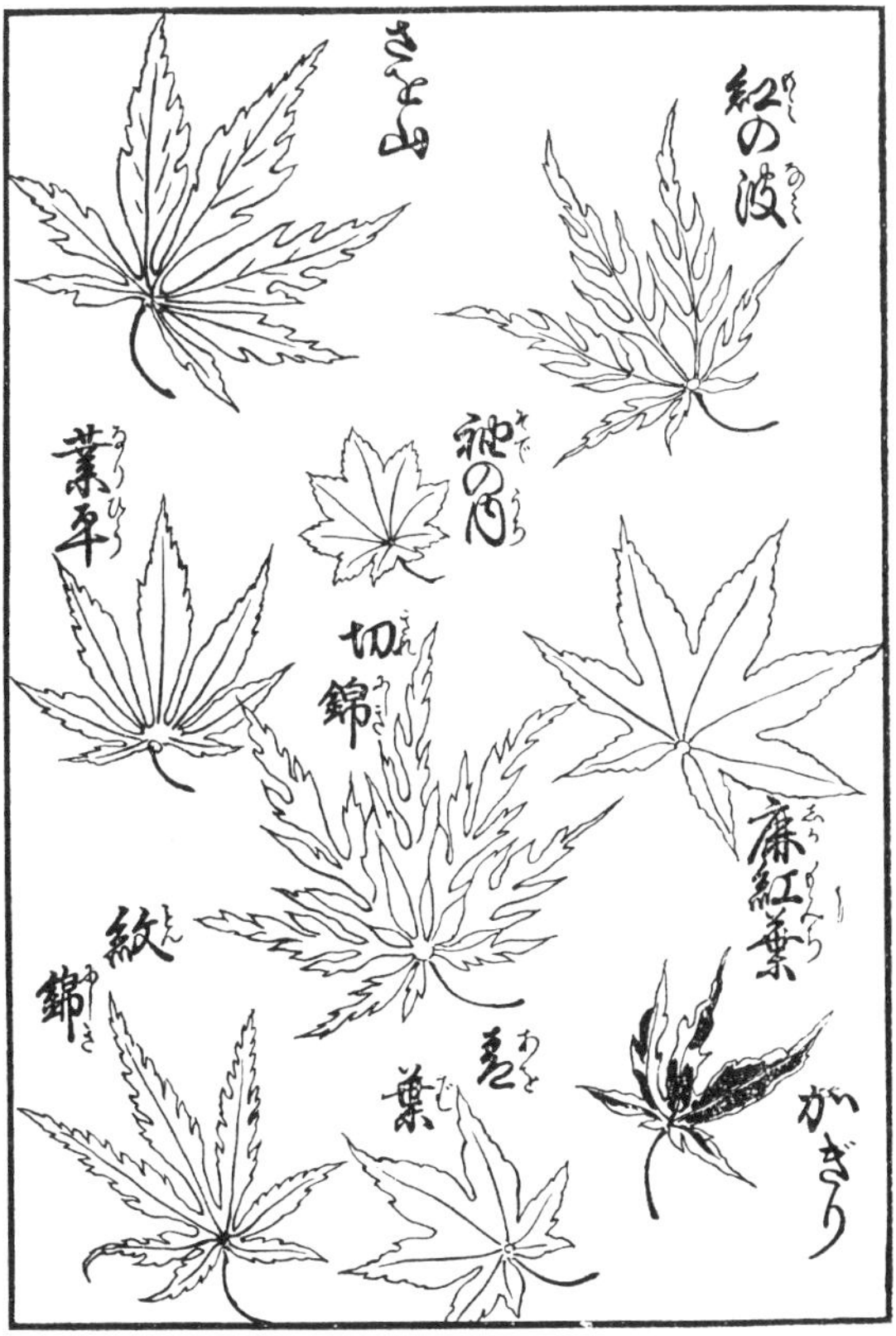

カエデの葉形のいろいろ
伊藤伊兵衛『増補地錦抄』(寛永7年刊)より

ことになる。ところが、よく調べてみると、平安時代から近世に至るまで、日本の植物愛好家は、カエデといえば絶対に中国産の植物である（もしくは中国にも同一品種が存在する）と信じて疑わなかったし、またそれゆえにウメやキクやボタンと同等同質の品格が具わっているというふうに高い価値を付与してきた、という事実に、突き当たらざるを得なくなる。

カエデの美しさや品格に最初に注目した古代知識人の頭のなかでは、カエデが詩文（文学や芸術）のうちに確実な存在理由をもったり、宮廷儀礼（遊戯の儀式）のなかで主要な役割を演じたりし得るためには、なにがなんでも、中国の典籍にその証拠や典拠を見いださなければ承知できない、という文化心理が働いていた。わかり易くいうと、平安王朝時代にカエデ（もしくはモミジと呼ぶ）が、文学的素材としても宮廷遊戯の媒材としてもたいへん尊重されるようになる文化事象の生起を見るのであるが、そのさい、文学者たちも宮廷遊戯者たちも、おのがじしの文化意識のうちでは、カエデは先進文明国の中国において霊木（神聖なる樹木）と見做されておるがゆえに、われわれ日本人もこの霊木を尊重すべきである、という了解《りょうかい》を成立させていたのであった。すなわち、中国の「楓」イークォール日本の「かへるで」「もみぢ」であるという了解があって、そのれっきとした典拠ゆえに、得心してカエデの紅葉や若萌えを賞美する行為に晏《やす》んずることができたのであった。じっさいに、平安王朝貴族たちは、中国詩文に前蹤《ぜんしょう》のない美学的志向をこころみたり、中国法典に前例のない儀式的行事を実修したりする冒険には、容易に手を着けはしなかった。『古今和歌集』など、日本的詩情の精粋のように思い違いしているひとが多いけれども、仔細に討究してみると、その詠材から詠法に至るまで、ほとんどの作品が中国詩文を下敷きにして産みだされている事実を知らされずにはいない。カエデ（『古今和歌集』の部立《ぶだて》ではモミジ）も、中国美学に典拠が見られたればこそ、あのように熱狂的に親しまれ、あのようにおびただしく詠じられることになったのである。

平安王朝貴族の文化意識においては「美しいもの」や「品位あるもの」はすべて中国詩文に典拠が求められねばな

らなかった、と説いたが、困ったことに、中国詩文にあらわれている「楓」は日本には自生せず、反対に、日本のカエデのように見事に紅葉《こうよう》する植物は彼土《ひど》には他に存在せず、そこで、せっかくの人文主義《ユマニスム》（原典尊重主義）の探究作業の過程に〃混乱〃が生じてしまったのであった。律令国家成立期（紀元七〇〇年前後）に、中国の「椿」が、日本のツバキによって代用されることになった経緯については、以前に明らかにした（本書、一二四ページ以下を参看されたい）。ちょうどそれと同じように、平安時代初期（九世紀のはじめ）において、中国の「楓」が、日本のカエデによって代用される事態を検証し得るのである。

そして、このことが、まさしく日本的思考の〃原型〃を照射してみせている。理念上は（もしくは名目上は）中国文化の記号体系を受容＝踏襲し、実際上は（もしくは制度上は）手近に入手できる日本列島原産の植物をもって代用し、両者を一つのものと取り扱う決定をば知識階級レベルで（宮廷儀式レベルで）公認したのである。

さっそく、実際の史料にあたってみよう。——

重陽節神泉苑賦秋可哀。応制。　　皇帝在東宮

秋可哀兮。哀秋景之短暉。天廓落而気粛。日凄清以光微。潦収流潔兮。霜降林稀。蟬飲露而声切。鴈冒霧以行遅。屏除熱之軽扇。授御寒之寒衣。秋可哀兮。哀百卉之漸死。葉思呉江之楓。波憶洞庭之水。草変貌以揺帯。樹□容而懸子。秋可哀兮。哀栄枯之有時。送春光之可楽。逢秋序之可悲。嗟揺落之多感。良無傷而不滋。悽承弁於岳輿。想拊衾於湛詞。粤採萸房之辟悪。復摘菊蕊之延期。小臣常有蒲柳性。恩煦不畏巌霜飛。

同前　　滋貞主

秋可哀兮。哀秋候之蕭然。潘郎可哀之歎。楚客悲哉之篇。虫惨悽而声冷。露呫咤而泣懸。班姫酷怨因軽扇。青女微霜自旻天。卻細絺於雲匣。授寒服於香筵。秋可哀兮。哀卉木之灑落。具物縮悴。爽気遼廓。煙

断ユ二崇嶺ニ一。雲愁フ二幽谿ニ一。淮南ノ木葉声虚シク散ジ。上苑ノ楓林陰《かげ》未ダレ薄カラ。幕下巣空シク燕早ク辞シ。湖中洲喧シク鴈始メテ帰ル。節灰尚如シレ此クノ。
情人誰カレ不ランレ悲シマ。秋可シレ哀シム兮。哀二秋暉之易キヲレ斜キ。巌筵掃ヒレ葉ヲ。藤杯挹ムレ霞ヲ。朗吟ヲ聴キ二竹樹ニ一。夕照倒ニス二水砂ニ一。脆柳暮レテ兮
観二疎星ヲ一。叢蘭蔚リテ兮聞ク二濃馨ヲ一。物色暫ク雖モレ使ムト二人ヲ惑マ一。潭花但《ただ》喜ビテ益ス二仙齢ヲ一。

この二首は、『経国集』（八二七年成立）の巻第一賦類に収められた十七首のうちの、最後の「重陽節神泉苑賦二秋可レ哀」「重陽節神泉苑賦二秋可レ哀。応レ制」というグループ九首のなかに見える。太上天皇、すなわち嵯峨天皇の在位中（八〇九〜八二三年）の或る年、重陽節の日に、神泉苑（平安京大内裏の禁苑の池で、その遺構の一部を伝える小さな池が、二条城西南付近に現在も残っている）で開催された詩酒の宴の席上、嵯峨帝が詠じられた「秋哀《カナ》シムベシ」という賦を受けて、皇太子（のち淳和天皇）・良安世（良岑安世《よしみねのやすよ》）・仲雄王・菅清公（菅原清公《すがわらのきよとも》）・和真綱（和《わ》気真綱《けのまつな》）・科善雄（仲科善雄《なかしなのよしお》）・和仲世（和気仲世《わけのなかよ》）・滋貞主（滋野貞主《しげののさだぬし》）の八名が同じタイトルで作詩したのであった。いま『類聚国史』に検《けん》するのに、嵯峨帝が九月に遊宴を開いたのは「大同四年九月乙卯。曲宴。賜二五位已上衣被一。」「弘仁三年九月丁丑。曲宴。奏レ楽。賜二侍臣禄一有レ差。」の二回であるから、このどちらかの年のことだったかと推定される。

さて、問題とすべきは、淳和帝作品の四〜五行目に見える「葉ハ呉江ノ楓ヲ思ヒ、波ハ洞庭ノ水ヲ憶フ」の対句《ついく》と、滋貞主作品の五〜六行目に見える「淮南ノ木葉声虚《コエムナ》シク散ジ、上苑ノ楓林陰《カゲ》未ダ薄《ウス》カラズ」の対句と、この二個処である。

淳和帝作品のこの部分は、秋は哀しいものだとうたう賦の第二段落をなし、それはもろもろの草木がしだいしだいに死に絶えていくからだとする小主題を提示したあと、葉はこうだ、波はこうだ、草はこうだ、樹はこうだという描写的説明を加えている文脈のなかで理解されねばならない。そこで、「葉ハ呉江ノ楓ヲ思ヒ」という句であるが、呉江とは、昔の呉の地方、すなわち江蘇《こうそ》省の地を流れる大河の意だから、この句はあくまで中国の秋景色を思い描いて

いると見るほかない。「呉江ノ楓」とは、当然、江南の楓樹でなければならない。江蘇省一帯に楓樹が多かったことは、『唐詩選』に収められた張継《ちょうけい》のあの有名な七言絶句「楓橋夜泊」からも想像がつく。「月落烏啼霜満レ天。江楓漁火対二愁眠一。姑蘇城外寒山寺。夜半鐘声到二客船一」の「江楓」がそれである。もっとも、この二字については、蘇州寒山寺にある兪曲園の筆になる詩碑のうしろに、その曲園による考証が示され、「江楓漁火」は「江村漁火」の誤りであるとの説を出している。しかし、その典拠となっている『中呉紀聞』なる書物にも全面的に信を措きかねるゆえ、われわれとしては「江楓漁火」を重んじておいてよいのではあるまいか。眠れぬ霜夜にうとうととしてはっと覚めたときに、楓橋（蘇州閶門外の西郊にかかった橋）のあたりに生い茂った楓樹のあいだに、対岸の漁火がちらちら透《す》けて見えているの意で、旅愁のたどきなき情念が「江楓漁火」に微妙に注入されてある。よしんば「江村漁火」のほうを認めるとしても、詩題《タイトル》に「楓橋夜泊」と見える以上は、江蘇省一帯に楓樹の多かったことだけは想像し得る。淳和帝作品の「葉ハ呉江ノ楓ヲ思ヒ」は、文献によったか（張継詩が既に知られていたこともあり得るが、せっかちに両者を結び付けないほうが合理的であろう）、新帰朝者の報告によったか、いずれにしても、作者自身は「楓」という木の実物を見ていないし、また、見ていないからこそ「呉江ノ楓」という表現によって〝あこがれ〟の文明国のイメージを思い描くことができたのだと思う。対応する「波ハ洞庭ノ水ヲ憶フ」という句を見れば、そうとしか判断できない。

滋貞主作品において対《つい》をなす「淮南ノ木葉」「上苑ノ楓林」も、実景なり実物なりを見ていないことは確実であり、同じく、文献的知識を踏まえた想像世界を思い描いて〝あこがれ〟を表出したエクリチュールであることに疑念の余地はない。

それならば、なぜに、中国の「楓」は、それほどまでに〝あこがれ〟の対象になったのであろうか。——八世紀初頭以来、日本の律令官人貴族たちが首っぴきのようにして知識を捜《さぐ》り典拠を求めた類書である、例の『芸《げい》文類聚《もんるいじゅ》』の巻第八十九木部下を見ると、楊柳・樫・椒・梓・桂などの霊木につづいて、「楓」の項目がちゃんと登載されている。「山海経曰。黄帝殺蚩尤。弃其械。化為能楓樹。離騒招魂曰。湛湛江水上有楓。目極千里傷春心。晋宮閣名曰。華林園楓香三株。南方草木状曰。楓香樹。子大如鴨卵。二月華色。乃連著実。八九月熟。曝乾可焼。惟九真郡有之」とか「爾雅曰。楓聶之葉反。天風則鳴。故曰聶。聶樹似白楊。葉円而岐。有脂而香。今之楓者。山名見老山上。長楓千余丈。粛粛臨澗水。周書曰。渠州言鳳皇集于楓樹。有烏列侍。【詩】梁簡女帝賦得詠疏楓詩曰。萎緑映青葭。疏紅分浪白。花葉洒行舟。仍持送遠客」とかの記事である。これを読むと、この楓という植物はたいへんスピリチュアルであり、また神秘的な木であることが推測される。それで、あれほど我武者羅に中国模倣に専心した『懐風藻』詩人群も、この楓にだけは恐れをなしたらしく、たった一首しか作例を残すことがなかった。その例外一首については後述しよう。ともかくも、マツやヤナギやタケの霊木的性格を見抜いてこれらを尊重した詩人たちも、楓樹にだけは歯が立たず、『芸文類聚』に接しても全くちんぷんかんぷんな反応しか示し得なかった。なにしろ、実物を知らなかったからである。

『万葉集』を見ると、カエデ（カエルデ）の作例として、つぎの二首に突き当たる。

わが屋戸《やど》に黄変《もみ》つ鶏冠木《かへるで》見るごとに妹を懸けつつ恋ひぬ日は無し（巻第八、一六二三）　大伴田村大嬢

子持山《こもちやま》若鶏冠木《わかかへるで》の黄変《もみ》つまで寝《ね》もと吾《わ》は思《も》ふ汝《な》は何《あ》どか思《も》ふ（巻第十四、三四九四）

前の一首、白文では「蝦手」とある。後の一首は「和可加敞流弖」とある。カエルデの語原は、カエデ属の葉の形が三つから七つぐらいに裂けていてカエルの手に似ているからだとされているが、『万葉集』の白文「蝦手」などその有力な論拠に仰がれる。たぶん、そのとおりであろう。ここで、注意しなければならぬのは、万葉人の文化意識や民族心理のうちに浮かべられたカエデ（カエルデ）がいささかも渡来植物と見做されていない、という事実である。集約的な言い方をすれば、日本のカエデと中国の「楓」とが同一植物であるとはいささかも考えられていないのであ

る。両者が同一のものと考えられていたならば、『万葉集』には（『懐風藻』だったら、なおさらのことだが）もっと多くの作例があったはずであるし、もっと複雑豊富な中国的象徴 emblème《アンブレーム》への接近がおこなわれたはずである。しかし、現実には、そのような象徴のかけらほども前掲二首からは感じ取ることができない。

やはり、奈良時代知識人にとっては、「楓」は〝ユートピア〟の植物でしかなかったのであろう。それが、平安時代に入り、いわゆる「国風暗黒」「唐風一辺倒」の思潮（じつは、古代日本文化は全期間をつうじてこの思潮によって貫かれたのだが）が高まってくると、中国の霊木である「楓」が、いつまでも実物未見のままであり、いつまでも正体不明のままであることは、いかにも不都合であるようになってきた。だいいち、「楓」が宮廷生活に根づき育たぬことには、権力者としての威光にはなはだ傷がつく。そこで、中国の古典にあらわれてくる「楓」の特性の一つに、秋季くれないに紅葉するという性質のあるところをピック・アップし、拡大適用していって、ついに、真っ赤にもみじする木こそ「楓」にほかならぬ、という文学上の取り決めを成立させてしまった。さきに掲げた『経国集』の二首など、その先鞭をつけたものと言い得る。（ついでに付記するならば、『経国集』の同じグループのなかの科善雄作品に「樹在《リテ》二庭前《ユ》一而併《ビニ》棫《シボミ》。草非《ズシテ》二塞外一以具衰《ユフ》一」という対句が見える。この「併棫」は、一方、「併《フ》レ棫《フ》」ともよめる。すなわち「棫」は楓樹と同義であり、蕭穎士詩に「相二彼棫一矣、亦類二其楓一」（江有楓詩）という例なども見える。とすると、科善雄作品も、楓樹を詠み込んだ作例として貴重になってくる。そのときには、『経国集』の作例は全部で三首ということになる。）

中国の「楓」は、マンサク科の大樹であって、その丸味を帯びた葉には三つの大きな裂け目があり、一種の芳香を放つ。風に吹き当てられると、葉簇《はむら》がいっせいに揺れ動くので、遠方からそれと見分けられる。そこから、会意文字としての「楓」が生まれたとする説もあるくらいである。中国最古の語源辞典である『説文解字《せつもんかいじ》』（紀元一〇〇年ごろ成立）を見ると、「楓木厚葉弱枝、善揺、漢宮殿中多植之。至霜後、葉丹可愛、故騒人多称之」という記事に出くわす。ここから、天子の宮殿を「楓宸《ふうしん》」と呼ぶ別称が生じたという。この植物と風との関係は、前に掲げた『爾雅』にも「天風則鳴聶聶」と説明されていた。『述異記《じゅっいき》』(五〇〇年ごろ成立)を見ると、「南中有楓子鬼、楓木之老者為人形、亦呼為霊楓、蓋瘤癭也。至今越巫有得之者、以雕刻鬼神、可致霊異」などという記事に出会い、この老木が憑代《よりしろ》や呪具《じゅぐ》に用いられた宗教習俗も知られる。なんにしても、中国においてはとびきり貴重の樹木とされていることだけは確かである。

　中国の古典＝文献に出ている事がらはすべて正しく、なにごとによらず典拠を漢籍のなかに求むべきである、と考えていた平安王朝知識人が、以前から実物未見＝正体不明のままになっていた「楓」なる霊木を、いよいよ文学素材のうちに取り込まねばならなくなったとき、かれらは、とくに『説文解字』などの説く「漢宮殿中多植之。至霜後、葉丹可愛」の性質との連関から、宮中の庭園に植えられている樹木のなかで晩秋になって葉が真っ赤に変わる種属として、日本のカエデをもって「楓」にあてたに相違あるまい。法令や儀式の執行に限らず、理解不能の事項はすべて〝切り棄て〟にするか〝代用品〟を充当するかするのが、律令文化指導層の常套的処置術であった。いまや、その処置術により、「楓」の代用品として、日本のカエデが選ばれたのである。宮廷の権威や権力のうしろだてがあれば、文学概念の決定さえ可能であった時代のことである。爾後、中国の「楓」イクォール日本の「カエデ」、という定式《フォルミュラ》が確立する。奈良朝以来の律令文人貴族サロンの〝宿題〟がここに解決を見ることとなった。

　だから、わたくしは、日本において、楓がカエデと訓まれるようになり、楓の語義にカエデ属モミジの説明が付されている(『諸橋大漢和辞典』以下、どの辞書もこのやり方をいまだに踏襲しているのであるが)事実を、必ずしも〝誤謬〟〝誤用〟とばかり極め付けることはできないと思っている。正しくは、〝誤用〟ではなくして〝代用〟であったのだから。そうではないことは百も承知で、平安律令文化人は「楓」イクォール「かへで」と取り決めたのだから。非難されるとしたら、政治的権力を知識的権力の座に移行させた王朝文化的エクリチュールこそ、その責めを負わねばならないのだから。

しかし、植物学プロパーの視点からすれば、「楓」イクォール「かへで」とする取り決めは、あくまで誤謬でなければならない。ふたたび牧野富太郎の指摘を引用しておく。「楓の字をわが邦では従来からカエデの場合に適用し、ことに詩では丹楓などの語もあって、この楓の字がしきりにわがモミジすなわちカエデに使われてあれど、これは今日、それは誤りであると揚言することはもはや既に陳腐に属しているほどだが、それでもまだメクラ千人の世間ではこれを知らずにおる者も少なくないであろう。この楓はカエデとはまったく縁の遠い樹で、ただその葉が紅葉するという点だけは一致していて、*Liquidambar formosana* HANCE. の学名を有しマンサク科の一樹で、支那にもあるがまた台湾にも産するものである」(『趣味の植物誌』、楓樹は果してカエデか)。「楓」を「かへで」と訓むことの誤りは、貝原益軒『大和本草』(一七〇九年)、寺島良安『和漢三才図会』(一七一三年)などが夙《つと》に指摘していた。科学者というものはさすがに烱眼を具えていると、あらためて感服させられる。

科学者の烱眼といえば、平安朝初期の本草学者深根輔仁『本草和名』(九一八年成立)を見ると、「楓香脂一名白膠香五月斫樹為坎十一月採脂　楓樹一名欇一名格柜音炬已上出兼名苑和名加都良」とあって、本草学サイドでは「楓樹」イクォール「加都良」と了解されていたことが明瞭である。ついで、源順編『和名類聚抄《わみょうるいじゅしょう》』(九三一～八年成立)を見ると、「楓一名欇和名乎加豆良」「桂一名梫和名女加豆良」とある。「楓」は「乎加豆良」と了解されていたのである。(付言しておくと、同じ『和名類聚抄』に「雞冠木揚氏漢語抄云雞冠木加倍天乃木」とあって、カエデを「雞冠木」と表記するのがあくまで日本式漢語であることを知らされる)。

焦点は、当然、カツラに絞られていくことになる。ところが、『万葉集』を見ると、カツラの作例は四首あり、そのうち三首の白文は、なんと「楓」と表記されているではないか。

目には見て手には取らえぬ月の内の楓《かつら》のごとき妹をいかにせむ(巻第四、六三二)　湯原王

向《むか》つ岳《を》の若楓《わかかつら》の木下枝《しづえ》取り花待つい間《ま》に嘆きつるかも（巻第七、一三五九）

黄葉《もみち》する時になるらし月人《つきひと》の楓《かつら》の枝の色づく見れば（巻第十、二二〇二）

天の海に月の船浮け桂楫《かつらかぢ》かけて漕ぐ見ゆ月人壮子《つきひとをとこ》（同、二二二三）

月のなかにカツラの木が生えているという伝説は、中国に古くからあった。万葉人が、その中国古代信仰に関する知識を踏まえて「月内之楓」「月人楓枝乃」「月船浮桂楫」と詠出したことには、疑念の余地もない。文人貴族たちが四時《しいじ》携帯した『芸文類聚』の「桂」の項目を見ると、「梁庾肩吾詠桂樹詩曰。新叢入望苑。旧幹別層城。倩視今移処。何如月裏生。周王褒詠定林寺桂樹曰。歳余彫晩葉。年至長新囲。月輪三五映。烏生八九飛」とある。桂と舟との連繫については「楚辞曰。桂櫂兮蘭枻。……又曰。沛吾乗兮桂舟」の用例が示され、桂と山岳との結びつきについては「山海経曰。招揺之山。其上多桂。」とか「神仙伝曰。離婁公服竹汁。餌桂得仙。許由父。箕山得丹石桂英。今在中岳」とかの用例が示されている。したがって、『万葉集』のカツラの歌は、植物の実際を見たこともない作者たちが、文献から獲得した知識だけでつくりあげたとしか解しようがない。『懐風藻』のほうには「桂」はおびただしく詠まれており、とくに月と舟とに関しては、文武天皇、詠月、一首に「月舟移霧渚、楓檝泛霞浜」などの用例が見える。この文武天皇作品の「楓」は、『懐風藻』にあらわれる「楓」の唯一の例であるが、作者のつもりでは、「楓」イクォール「桂」であった。そのどちらも架空の植物でしかなかったはずである。

このように、『万葉集』『懐風藻』にあらわれるカツラは、漢字表記が「楓」または「桂」に一定されていて、ようするに〝この世のものならぬ樹木〟の記号として以外に用いられたことはなかった。藤原京・奈良京の時代までは、このルールが厳守されていた。それが、平安京の時代になると、カツラも実在の植物として取り扱われるに至る。日本特産の落葉喬木であるオオカツラが、今や霊木「桂」へと昇格するのである。平安王朝人の趣尚にも適《かな》ったらしく、『枕草子』『源氏物語』に登場するが、早期の例である『伊勢物語』においてはパロディ（『万葉集』六三二番と比較せよ）として見参する。七十三段がそれである。

しかし、そこにはありと聞けど、消息《せうそこ》をだにいふべくもあらぬ女のあたりを思ひける。

目には見て手にはとられぬ月のうちの桂《かつら》のごとき君にぞありける

けっきょく、想像上の〝ユートピア植物〟として取り扱い続けておけばよかったものを、平安時代になって、無理にも実物＝正品を決定しなければならないと感じた宮廷貴族たちが、性急に「楓」↓（紅葉樹）↓「かへで」と同義化したために、のちのち、文学思考および科学思考のうえで大きな混乱がもたらされた、というのが、わが推論の帰結である。そして、この思考上の混乱は、久しく日本文化の基本的特質を形成せずにはおかなかった。植物の漢名と和名との関係を洗い直す作業は、決してむだではない。

柳

ヤナギが中国からの渡来植物であることは、だれでも知っている。ところが、原産地中国では、ヤナギの種類が百三十種以上もあって、これにはこれという確定的な呼称ができずにいる。だが、日本では、いつからか、枝が下垂してなよなよしたシダレヤナギ（イトヤナギ）の類を「柳」として扱い、枝が上に向いてのびるカワヤナギ（ネコヤナギ）の類を「楊」として扱っているようである。この二大別の扱いも正確ではない。強いて二大別の仕方をとるとすれば、***Salix babylonica*** に「柳」「小楊」「楊柳」を含ませ、***Salix Purpurea*** に「水楊」「蒲柳」「青楊」を含ませるのが、最も合理的であろう。したがって、用字の字づらだけを捕らえてしたり顔に「柳」「楊」の区別をしたりせぬほうがよいということになる。こと漢字の用法に関しては、常にれっきとした中国の古典に準拠すべきだが、あいにくヤナギに限っては統一見解というべきものが容易に見いだし得ないからである。

中国最古の事典『爾雅《じが》』を見ると「檉河柳。旄沢柳生沢中也。楊蒲柳」とあり、中国最古の字書『説文解字《せつもんかいじ》』を見ると「楊蒲柳也、従木易声。檉河柳也、従木聖声。柳小楊也、従木丣声」とある。また、中国最古の詩集『詩経』に徴《ちょう》するに「東門之楊、其葉牂牂。」「昔我往矣、楊柳依依。今我来思。雨雪霏霏。」「南山有桑、北山有楊。楽只君子、邦家之光。」「菀柳篇名刺幽王也、暴虐而刑罰不中。有菀者柳、不尚息焉」などの用例につき当たる。こう見てくると、中国においても、昔から「柳」と「楊」との区別はそれほど厳密ではなかったように思われる。そこで、中国最初の大規模なエンサイクロペディアと称してよい『芸文類聚《げいもんるいじゅ》』では、「柳」と「楊」とをわざわざ分ける処置を避け、

「楊柳」という総称を用いて一項目のもとにひっ括《くく》り、別に「檉」の項目を設けている。苦心の跡がありありと見えるが、これはまことに賢明な処置であった。

この『芸文類聚』を四時《しいじ》座右に置いて首っぴきにし、漢詩をつくったのが、八世紀の日本律令文人貴族たちであった。日本文学の舞台のうえに最初にヤナギが登場するのは『懐風藻』所収の漢詩作品をつうじてであり、少し遅れては『万葉集』所収の倭詩（和歌）をつうじてであった。記紀のなかにはついに登場して来なかった点から推すと、ヤナギが中国から輸入移植されたのは奈良朝の半ば以後だったかと想像される。ウメやモモがそうだったのと全くおなじに、ヤナギは、八世紀の中ごろ、実物（植物）と文献（詩文）とが同時に輸入されるという幸運に恵まれて、たちまち、律令社会支配階級の〃文化意識〃のシステムのなかに高い位置を占めた。律令知識人たちは、ヤナギのすがたを仰いでは、先進国の文化に強いあこがれを抱き、一方、みずからが身を置く政治的現実とこの植物との結びつきを念頭に置いた。

そこで、『懐風藻』の詠材となったヤナギについて記さねばならない。わたくしは、例によって細かい統計的分析をおこなってみた。すると、驚いたことに、全部で二十回出てくる用例（該当詩篇も二十編で、この数は『懐風藻』百十七編に対して十七パーセントに当たる）のうち、たった一例を除いた爾余のヤナギことごとくが「柳」をもって表記されているという事実を知らされた。

煩瑣を厭《いと》わず記すと――。

塘柳掃芳塵。林中若柳絮。柳絮未飛蝶先舞。塘上柳条新。楊柳曲中春。金堤払弱柳。葉緑園柳月。寒蟬唱而柳葉飄。柳糸入歌曲。桜柳分含新。堤上飄糸柳。嫩柳帯風斜。柳条未吐緑。門柳未成眉。糸柳飄三春。低岸翠柳初払長糸。驚春柳雖変。柳条風未煖。〔五言。和藤江守詠裨叡山先考之旧禅処柳樹之作。一首〕（最後のこれは詩題のなかにだけ見える）と、つごう十九例（作品としては十八例）の「柳」が出てくる。これに対して、「楊」は「唯余両楊樹」

一例が出てくるのみである。しかも、この「楊樹」は、前記「藤江守《とうのあふみのかみ》の『裨叡《ひえの》山の先考《せんかう》が旧禅処《きうぜんしよ》の柳樹《りうじゆ》を詠む』の作に和《わ》す」という題をもつ一首ちゅうで、藤原仲麻呂が父武智麻呂の禅房にあった柳樹を詠んだそれに和して、いまはその禅房は跡形も無くなって雑草の庭となり「唯余《ただのこ》す両楊樹《りやうやうじゆ》、孝鳥《かうてう》朝夕《あしたゆふべ》に悲しぶのみ」だと詠じているのであるから、先行する藤江守詩（わたしたちは、もとより実際の作品を知り得ないのであるが）の「柳樹」を受けたればこそはじめて「両楊樹」が出てきたと、そう考えるべきであろう。すなわち、この「楊樹」は、なんら語彙《ターム》自身で独自性＝必然性を主張し得るものではなくて、たかだか「柳樹」の言い替えとして用いられた文学的修辞にすぎなかった。

けっきょく、『懐風藻』に詠まれたヤナギは、ほとんど一〇〇パーセントに近い比率で、「柳」をもって表記されたものばかりである、と見てよい。そして、それには必然的理由があった。

しからば、『懐風藻』が成った天平勝宝三年（七五一）から八年後の天平宝字三年（七五九）正月一日の大伴家持作の一首でぷっつり切れる『万葉集』においては、ヤナギは、どのように表記されていただろうか。

『万葉集』にあらわれるヤナギの歌は、長歌短歌合わせて三十八首ある。他に、漢文で書かれた序・題詞・左記のなかにヤナギが出てくるもの、六首。このうち、四一四二番・四二三八番・四二八九番は、作品ちゅうにも左記・題詞にもヤナギが出てくるので、けっきょく、『万葉集』に姿を現わすヤナギは四十一首・四十四例ということになる。

それらを白文で示すと、

阿遠也疑波《あをやぎは》（八一七）、阿乎夜奈義《あをやなぎ》（八二一）、阿遠夜疑遠《あをやぎを》（八二五）、波流能也奈宜等《はるのやなぎと》（八二六）、波流楊那宜《はるやなぎ》（八四〇）、梅柳《うめやなぎ》（九四九）、吾跡川楊《あとかはやなぎ》（一二九三）、青柳乎《あをやぎを》（一四三二）、青柳者《あをやぎは》（一四三三）、柳乃宇礼尓《やなぎのうれに》（一八一九）、青柳《あをやぎ》之《の》（一八二一）、冬柳者《ふゆのやなぎは》（一八四六）、春楊者《はるのやなぎは》（一八四七）、此河楊波《このかはやぎは》（一八四八）、吾見柳《わがみるやなぎ》（一八五〇）、青柳之《あをやぎの》（一八五一）、垂柳者《しだれやなぎは》（一八五二）、柳之眉之《やなぎのまよし》（一八五三）、柳糸乎《やなぎのいとを》（一八五六）、為垂柳《しだりやなぎの》（一八九六）、四垂柳尓《しだれやなぎに》（一九〇四）、四垂柳之《しだれやなぎの》（一九二四）、春楊《はるやなぎ》（二四五三）、刺楊《さしやなぎ》（三三二四）、安乎夜宜乃《あをやぎの》（三四四三）、可伎疑楊疑《かぎつやき》（三四五五）、楊奈疑許曾《やなぎこそ》（三四九一）、左須楊奈疑《さすやなぎ》（三四九二）、安乎楊木能《あをやぎの》（三五四六）、安乎楊疑能《あをやぎの》（三六〇三）、毛延之楊奈疑《もえしやなぎ》可《か》（三九〇三）、梅柳《うめやなぎ》（三九〇五）、楊奈疑可豆良枳《やなぎかづらき》（四〇七一）、張流柳乎《はれるやなぎを》（四一四二）、青柳乃《あをやぎの》（四一九二）、梅柳《うめやなぎ》（四二三八）、青柳乃《あをやぎの》（四二八九）、以都母等夜奈枳《いつもとやなぎ》（四三八六）

——長歌短歌に出てくるヤナギは、右の三十八首の用例で尽きる。つぎに、漢文で書かれた題詞のたぐいは全部で六首。これも示しておくこととする。

花容無レ雙《はなのかほならびなく》、光儀無レ匹《てれるすがたたぐひなし》。開二柳葉於眉中一《やなぎのはをまゆのなかにひらき》。発二桃花於頬上一《もものはなをほほのうえにひらく》。（八五三）紅桃灼灼《こうたうしやくしやくとして》。戯蝶廻レ花舞《ぎてふはなをめぐりてまひ》。翠柳依依《すいりういいとして》、嬌鶯隠レ葉歌《けうあうはにこもりてうたふ》（三九六七）上巳名辰《じやうしのめいしん》、暮春麗景《ぼしゆんのれいけい》。桃花昭レ瞼以分レ紅《たうくわまなぶたをてらしてこうをわかつ》。柳色含レ苔而競レ緑《りうしよくこけをふふみてみどりをきそふ》。（三九七三）攀柳黛《りうたいをよぢ》思京師歌《てみやこをおもふうた》（四一四二）但越中風土《ただしゑつちゆうのふうどにしては》、梅花柳絮三月初咲耳《ばいくわりうじよはさんぐわつにはじめてさくのみなり》。（四二三八）於左大臣橘家宴見攀折柳条《よぢおれるやなぎのえ》歌一首《だをみるうた》（四二八九）

——これで、『万葉集』にあらわれるヤナギの用例は、残らず摘出し得た。そこで、「柳」および「楊」に関して集計を試みたところ、つぎの分類表が得られた。

柳……二十五例（柳〔熟語および造語を含む〕11・青柳6・垂柳〔為垂柳および四垂柳を含む〕4・梅柳3・冬柳1）

楊……五例（春楊2・川楊1・河楊1・刺楊1）

万葉仮名で「ヤナギ」と訓ませたもの……十四例

——ところが、この第三の分類のなかに問題が残される。音仮名で「ヤナギ」「アヲヤギ」「ヤギ」の表音文字とした十四例のうち、八例までが「楊」という漢字との組み合わせで出来ている。すなわち、楊奈疑《やなぎ》4・楊那宜《やなぎ》1・楊疑《やぎ》2・楊木《やぎ》1の八例である。第二の分類で「楊」一字でヤナギと訓《よ》ませた用例が五つ（一つは、ヤギとよむ）もあるのに、万葉仮名をかりて表音するさいに限って、その半ば以上は、わざわざ「楊」を「ヤ」としか訓まないのである。

まず簡単に推測されるのは、奈良時代の中ごろ、当時さかんに輸入されていたヤナギが、中国音のままで呼ばれていたのではないか、ということである。当時、「楊」をなんと発音したものか、今となっては不明だが、中国北方の漢音以外に南方の呉音も伝えられていたことを考え合わすと、『玉篇《ぎょくへん》』が示す「楊余章切 楊柳也」「柳力酒切 小楊也」という古代音韻規則ばかりが遵守されていたのではあるまい。現代中国音では、「楊」は Yang、「楊柳」は Yan-liu、「小楊」は Hsiao Yang、「柳」は Liu である。そうしてみると、七〜八世紀ごろ、江南地方で「楊」を「ヤン」と呼んでいた公算もかなり強いことになる。奈良時代の日本知識人の外来文化崇拝熱が、姿やさしき「ヤンの木」を呼称するのに中国音に拘泥したのは、むしろ自然であったろう。万葉仮名が「楊奈疑」「楊奈宜」「楊疑」「楊木」と表音して指示した植物こそは、まさしく「ヤン(ヤ)の木」でなければならない。これまで、和名ヤナギの語原を弥長木《ヤナギ》だの、簗木《ヤナノキ》だの、矢木《ヤノキ》だの、斎木《ユノキ》だのと説明してきた通説には、語呂合わせやらがち過ぎの部分が強くて、かえって、不自然のように思われる。

しかし、わたくしが注意したかったのは、語原の問題ではなかった。もういちど、さきの分類表をごらん頂きたい。『万葉集』のなかでヤナギが詠材に選ばれる場合、第一分類「柳」と第二分類「楊」との比率は二四対五、題辞のたぐいを除いてみても十八対五、つまり圧倒的に「柳」のほうが多いのである。しかも、「楊」はけっして単独に用いられることがなく、春楊・河楊・刺楊のように必ず熟語を造っている。また第三分類に見るごとく「楊」を「ヤ」としか訓《よ》ませていない事実もある。このように分析してくると、万葉歌人たちのいわば langue《ラング》(言語体)のなかにあるヤナギは、いったん écriture《エクリチュール》(文章)として意識化されたとなると、もはや「柳」としか表記されることがなくなったのではないか、と推論せざるを得ない。わかり易く言うと、八世紀の多少とも歌謡に関心のある人たちすべてに共通の規則や慣習の集合体のなかで用いられたヤナギも、いったん、律令政治体制の正当化やその現実に対する保証の行為と結びつけられたとなると、もはや「柳」としか表記されることがなくなった、と考えざるを得ない。『懐風藻』のヤナギは、前述のとおり、一〇〇パーセントに近い度合いで「柳」をもって表記されていた。律令貴族詩人たちが「柳」に固執して「楊」を用いなかったことは、もとはといえば、文人貴族たちが〝虎之巻〟にした『芸文類聚』や『文選』の作例に「柳」の名詩が多くて「楊」のそれが少なかったというだけの理由に拠るが、さりとて、「楊」を使った名詩が全然なかったとは言えない。他にもなんらかの理由があって「柳」のみを使用したのであろうが、ひとたび律令体制権力者によってこれにはこれという確定的な表記法が決められてしまうと、あとは右《みぎ》へ倣《なら》え式にそれが守られることになったのである。『懐風藻』の律令文人貴族たちが「柳」のみ用いたことは、その理由の何たるかに関わりなく、すでにそれが使われているという事実それ自体の重みによって、当代の文化意識なり文芸理念なりに決定的な指導作用を及ぼした。『万葉集』のなかに「柳」が圧倒的な比率で現われるのも、そのためである。こう考えるほか、他に説明のしようはない。

万葉歌人がヤナギを諷詠したい衝動に駆られたとき、かれは、ヤナギのことはヤナギに聞けとばかりに、原産地中国でのヤナギの諷詠法に学んだであろうし、それには、中国詩文のほかに『懐風藻』の高官詩人たち（そのなかには帰化人や帰朝僧もいた）の示した手本に従うのが最も早道だと考えたであろう。こういうかたちで、中国詩文と『懐風藻』とは、日本古代詩歌の発想法や表現修辞に対して、じつに久しい間、一本のレールを敷設することとなった。しかし、そのことは、別の観点からすれば、後進国日本が負わされたハンディキャップや遅刻時間を取り戻すための〝人文主義的運動〟だったと評価することも可能である。ヤナギひとつにしても、律令文人貴族たちは、けっして遊戯＝消費の姿勢だけで眺め入ったのではない。そこでは、必死の追い込み作業が進められた。如上の過程を確認したうえで、あらためて『万葉集』の短歌に接するとき、つぎの十一首など、特に問題点を孕《はら》んでいるように思われる。

青柳《あをやなぎ》梅との花を折りかざし飲みての後は散りぬともよし（巻第五、八二一）　笠《かさの》沙弥《さみ》
梅の花咲きたる園の青柳《あをやぎ》を蘰《かつら》にしつつ遊び暮《くら》さな（同、八二五）　小監士氏百村《はにしももむら》

うち靡《なび》く春の柳とわが宿の梅の花とを如何《いか》にか分《わ》かむ（同、八二六）　大典史氏大原《ふひとべしおほはら》

青柳の糸の細《くは》しさ春風に乱れぬい間《ま》に見せむ子もがも（巻第十、一八五一）

梅の花取り持ちて見ればわが屋前《やど》の柳の眉《まよ》し思ほゆるかも（同、一八五三）

梅の花しだり柳に折り雑《まじ》へ花に供養《まつ》らば君に逢はむかも（同、一九〇四）

青楊《あをやぎ》の枝伐りおろし斎種《ゆたね》蒔きゆゆしき君に恋ひわたるかも（巻第十五、三六〇三）

春雨に萌えし楊《やなぎ》か梅の花友に後《おく》れぬ常の物かも（巻第十七、三九〇三）　大伴　書持《ふみもち》

遊ぶ現《うち》の楽しき庭に梅柳折りかざしてば思ひ無みかも（同、三九〇五）　大伴　書持

春の日に張《は》れる柳を取り持ちて見れば京《みやこ》の大路《おほち》念《おも》ほゆ（巻第十九、四一四二）　大伴　家持

青柳《あをやぎ》の上枝《ほつえ》攀ぢ取り蘰《かづら》くは君が屋戸《やど》にし千年《ちとせ》寿《ほ》くとそ（同、四二八九）　大伴　家持

第一首目から第三首目まで、天平二年正月十三日に大宰府帥《だざいふのそち》大伴旅人が主催した〝観梅パーティ〟で作られたあの有名な「梅花歌三十二首」のなかの作品である。ヤナギを詠じた歌が四首あることは、前に白文表記を示した個所を見てもらえば明らかだが、ここで特に注意を要するのは「梅花歌」とありながらその八分の一がウメとヤナギとの組み合わせになっている点である。「梅花歌」の序（その作者については、大伴旅人説・山上憶良説・某官人説があって未決定である）が王羲之「蘭亭集序」のパロディであることは契沖が指摘して以来、すでに常識とさえなっている。おそらく、誤りないであろう。しかるに、「梅花歌三十二首」ことごとくが同じく中国詩文のパロディで出来上がっている点については、これまであまり指摘されたことがない。序だけが中国詩文の借り物で、あとの作品は日本人のオリジナリティに属する、とでもいうのであるか。殊にも笠沙弥・土氏百村・史氏大原の三者は漢文の学識に長じた官僚たちなのだが、そのような漢学の達人でもいったん倭詩（和歌）を作るとなると学才を無にしてうたった、とでもいうのであるか。だいいち、ウメそのものが当時やっと九州に渡来してきたばかりの花木であったし、酒宴の席上

で自作詩を披露し合う文学パーティそのものが当時やっと律令官人貴族の間で定着化＝慣例化した事実をどう解するのか。当時の支配的文化は、ようするに、中国のハイカラ文化に対する模倣の試みに終始していたのではなかったか。それだからこそ、「梅花歌」のなかにヤナギとの組み合わせが出てきたり、ウグイスとの組み合わせ（これは六首見える）が出てきたりしたのではないか。げんに『芸文類聚』をぺらぺらとめくっただけでも「春柳発新梅」「梅花隠処隠嬌鶯」などの詩句がすぐに見いだされる。

中国では、雪が消えて一陽来福、さあ春がやってきたよという合図を示す歳時的シグナルとして、まずウメがさき、ヤナギが萌え、ウグイスが鳴く、というふうに考えられ、それが宗教儀礼用歌謡にうたわれ、やがて詩文化されたのだった。そして、初めて実物のウメの花を見、初めて実物のヤナギの若枝を見る機会に恵まれたとき、わが律令官僚知識人たちは、中国詩文をテキストにして、ウメの観賞法を学び、ヤナギの風趣の味わい方を学んだのである。この天平二年以降、『万葉集』には「梅柳」というワン・セットの美的配合がしばしば詠材に仰がれるようになるが、もちろん、それは中国詩文を手本にした学習成果でなければならない。

第四首目と第五首目とは、巻第十の「春雑歌」のうちの「詠レ柳」グループに属する。風になびくヤナギの細枝《ほそえ》を「糸」と表現する一種の比喩法《アナロジー》は、それほど突飛《とっぴ》でもなく、むしろ初々《ういうい》しい驚きから生まれたと解してよいであろう。しかし、より正しくは、これも『芸文類聚』を手本にした美的トレーニングの成果だった。古楽府《こがふ》の折楊柳曲を掲げたなかに「献蜀柳数株。条甚長。状若糸縷」と見え、梁の簡文帝および劉邈の折楊柳曲にそれぞれ「楊柳乱成糸」「楊柳濯糸枝」と見える。律令インテリ階級が、これらを知らなかったはずはない。また、ヤナギの葉を「眉」にたとえる比喩法も、『遊仙窟』の「翠柳開眉色、紅桃乱瞼新」などから学んだもので、すでに巻第五の「遊於松浦河序」（旅人・憶良らを擁する筑紫詩歌集団には遊仙窟趣味が横溢していた）にも「開柳葉於眉中」が見えていた。だいいち、第四首目の一八五三番の歌、ウメの花を手にとったところわが家のヤナギの葉の眉が思い出された、とは何を意味するのか。写実主義精神の発露だなどという説明は、もはや用を成さない。ここでも、ウメとヤナギとをワン・セットと見る中国詩文的教養が基底音となっているとしか、他に考えようがない。

第六首目は、同じく巻第十の「春相聞」のうちの「寄レ花」グループに属する。上句のウメとヤナギとの組み合わせは、もとより中国的ハイカラ文化の受容だが、これが下句「花尓供養者《はなにまつらば》」の式法の内容説明になっている点に注意する必要がある。供養とは、あくまで仏教語である。(供養者をタムケバと訓む説もあるが、タムケは固有祭祀の一種であるから、適当でない。字音で訓んだとすれば、クヤセバか、あるいはずばりクヤウセバか。)供養の習俗も、これまた中国から渡来した新宗教のマナーをいち早く摂取受容したものであることは、疑いを挿む余地さえない。

第七首目は、巻第十五所収の歌であって、新羅《しらぎ》の国に遣《つか》わされた外交使節たちの「当レ所誦詠古歌《ところにあたりてしようえいせるこか》」十首のうちの一首。歌意は、青いヤナギの枝をきりおろして斎種《ゆたね》(神聖な種)を蒔きますが、その斎種のようにゆゆしい(近寄り得ない、の意)あなたを、ずっと恋しく思いつづけておりますよ、ぐらいのことか。苗代《なわしろ》の種まきのさいに、田の水口《みなくち》に土を盛《も》ってヤナギの枝をさし、田の神をまつる農耕儀礼は、現在でも日本各地でおこなわれている。民族固有の古い民間信仰の一つと考えられている。そうなると、この一首は、中国文化の影響を全くこうむっていない、類例のない、文字どおりの「古歌」といえそうである。しかるに、ヤナギそれ自身は今来《いまき》の渡来植物であるから、いかに無用な牽強付会を試みても、絶対に「古歌」にはなり得ない。それならば、どう解釈すれば無理がなくなるか。わたくしは、ヤナギの枝を穀霊の憑《よ》り代《しろ》とする祭祀方法そのものが中国の農業祭祀の導入だったとの見方をとる。というのは、ホロートの大著『中国の宗教習俗』が繰り返し明らかにしているごとく、穀霊イクォール死霊(祖霊)と信じられ、死霊はまたヤナギを媒体とすると久しく信じられてきたからである。日本律令知識人が〝知恵の宝庫〟と仰いだ『芸文類聚』にも、げんに「古詩曰。白楊初生時。乃在予章山。上葉払青雲。下根通黄泉」という記事が出ている。なぜヤナギが苗代の種まきに必要な祭祀用具となったかということは、これではっきりしたと思う。この一首など、中国宗教文化史の助けを借りなければ、神話的主題を見失ってしまうことになる。

第八首目と第九首目とは、巻第十七の初めの部分「追和二大宰之時梅花一新歌六首」のなかに見える。六首が掲げられたあとの左記に「右、十二年十二月九日、大伴宿禰書持作」とある。例の天平二年正月の大伴旅人主催の〃観梅文学パーティ〃から十年余り経《た》った十二年十二月になって、その時のことを回想したか、当日欠席したために後日の紙上参加の形式で作品追加を企図したかして、この書持《ふみもち》（家持の弟）の作品が成った。三九〇三番は八二六番の、三九〇五番は八二一番の、それぞれ〃本歌取り〃になっている。すなわち、ワン・クッション置いての漢詩文模倣ということになる。

第十首目は、巻第十九劈頭部分にあって、例の有名な「春の苑紅にほふ桃の花下照る道に出で立つ媛嬬《をとめ》」（四一三九）が作られた天平勝宝二年三月一日の、その翌日に作られた歌。題詞に「二日、攀二柳黛《りうたいをよぢて》一思二京師《みやこをおもう》一歌《うた》一首」とある。柳黛とは、ヤナギの眉墨で、ここは柳の眉の意。ヤナギの葉を摑んで引っぱり、手に取って見るにつけても、奈良の都の大路が思い出される、という歌意だが、実際に奈良京の都市計画の一環としてヤナギが植樹されていたこともあり得るから、必ずしも特定漢詩の換骨奪胎と見るには当たらないだろう。『芸文類聚』には「盛弘之荊州記曰。縁城堤辺。悉植細柳。緑条散風。清陰交陌」とか、「和湘東王陽雲楼簷柳詩曰。曖曖陽雲台。春柳発新梅。柳枝無極軟。春風随意来。潭拖青帷閉。玲瓏朱扇開。佳人有所望。車声非是雷」とかの都会美を詠じた作例があり、いかにも家持好みのモティーフだが、これらからの影響を証明する積極的根拠はない。しかし、題詞の「柳黛」には、前にも触れた『遊仙窟』からの影響のあることが確実である。晩唐（九世紀）になると、白居易に「芙蓉如レ面柳如レ眉」（長恨歌）、李商隠に「柳眉軽效效顰葉」（真娘墓詩）などの著名なフレーズが生みだされるが、家持がそれを知っていたはずはない。八世紀の中ごろ成立した『初学記』（これも、家持は目にすることができなかったろう）を見ると、唐太宗に「年柳変池台。随堤曲直廻。……疎黄一鳥哢。半翠幾眉開。」（詠春池柳詩）、「岸曲糸陰聚。波移帯影疎。還将眉裏翠。来就鏡中舒。」（賦得臨池柳詩）などの佳吟がある。唐代に入って、美人は柳眉でなければならぬとする趣向や風尚が支配的だったのであろう。

第十一首目は、同じ巻第十九の巻末近く、「二月十九日、於㆓左大臣橘諸兄家宴㆒見㆓攀折柳條㆒歌《よぢをれるやなぎのえだをみるうた》一首」という題詞のある作品。この歌のあとに、家持生涯の傑作「春の野に霞たなびきうら悲しこの夕かげに鶯鳴くも」「わが屋戸《やど》のいささ群竹《むらたけ》吹く風の音のかそけきこの夕かも」「うらうらに照れる春日《はるび》に雲雀《ひばり》あがり情《こころ》悲しも独りしおもへば」（四二九〇〜二）三首が置かれてある。そして、これまた有名な「春日遅遅鶬鶊正啼。悽惆之意非㆑歌難㆑撥耳。仍作㆓此歌㆒。式展㆓締緒㆒」うんぬんの左記が付されてある。天平勝宝五年ごろは、家持にとって、政治的にも精神的にも最も苦境に追いつめられた時期で、このときに頼みの綱とする橘諸兄主催のパーティに列席したのだった。一首の歌意は、青いヤナギの枝さきを引き寄せて折り取り、これを縵（挿頭《かざし》）にいたしますわけは、ほかでもありません、あなたのお家で千年の栄えを祈禱するためです、というほどのこと。特定の植物を頭にかざして長寿や繁栄を呼び込もうとする呪術は、中国でも日本でも古くからおこなわれている。問題は上句の「青柳の上枝《ほつえ》攀ぢ取り」のほうにあるが、これもまた、『芸文類聚』に「梁簡文帝折楊柳詩曰。楊柳乱成糸。攀折上春時」とか「梁劉邈折楊柳詩曰。高楼十載別。楊柳濯糸枝。摘葉鷩開駛。攀枝恨久離」とか、そのほか、用例がたくさん見える。けっきょく、大伴家持の詩的源泉は、その多くを中国詩文に負うていた。詠材がヤナギである場合、殊にもこの傾向が強かった。

以上、十一首を検討してきたが、『万葉集』に詠じられてあるヤナギは、ほとんどすべて中国詩文の摂取によって成り立っていることが、いよいよ明らかになってきた。もともとヤナギは中国原産の植物なのだから、その生態や形姿の把えかたから美学的風趣の把えかたまで、さらにはその呪術＝宗教的機能の把えかたから神話的記号の把えかたまで、すべて中国の詩文や習俗に学ぶのが最も正しい方法であると、そう万葉人らは考えていたにちがいない。糞真《くそま》面目《じめ》に過ぎるくらいのこの学習態度が、やがて、広汎な詠材のすみずみにまで〝知的渉猟〟の企てを押し及ぼしてい

鳥居清長「柳下美人図」
江戸時代、ボストン美術館蔵

き、ついに『万葉集』全巻の高い〃文化価値〃の実現を成功させた。ヤナギの歌は、律令文人貴族の文化創造的メカニズムを截断図のように開示してくれている所が尊いのである。

この中国詩文尊重の古代的〃人文主義〃は、平安朝漢文学の主流となって継受されていくことになる。その好箇の例証を『文華秀麗集』巻中のなかから引いておく。

折楊柳。一首。　　御製

楊柳正乱糸。春深攀折宜。花寒辺地雪。葉暖妓楼吹。久戍帰期遠。空閨別怨悲。短簫無異曲。総是長相思。

奉和折楊柳。一首　　巨識人

楊柳東風序。千条揺颺時。辺山花映雪。虚牖葉嚬眉。楼上春簫怨。城頭暁角悲。君行音信断。攀折欲寄誰。

——嵯峨帝御製の詩題「折楊柳《せつようりゅう》」は楽府《がふ》の横吹曲辞の一つで、日本の宮廷音楽のうちにこのメロディが輸入されていたものかどうか不明であるが、おそらく文献的《ブッキッシュ》な詩学的知識として早くから受容されていたのではないか。嵯峨帝の「折楊柳」は、梁の簡文帝の詩「折楊柳」を下敷きにしたことが確実である。お手本になったこの詩は『芸文類聚』『玉台新詠』にちゃんと載っている。

折楊柳詩　　梁簡文帝

楊柳乱成糸。攀折上春時。葉密鳥飛礙。風軽花落遅。城高短簫発。林空画角悲。曲中無別意。併是為相思。

——この詩は、本稿これまでの記述にもしばしば登場した。それほどに、日本古代詩歌の作者たちは、中国詩文を学習し模倣し、それを基礎にして再生産に励んだ。

平安朝文学というと、やれ日本化が顕著に現われただの、やれ女流作家が男性を抑えて才能を発揮してみせただの、やれ仏教の影響が宮廷のすみずみまで行きわたっただのと、あたまから決めてかかる人が多いが、事実はそんなに単純ではない。『古今和歌集』などにしても、一〇〇パーセント〃日本的感性〃の結晶であるかのごとく思い込んでいる人が多いが、これも正確とはいえない。そこで、『古今和歌集』に見えるヤナギの歌を引いてみよう。

あをやぎの糸よりかくる春しもぞみだれて花のほころびにける（巻第一春歌上、二六）　紀　貫之

浅緑いとよりかけて白露を珠《たま》にもぬける春の柳か（同、二七）　僧正　遍昭

みわたせば柳桜をこきまぜてみやこぞ春の錦なりける（同、五六）　素性　法師

かへしもののうた

あをやぎをかたいとによりてうぐひすのぬふてふかさはむめの花がさ（巻第二十大歌所御歌、一〇八一）

――紀貫之および僧正遍昭の和歌は、ヤナギの糸を撚ってかけているという比喩と縁語との面白さが取り柄なのだが、ヤナギと糸とを一と組の相関物《ザ・コレラティヴ》と決めた重たさそれ自体は中国詩文からもたらされたのである。素性法師の平安京礼賛の歌も、ヤナギとサクラとのその組み合わせは、中国詩文の影響からもたらされたものである。李商隠の無題詩に「何処哀箏随二急管一、桜花永巷垂楊岸」、郭翼の陽春曲に「柳色青堪レ把、桜花雪未レ乾」があり、これらが当時の日本に知られていなかったのは当然としても、ヤナギとサクラを一と組にすれば春や幸福や繁栄を表わすシンボルたらしめることが出来るというぐらいの知識は習得していたろうと想像される。つぎの大歌所御歌の神事歌舞のための歌は、呂調を律調に変えるさいに唱えられたものだが、歌辞それ自身の内容を見ると、ヤナギとウメ、ウメとウグイスの二重の組み合わせになっている。そうなると、日本宮廷音楽は、管理面からも美学面からも、すべて中国から輸入された要素だけで成り立っていたことが明白である。

『古今和歌集』の大歌所御歌が中国原産のヤナギやウメを歌材にしていることは、国粋主義者たちには気の毒だけれど、日本の神事歌舞の歴史の長からざる証しになると考えられる。わたくし個人の意見では、「敷島の道」と信じられてきた和歌にしても、五七調と呼ぼうが七五調と呼ぼうが、起源は中国詩の五言律・七言律をそっくりそのまま輸入したものでしかない。高野辰之『日本歌謡史』は、平安時代に入って、歌謡が五七調から七五調に急転していっ

た理由を、外来曲の影響によるものだと説いている。「七五は五七を顚倒したに過ぎぬと軽く看過すべきでない。他に八六・六五・五四等の形もあつて(早歌)、上に長く下に短い交錯が新に現れ出でたのである。何故に此の交錯が生じたか。これは国語の発達上からは考へ得られることでなく、どうしても曲節《ふし》の都合によつて生じたものと考へなければならぬ。然らば其の曲節は何か、上古以来の曲節は此の平安朝時代の初頭に至つて一変するの傾向を示したものと見るべきか、然らば何の為に一変するに至つたか。／余は之を全く外来楽の影響だと見る。外来楽には前述の如く三韓・支那・印度の三つの流れがあるが、用途の上から大別すれば、舞楽の曲と声明の曲との二つになる。七五調は此の二つの影響によつて生じたものではあるまいか。」「外来楽に合せた催馬楽に、七五調の歌が多くあるとすれば、又仏家の朗唱した和讃に七五・八六・六五の如き交錯が多く存するとすれば、どうしても外来曲節によつて生じた形と断じなければならぬのである」(第三編内外楽融和時、第三章遊宴歌謡)と。しかし、外来楽の影響によって五七調がいとも簡単に七五調に転化し得るというのであれば、そのもとの五七調も外来曲節の影響下に生じた蓋然性は高いとせねばならぬ。なぜならば、かりに五七調が日本固有の曲節だったとして、それが七五調に変わる場合の抵抗の度合いは、もともと外来曲節の五七調がそれ自身の内的要因によって七五調に変わる場合の抵抗の度合いとは、比較にならぬくらい大きいだろうからである。ところが、事実は、なんの苦もなく五七調→七五調の急転がおこなわれた。律令音楽集団(雅楽寮《うたりょう》の厖大な人員構成をみよ)の職能や活動目的が先進国文化の日本への導入＝定着をめざしたものでしかなかった以上、そこに民族固有の曲節の護持＝保存が強引に実行されたなどと決めてかかる論法(従来の日本詩歌史はこれを踏襲して疑わなかったのだが)は非合理に過ぎる。ヤナギやウメが(いや、サクラにしてもそうである)ぬけぬけと神代《かみよ》ながらの宗教的シンボルをはたし得た理由を、冷静に、先入見なしに問うべきである。

平安朝文学も平安朝政治文化も、その核心部分は中国のイミテーションだった。『本草和名』を見れば、植物や古代科学についても、すべて同様のことが確かめられる。

芍薬および牡丹

シャクヤク（芍薬）は、キンポウゲ科のボタン属の一種であるから、ボタン（牡丹）とはいわば親戚関係の間柄にある。じっさいに、最近ではボタンの共台苗がほとんど生産されていないために、シャクヤクに接木されたボタンの苗木を秋ごろ定植するのが普通になっている。養子にやったり嫁にやったりで、シャクヤクとボタンとの血族関係はいよいよ親密濃厚になっている。

しかし、この二つの植物がごくごく近縁の間柄にあることは、原産地の中国においては、千数百年も以前から知られていて、シャクヤクの別号を「草牡丹」と称したり、ボタンの別称を「木芍薬」とよんだりして、ともに早くから栽培がおこなわれていた。もちろん、本家の嫡子として尊ばれ、栄光赫赫たる〝花王〟の地位に座を占めたのはボタンのほうで、シャクヤクはその親族ゆえに珍重されたにすぎなかった。キンポウゲ科ボタン属の種類はほとんどすべて中国北部・東北（むかしの満州）・蒙古・シベリア東部を原産地とし、それ以外には、わずかにコーカサス・地中海沿岸・北アメリカに自生種が見られるだけで、日本ではヤマシャクヤクが分布しているにすぎない。それだから、シャクヤクもボタンも百パーセント「中国の花」と見做しても、さしたる支障はないことになる。特に本家の惣領であるボタンが久しきにわたって「国花」National Flower として讃美の的《まと》とせられたのは、当然の権利行使だったといえる。

そうすると、のちの日本などで、「立てば芍薬、坐れば牡丹」などと美人の形容に用いられるくらいに、その花の美しさが評価されているシャクヤクも、じつは、羽振りのいい親戚をもち、美人の家系につながっている、という理由だけで尊重されたにすぎなかったのではないかと疑われてくる。少なくとも、シャクヤクそれ自身が内部に具有している個性的特質の優秀性によって、トーナメントに勝ち進んできたのではないのではあるまいかと疑われてくる。ひょっとしたら、木本のボタンと草本のシャクヤクとは、あのマーク・トウェーンの『王子と乞食』みたいに、キンポウゲ科ボタン属という王朝の権威のつづくかぎり、プリンスであろうと乞食であろうとどっちが立皇太子式に臨んでも構わない、というような扱い方を受けてきただけではなかったろうか。

ところが、ボタン王朝が覇権を握る八世紀（唐初）以前にあっては、むしろ、シャクヤクのほうが賞美愛惜されていたのである。ボタンの豊艶穠厚《じょうこう》な花の姿が支配権力のシンボルにふさわしいものとして崇められる以前、シャクヤクの美麗純朴な、花の姿がいとしまれていた。こっちのほうにこそ、美の〝原型〟があった。

その証拠は、中国最古のアンソロジーである『詩経』の、巻二国風鄭の末尾二章のなかに、ちゃんと見いだされる。『詩経』鄭風といえば、古代詩歌全体をつうじても最も開放的＝反体制的な民衆詩ばかりを集めたシリーズである。劉鱗生によると、「中国人は『詩経』を読むのに、孔子が『うた三百首を引っくるめていえば、わる気のないことじゃ』などといったものだから、一から十まで道徳的な目で『詩経』を批評する。『鄭風』の中のまったくの恋い歌を、不義をいましめた詩としている」（魚返善雄訳、『中国文学入門』第三章詩）という。つまり、「詩三百、一言以蔽之、曰、思無邪」（論語）という孔子の評言の解釈に窮した後世の儒学者が、鄭風のごとき風俗紊乱の惧れある民謡を神聖なる『詩経』のなかにわざわざお入れになったわけは、悪いサンプルをお示しになられたためじゃ、などといった、飛んでもないこじつけを押し通してきたのだった。もちろん、今日では、そのような儒学者の解釈は通用するはずもない。『詩経』は、文学そのものとして、こだわりなく読解され鑑賞されるようになっている。

その『詩経』鄭風のなかに、シャクヤクが登場するのである。鄭というのは、紀元前八〜九世紀に西周の宣王が弟の桓公友を封《ほう》じて建てた国で、のちに東に移り新鄭（現在の河南省新鄭県）と称した。そこでは、たいへん淫蕩な音楽が流行したといわれている。鄭風二十一篇を通読すると、女性が積極的に男に恋をしかけているのがわかる。そうせざるを得ない社会的条件があったに相違ない。女性は〃いのち〃のありったけを燃焼させて恋愛に没入している。

溱与洧　方渙渙兮　　溱《しん》と洧《い》と、方《まさ》に渙渙《くわんくわん》たる
士与女　方秉蕑兮　　士《し》と女《ぢよ》と、方に蕑《ふぢばかま》を秉《と》れる
女曰観乎　士曰既且　　女《ぢよ》の曰《いは》く観《み》よや、士《し》の曰く既《すで》にす、
且往観乎　洧之外　　且《かつ》往《ゆ》きて観《み》よや、洧《い》の外を
洵訏且楽　維士与女　　洵《まこと》に訏《おほい》にして且楽《かつたの》し、維士と女《ぢよ》と、
伊其相謔　贈之以芍薬　　伊其《これぞ》れ相謔《あひたはむ》れて、之に贈るに芍薬《しやくやく》を以《もつ》てす。
溱与洧　瀏其清矣　　溱と洧と、瀏として其れ清めり、
士与女　殷其盈矣　　士と女と、殷《さかん》にして其れ盈てり、
女曰観乎　士曰既且　　女の曰《いは》く観よや、士の曰く既にす、
且往観乎　洧之外　　且《かつ》往《ゆ》きて観《み》よや、洧《い》の外を
洵訏且楽　維士与女　　洵《まこと》に訏《おほい》にして楽し、維士と女と、
伊其将謔　贈之以芍薬　　伊其《これぞ》れ将謔《あひたはむ》れて、之《これ》に贈るに芍薬《しやくやく》を以《もつ》てす。

肉体をほてらした（鄭風ぶりを模擬すれば「濡れにぞ濡れし」ということにでもなろうか）女が、あまり気の進まぬ男に向かって、「ねえ、このラン（フジバカマ）を見て」と誘ったり、「ねえ、この川の流れを見て」と挑発したりして、ついに恋を成就するのである。そして、性的興奮の余韻が残っているうちに、別れのしるしとして（もしくは再会のよすがとして）シャクヤクをプレゼントして寄越《よこ》したというのである。

原始の時代、こうして、シャクヤクは素朴熱烈なる恋のシンボルであった。若き民衆の性的快楽の神話的記号であった。この花は、〃文化以前〃の文化を象徴している。唐代文化のなかで美人視されたのは、的外《まとはず》れではない。

つぎに、ボタンについて考えてみる。——

シャクヤクとボタンとは血族関係にある。「立てば芍薬、すわれば牡丹」の諺《ことわざ》を踏まえて言うとすると、これらの花々《はなばな》は、ことごとく〃美人〃のシンボル（象徴）であり、女性をあらわすエンブレム（寓意図）であった。いや、すべて草木の花は、ことごとく〃女性の花〃であるべきで、この世には男性の花なんてものは無いのである。戦争中に、若者の生命を散らすのを「花」と呼んで謳歌し正当化した為政者は、人類文化の悠久なる「花」の神話を踏み躙《にじ》ったことになる。花といえば、女性のすがたに決まっている。こんな単純明快な人類史的テーゼからも、近代の日本人は遠ざけられ、曇らされ、誤ってこの世に男性の花なんてものが存在するかのように思い込まされてきたのだから、本当に恐ろしい。日本近代史は、一面、花の誤解史でもあった。

本稿の叙述は、さしあたって、日本のいけばなで最も尊重している花々が、すべて中国起源 Chinese Origin の花である、という重大事実を論証するところにある。じっさいに日本列島住民が〃おくにぶり〃として大切にしてきた花木観賞の行為は、なんのことはない、全部が全部、中国大陸からの輸入＝渡来でしかなかったのである。しかし、そのことは、すこしも恥ずべきことではない。〃日本的〃とされる文化行為よりも、もっと偉大なのは、〃世界的〃ないし〃人類的〃な文化行為である。日本の「定型の花」ベスト・テンがすべて中国起源であることは、世界性＝人類性の名において、却って普遍性を荷《にな》う。

さて、ボタンを観賞する番である。文人画家たち、たとえば田能村竹田「亦復一楽帖」などの牡丹図をとっくとごらん頂きたい。竹田のような教養派の作品であっても、これを暫く見凝《みつ》めていると、ボタンは、さながら女性の柔肌《やわはだ》のごとくに（あるいは、ずばり、玉門のごとくに）、うち震えて迫ってくるではないか。そして、この肉感的《ル・サンサシオネル》なるも

田能村竹田「亦復一楽帖 牡丹図」
天保元年、寧楽美術館蔵

のは、必ずしも当方が雄《おす》だから感じとるのではなくして、女性もまた鋭敏に感取し得るであろう。

それというのも、古来、ボタンは花の中の王（女王）と見做されているからである。有名な欧陽修（一〇〇七〜一〇七二）の『洛陽牡丹記』を見ると、「至牡丹則不名、直曰花、其意謂天下真花独牡丹」と見えるが、これは、洛陽で単に「花」というときにはただちに「牡丹」をさす、という意味で、ちょうど日本の平安朝以後「花」がサクラをさしたのと同じ事態が起こっていたことを証している。こうなると、ほかの花は顔色《がんしょく》ないことになってしまうが、唐代から宋代にかけて、ボタンが百花の王の地位に即《つ》いていた事実を動かすわけにはゆかない。しかも、ボタンが観賞樹木として文献にあらわれてくる上限《じょうげん》は意外に新しく、唐の高宗（六四九〜六八三在位）の時代以後、官女たちの屯《たむろ》する後庭に植えられたにすぎなかった。国花の歴史はそう古くない。

しからば、そんなに新しい栽培花木が、僅かの期間内にザ・ベスト・フラワーにのし上がって行ったのは、いかなる理由によるのか。もちろん、ボタンの花そのものの持っている豊麗さ、富貴の品格、造型的美しさが、おのずず、観賞者を圧服せしめたのだろう。しかし、決定的な要因となったのは、なんといっても、唐の玄宗《げんそう》皇帝（七一三〜七五六在位）がボタンを偏愛した事実だと思う。玄宗は、ボタンのほかに、豊満艶麗な楊貴妃《ようきひ》を偏愛した。というより、玄宗にとって、ボタンは楊貴妃であり、楊貴妃はボタンであった。玄宗は、長安市内の興慶宮に楊貴妃を伴って出かけては、酒宴をひらいた。興慶宮の庭園には、帝王の権力によって蒐集したボタンの名品コレクションがある。ある日、玄宗は、詩人の李白に命じて、花と美人とを詠み込んだ七言詩を作らせた。そのうちの有名な一首を示すと——

清平調詞三首　　　　李　白

名花傾国両相歓。長得君王帯笑看。解釈春風無限恨。沈香亭北倚欄干。

この詩において、「名花と傾国と両《ふた》つながら相歓《あいよろこ》ぶ」とは、ボタンと楊貴妃との無比なる豊麗を讃美したスタンツァである。李白がうっとり見《み》惚《と》れなかった、という保証はない。問題は、名花ボタンと傾国の美人との組み合わせである。玄宗は政治を怠り、安禄山《あんろくざん》の乱を誘発して、蜀《しょく》に逃《のが》れるが、いったん定位した「花の美学」のほうはもはや二度と修正されることがなかった。

こうして、ボタンは、これ以後、「花の王」の地位に即いた。ボタンは、最高の美人のシンボルと考えられるようになった。正確には、同時に、最高の権力をもシンボライズしている。それゆえに、ボタンが日本列島に渡来したとき、平安王朝貴族たちは、いちはやく、この花を、おのが階級の美学体系のなかに組み入れ、「深見草《ふかみぐさ》」などと呼んで、宮廷内の秘密の花としたのである。ボタンが民衆生活に普及するのは近世以後で、夥《おびただ》しい品種改良が行なわれたのも、この花のうちに〝女性の美〟が追究された結果であった。

ついでに述べると、漢方医学では、ボタンの根の皮である「牡丹」（丹皮）が婦人科領域の難病に対して頗る効験を示す、ということになっている。生理不順から、ヒステリー、鬱血、のぼせ症、冷え症、婦人臓器炎症、不妊症、流産癖、更年期障害に至るまで、特効がある、というのだが、本当にきくかどうか。今のところ、ボタンの根皮にペオノールが含まれ、このペオノールの抗菌作用が大腸菌やブドウ状球菌の増殖を抑止するところまでは知られているが、それだからといって、婦人科の諸病症に有効だとは考え得ない。やはり、わたくしは、ボタンの花が〝女性の花〟である、とする見立てから、類感呪術的に、婦人病に効き目があるとの信仰（俗信）が生まれてきたのではないかと思う。そうと信じて服用すれば、そうと信じたとおりの薬効が現出されるのは、現代の多くのカプセル剤や化粧品においても同断である。特に女性のかたは、美人になれる薬をのめば、たいていの難病に打ち克つ強い精神力（心理作用）を獲得しうるのではあるまいか。

ボタンは、シャクヤクと親戚関係にあるが、太古時代のシャクヤクも〝女性の花〟だった。ボタンが百花の王となったのは、社会的に女性の権利が向上した過程を裏書きしている。花も女性も本来《ほんらい》美しいのである。

ボタンが日本に渡来したのは、おそらく平安朝の半ばごろだったろうと推定される。はじめは美しい花を観賞する目的からでなく、薬用とする目的で、主として寺院などにおいて栽培された。しかし、なんにしても花が美しいから、しだいに貴族文人たちの鍾愛するところとなり、和歌などに詠み込まれることとなった。平安貴族たちの教養や文化生活は一にも二にも中国文化（唐の文物）を模倣し摂取することを基本としていたから、もし早い時期に輸入されていたならば、三大勅撰漢詩集（『凌雲集』『文華秀麗集』『経国集』）や『古今和歌集』のなかに当然うたわれているはずであるが、実際には、その時期、ボタンはうたわれていない。

最初にボタンが登場するのは、勅撰第六歌集に当たる『詞花《しか》和歌集』（一一五一年成立）においてである。この歌集は、崇徳院の院宣を奉じて藤原顕輔が撰修したもので、収録作家の詮衡対象は『後撰和歌集』（九五一年成立）以後に限定する処置を取っているから、大体の時代背景がわかる。

新院位におはしましし時牡丹をよませ給ひけるによみはべりける　　関白前太政大臣

咲きしより散り果つるまで見しほどに花のもとにて二十日《はつか》へにけり（巻第一、四六）

ここに言う新院は鳥羽院であろうから、関白前太政大臣は藤原忠実《ふじわらのただざね》をさす。忠実は、別称知足院《ちそくいん》、富家殿《ふけどの》といわれ、娘泰子《たいし》の入内をこばんで白河法皇の怒りを買って関白をやめさせられた人物だが、法皇死後、泰子を入内させ政界に復帰して摂関家の権威回復をはかり、これが原因となって「保元の乱」が起こった。朝儀故実に精通し、その日記『殿暦《でんれき》』、談話筆記『中外抄』が政治社会史の根本史料として高く評価されているくらい、相当の教養人であった。（もっとも、『樹木図説』などが採用している古来の定説からすると、ここの関白前太政大臣は、忠実ではなくして忠《ただ》通《みち》をさすものと解するのが通例である。『詞花和歌集』の成立した仁平元年当時、摂政にして関白太政大臣を兼ねていたのは藤原忠通であることがはっきりしているから、前任者には忠実を擬するほかないのだが、合憎《あいにく》、この忠実・忠通の父子は極めて不仲な関係にあり、院政という複雑な政治状況を背景に、両者は追いつ追われつの関白争奪戦をつづけていたので、力関係の上ではどちらが前任者とも言い切れぬ事情も生起していたことは確かである。もしも、関白前太政大臣を忠通と見れば、この人物のほうが詩歌に秀れていたから、この一首の作者に擬するのにはずっと好都合だが、なにぶんにも一一五八年までポストを死守していたので、そうなると『詞花和歌集』の成立年代と食い違ってしまう。忠通の家集『田多民治集』が未入手のまま、いまは、しばらく宿題として預けおくことにしよう。）

さて、問題は結句「二十日へにけり」の「二十日」であるが、これは、『白氏文集《はくしもんじゆう》』巻第四、諷諭四、新楽府三十首のうちの第八番目に置かれている作品「牡丹芳」に典拠を仰いでいると考えられる。原詩を知っておこう。

牡丹芳　　白居易

牡丹芳牡丹芳。黄金蘂綻紅玉房。千片赤英霞爛爛。百枝絳点燈煌煌。照地初開錦繍段。

当風不結蘭麝嚢。仙人琪樹白無色。王母桃花小不香。宿露軽盈汎紫艶。朝陽照耀生紅光。

紅紫二色間深浅。向背万態随伍昂。

…………………………

戯蝶雙舞看人久。残鶯一声春日長。共愁日照芳難駐。仍張帳幕垂陰涼。花開花落二十日。

一城之人皆若狂。三代以還文勝質。人心重華不重実。重華直至牡丹芳。其来有漸非今日。

元和天子憂農桑。卹下動天天降祥。去歳嘉禾生九穂。田中寂莫無人至。今年瑞麦分両岐。

君心独喜無人知。無人知可嘆息我。願暫求造化力減。却牡丹妖艶色少。廻卿士愛花心同。

似吾君憂稼穡。


――この長い詩、白文で示したのでは何をうたっているのか要点が掴みにくいと思うが、なにやら、ひどく華麗な内容の事がらを主題にしているというぐらいの見当は付くはずである。必要なのは、第二段落以下である。「戯《ぎ》蝶雙《てうなら》び舞《ま》ひて、看《み》る人久《ひとひさ》し」とは、バターフライのひとつがいが仲よく飛び舞って、思わずそれに見惚《みと》れてしまう人間の視線はずいぶんと久しい、の意。「残鶯一声《ざんあういつせい》、春日長《しゆんじつなが》し」とは、人里に来た最後のウグイスがひと声鳴くのを聞きましたが、ああ、それにしても春の日《ひ》永《なが》をおぼえますよ、の意。「共《とも》に愁《うれ》へども、日照芳《につせうかんば》しければ駐《とどま》り難《がた》し」とは、春愁を分かち合おうとする感情は強いのだが、なにしろ日射しがまぶしいものだから、とても一《ひと》つ所《ところ》に立ちどまってなんかいられません、の意。「仍《よ》って帳幕《とばり》を張《は》りて、陰涼《ゐんれう》を垂る」とは、それゆえ、天幕を張りめぐらして、そこに涼しい日《ひ》蔭《かげ》をつくりました、の意。どの詩句《スタンツァ》も、暮春の、ちょっと悲しい気分のたゆたいを表現していて、これだけでも美しい。

そして、つぎの詩句に、問題の「花開《はなひら》き花落《はなお》ちて二十日《にじふにち》」がくる。「花」とは、もちろんボタンをさす。ボタンの美しく豊満な花が、咲きはじめてから落ち尽くすまで二十日間もかかりましたよ、の意。これを受けて、「一城之人《いちじやうのひと》皆狂《みなくる》へるがごとし」とあるのは、この花のあまりの見事さに、城市《まち》じゅうのひとびとがとうとう気がおかしくなったみたいに酔いに酔ったことでした、の意。ボタンの咲きつづけている二十日間というもの、誰もかれもが、ずっと、ぶっとおしでクレージーの状態でいた、というのである。美的陶酔境を描くのは、白楽天の得意芸であった。

ところで、わたくしたちは、すでに一般的文学教養として、『源氏物語』『枕草子』をはじめとする平安王朝文学の〝美的規範〟が『白氏文集』を下敷きにして形成された部分の多いことを知っている。『白氏文集』の渡来は、『文徳《もんとく》実録《じつろく》』巻第三、仁寿元年（八五一）九月の、藤原朝臣岳守に関する記事のなかに「承和五年為二左少弁一。辞以停耳。不レ能二聴受一。出為二大宰少弐一。因検二校大唐人貨物一。適得二元白詩筆一奏上。帝甚耽悦。授二従五位上一」と見えるから、このころには日本宮廷の文人貴族によって知られていたと考えてよいであろう。とくに注意すべきは、『古今和歌集』の仮名序《かなじよ》を書いた紀貫之が『白氏文集』を読みこなしていた形跡の強いことである。あの有名な「花にうぐひす、みづにすむかはづのこゑをきけば、いきとしいけるもの、いづれかうたをよまざりける。ちからをもいれずしてあめつちをうごかし、めに見えぬ鬼神をも、あはれとおもはせ、をとこ女のなかをもやはらげ、たけきものゝふのこころをも、なぐさむるは歌なり」は、『白氏文集』巻第四十五、与元九書の「詩者根レ情。苗レ言。華レ声。実レ義。上自二聖賢一。下至二愚騃一。微及二豚魚一。幽及二鬼神一。群分而気同。形異而情一」の翻訳《パラフレーズ》である。これに関して、金子彦二郎『平安時代文学と白氏文集・第一冊』は、「貫之が、其のいとも晴がましき古今集序といふ雄篇を執筆するに当つて、苟も、此の種の文辞にとつて、資料となり、参考となるべき事どもならば、力めて、これが博引旁索を事とし、其の完璧を期したであらうことは、已に、詩経大序に学ぶところがあり、又『かのときよりこのかた、としはもゝとせあまり、よはとつぎになんなりける。』の文が、『此序。模下下文選序。自二姫漢一以来。眇焉悠邈。時（以上五字原脱之。今補焉。）更二七代一。数逾二千祀一云々上。注云。七代謂二自レ周至レ梁。云々』とある如く、文選序の模倣であるといふ考証などの存することからも、明白に立証されるところである。すなはち已に掲げたやうに、此の序中の随所に、楽天の詩句も引用してあり、又現に楽天の詩句から翻案日本化を試みた和歌を、頗る多数に有してゐる当代の主力作家紀貫之の歌序が、白氏文集中に於ても、最もよく整備もし、委曲をつくして詳論もしてある一大詩論を楷模とし、其の布置結構や体制方面に於ても、これが換骨奪胎に類する営を試みてゐる——と見立てたからとて、敢て不自然感を懐かせられることもなからうと思ふ」（第四章　古今和歌集序の新考察）との帰結を出している。ほとんど、この金子説に誤りはないであろう。それほど、平安貴族知識人にとって、『白氏文集』は重要なお手本であった。いや、むしろ、かれらにとって、『白氏文集』は〝美の手ほどき〟の役割をさえ果たしてくれたものであった。

そうだとすると、どういうことになるか。さきほどの『詞花和歌集』の牡丹の歌を、実際経験として「咲きしより散り果つるまで」毎日毎日見に行って、それを指折り数えたら「二十日」になった、という即事実的詠歎をおこなった和歌である、と解釈してよいか。否である。牡丹そのものが新輸入の中国産植物であった以上、これの見どころや故事来歴に無関心でいられなかった貴族知識人の文化心理を度外視することはできないし、牡丹は由来譚《ヒストリー》とワン・セットになって受容されたろうと推量される。この一首も、矚目風物を諷詠したというよりは、文献的《ブッキッシュ》な中国漢詩文的教養を「やまとことば」に言い替え《パラフレーズ》しただけに過ぎなかったのではなかろうか。同時代、教養ある読者ならば、この一首を口ずさんで、ああ牡丹の花の美しさを見ると誰もかれもが狂ったみたいに陶酔してしまうんですね、という暗黙の合意を禁じ得なかったにちがいない。同時代の文化人にとっては、この一首は傑作として読み味わわれたのであろう。そうでなければ、勅撰和歌集に採録されるはずがない。

この「二十日へにけり」が、こんどは新しい典拠になって、中世以後、牡丹の異名《いみょう》に「二十日草（廿日草）」が用いられるようになった。『八雲御抄《やくもみしょう》』などに「廿日を限りて咲く花なり」と見えるところから、近世俳諧歳時記では、「牡丹、あるいは廿日草とも和訓《わくん》せり」（『温故日録』）とまで定められるにいたった。

ボタンは、『新古今和歌集』巻第八、哀傷歌の部では、

六条摂政かくれ侍りてのち植ゑおき侍りける牡丹の咲きて侍りけるを折りて女房の許より遣して侍りければ

形見とてみれば歎きのふかみ草何なかなかの匂なるらむ（巻第八、七六八）　大宰大弐重家

と詠まれて、もう一つの異名《いみょう》「ふかみ草（深見草）」がこの時代（『新古今和歌集』の成立は一二〇五年である）に普及していたことを知る。もっとも、この「ふかみ草」は、源順《みなもとのしたごう》編『倭名類聚抄』（九三七年ごろ成立）に「牡丹和名、布加美久佐。」とあるのだから、これが一番古い日本名だったのかも知れない。「ふかみ草」は、慈円大僧正（『愚管抄』の著者である）の個人歌集『拾玉集《しゅうぎょくしゅう》』（南北朝ごろ成立）巻第四所収「詠百首和歌」夏十五首にも、

夏木立庭の野すぢの石の上にみちて色こき深見草かな

と用いられている。慈円大僧正のこの「深見草かな」の一首は、『夫木和歌集』（一三一〇年ごろ成立）夏の部にも収められている。至徳元年（一三八四）刊行の『梵燈庵袖下』に「深見草、山橘、名取草、廿日草、となり草、夜白草」を併出しているところを見ると、南北朝ごろの連歌においては、ボタンは既にかなり広汎に普及していたと考えられる。また、普及していたればこそ、このように多くの異名が用いられていたのであろう。

日本の花鳥画には、すでに鎌倉期以降、ボタンが登場してきているが、もちろんこれも中国からの直輸入である。

しかし、室町期に入ると、雪舟の「牡丹襖絵」に代表されるような〝日本の牡丹〟の定型がぼつぼつ生まれてくる。ボストン美術館にある芸愛の「牡丹に雀図」も、その一つである。これらは、どちらかといえば宋・元の様式に近いと見なければならないが、桃山時代以降の障壁画になると、あの派手々々《はでばで》しさは明画の様式に当て嵌まると見るほかない。大覚寺宸殿牡丹の間の狩野山楽の「牡丹図」がその代表者格だが、そうかといって、明画風にバロック化された誇張だけかといえば、それにとどまらぬ。写生的であるのに、いやに夢幻的な気分をつくり、内攻的ではないくせに、へんに時間的に定着している。ようするに、現世の栄華を自負し、人間の勝利を宣言している。まさしく、転換期の時代に際会し生き抜いていく〝日本のルネッサンス人〟の生活原理が受肉化《インカーネート》された感じがする。支配者は支配者でも、血筋や、しきたりや、不可視的な権威だけに頼って生きた宮廷知識人を力ずくで薙《な》ぎ倒す〝新しい人間〟が支配者となったのだから、ボタンの花ひとつでも、それに対する接し方が違ってくるのは当然である。

しかし、ボタンが民衆生活のレベルまで降《お》りてくるのは、なんといっても、江戸時代に入ってからである。それまでは、公卿、僧侶、武士の眼にしか触れる機会がなかった。農業生産が成長し、商品経済が発展して、町人が擡頭し、そのエネルギーが学問や文化に花をさかせた元禄時代前後になって、庶民階級の生活のなかにボタンは確実な地位を占めることとなった。庶民は、こぞって、ボタンの栽培や品種改良に励み、キク、ツバキ、サクラなどとともに〝ボタン・ブーム〟が現出された。当然、庶民文芸である俳諧のなかに、新たなる季題を生みだした。元禄十一年(一六九八)刊行の鷺水編『俳諧新式』には、「花王・姚黄・天香・蘭麝・膩体・酔態・妖姿・庭香・玉香・国香・錦苞・楊妃・西子・鴨緑・貴品・玉膚・雪蕚・紅衣・金縷・玉佩・風葩・露蕊・絳羅」などと見える。これよりさき、正保五年(一六四八)の季吟編『山の井』には「牡丹は重衡の形にもたとへ、夢庵の名をも寄せ、あかき絵の具・こはぜなどにも言ひかけ、蝶・獅子の飛びまはる心ばへ、猫ぜなかのうち眠《ねぶ》り居るありさまなど仕立つ。もろこしには花の王ともてはやし、牡丹は富貴なるものとも言へり」と見える。こうなれば、明らかに、ボタンは中国文化を離れて日本民衆文化の土壌に根をおろしたことになる。（ただし、明代に流行した『牡丹亭還魂記』『牡丹仙』『牡丹園』などの戯曲が、日本に伝えられて、ボタンの花の精の織りなす美しいロマンス劇から、近世日本の文学者が多くの刺激を受けた事実のあることを、ここに付記しておく必要がある。）

近世俳諧のなかの、ボタンを詠んだ名句を示すと――

牡丹花にねぶる胡蝶も夢庵かな（『山の井』）　季吟
寒からぬ露や牡丹の花の蜜（『別座敷』）　芭蕉
蠟燭に静まりかへる牡丹かな（『韻塞』）　許六
花ながら植ゑかへらるる牡丹かな（『曠野』）　越人
飛ぶ胡蝶まぎれて失せし白牡丹（『続別座敷』）　杉風
戻りては灯で見る庵のぼたんかな（『古人筆句録』）　千代女
牡丹散つてうちかさなりぬ二三片（『付合小鏡』）　蕪村
花くれて月を抱けり白牡丹（『暮雨巷句集』）　暁台
是程のぼたんと仕かたする子かな（『七番日記』）　一茶

いかにも近世庶民文芸にふさわしい世界ばかりが詠まれているではないか。ボタンの栽培普及に伴って、家具調度から衣類や菓子類にいたるまで広範囲にわたるデザイン化が生活文化のなかに取り入れられていたのである。このような近世的伝統が下地《したじ》になり、さらに、もういちどあらためて中国から輸入されたホットな〝牡丹の精〟の物語を粉本《ふんぽん》に仰ぐことにより、たとえば、三遊亭円朝の『怪談牡丹燈籠《かいだんぼたんどうろう》』（明治十七年）のような作品がつくられた。当然ながら、ボタンは、かつて古代中国の時代や日本王朝時代にほしいままにした〝権力のシンボル〟の地位から完全に辷り落ちてしまった。〝女性のシンボル〟のほうだけが継承され、日本民衆の自由な賞美に任《まか》されることとなった。

巻末私記

斎藤正二

このたび、八坂書房主および同社編集部スタッフの御厚意を得て、再刊本『植物と日本文化』をば図版入り特装版形式で上梓することが出来たが、茲《ここ》に特別の感懐《かんかい》を禁じ得ない。斯様《かよう》に短身痩軀然《ぜん》とした一冊ではあるけれど、この形状《なりかたち》におさまるまでには思いの外《ほか》の修正加工《ベアルバイトゥング》を重ねて漸《ようや》く現行形態にまで辿り着いたことを自覚するゆえに、加之《しかのみならず》、単行本完成後もあとからあとから不審紙貼《ふしんがみは》って訂正加筆を現在にまで継続＝推進し居《い》る体《てい》の〝未完成草稿〟に過ぎないことを自己相対化するゆえに、版元の御厚意に感謝しながらも猶且《なおかつ》、再刊復刻には躊躇逡巡の気持が付き纏って離れない。

抑抑《そもそも》この書物は五回ほど書き改められ、その都度《つど》、組み立て《コンポジション》・発想視点《ヴューポイント》・記述内容《コンテンツ》・引用文献《レファレンシズ》などを積み重ねたり削減したりして、何であれ先行する版《エディション》を凌駕するのでなければ刊行の意義無しと切《せち》に心得《こころえ》、当方なりの努力を払ってきた。第一稿は、『日本を知る事典』（一九七一年十月、社会思想社刊）「第Ⅻ章 日本人のこころ／A 自然のみかた／二 日本人のみた植物」の節《セクション》として書かれた分《ぶん》の十八項目・百八十枚。第二稿は、主婦の友社版『花材別いけばな芸術全集』全十二巻（一九七三年一月〜一九七四年十月刊）に毎巻「花と日本文学」なる総題名《そうタイトル》のもとに連続掲載した十八項目・三百枚。第三稿は、前記『日本を知る事典』所載「A 自然のみかた／一 国民性と自然観賞／二 日本人のみた植物／三 日本人のみた動物」を増補訂正して一本化《いっぽんか》した『日本人と動物・植物』（一九七五年九月、雪華社刊）に載せた植物部二十項目・二百枚。第四稿は、花木観賞の人間行為を年代順に列《なら》べ替えていって得られる精神的ヴェクトルを捕捉すればそれが直ちに日本思想史の一領域を形成するはずだとの見通し《ヴィスタ》のもとに書いた『花の思想史』（一九七七年六月、ぎょうせい刊）に収められた五章二十六節の文章三百枚。これは丸岡孝氏の美しいフォトグラフによって飾られる《日本の自然と美》シリーズの第五巻に配された豪華美本で、首《はじめ》から軽快愉楽を旨《むね》とするよう求められていたが、つい夢中になって七面倒《しちめんどう》な学問領域に深く足を踏み入れてしまった。第五稿は、千二百ページの大冊『日本的自然観の研究(上)(下)』(一九七八年九月、八坂書房刊)のうち下巻「第四部 日本的自然観の展開事例」の実内容《サブスタンス》を成すもので、もとは前記『花材別 いけばな芸術全集』に「花と日本文学」の題名《タイトル》下に登載した十八項目・三百枚の旧稿を鋳型《いがた》に据えたうえで旧稿との齟齬を避け重複《ちょうふく》を避けつつ〝新稿〟の体裁を整《ととの》えるという〝無理な作業〟を経たのち漸《ようや》く出来上がった、分量的に四百枚を超える、この時点での《決定版《ファイナル・エディション》》。

同じ題材(=対象)を五度までも書き改めるということは、いかに鈍根なる当方にあっても、何らかの精神的変革を動機づけずにはおかない。第一稿段階では、趣味本位というか文献渉猟的俗物主義《スノビズム》というか、要するに知っている限りの事柄を衒学的《げんがくてき》に並べ立てれば能事畢矣《のうじおわれり》と決めてかかり、先人の言説を出来るだけ多く引用し且つ片端《かたはし》から唱和賛同すべく努めた。「日本的自然観」を根底から支える心理学的素地《ゲシュタルト》とはまさに斯《こ》れを指《さ》す。いったん日本人ほどに植物を酷愛し自然美に憧憬《しょうけい》を抱懐する国民は他に無いといった全面肯定式の教理《ドクトリン》を鵜呑みにして掛《かか》ると、なんでも昔通りの〝言い伝え〟や〝取り決め条項〟を遵守=再生産しておけばよいという心理状態に拘泥《こうでい》するほかなくなる。ところが、第二稿・第三稿の段階に到り、日本古典の背景=淵源を構造主義的に精査し比較検討する作業に深入りしてゆくとき、所謂《いわゆる》「日本的自然観」の本体を所謂《いわゆる》日本人のアイデンティティと同意義と見做して演繹的推論を果てし無く展開してゆく手法の虚偽性=危険性に漸く気付かされた。文芸的陶酔を捨て科学的懐疑精神を始動させてみると、「日本的自然観」とは、八世紀に中国律令制を直輸入した日本専制政治支配が生みだした思考上の〝慣習のシステム〟の一部に他ならず、古代中国専制支配者が自然讃美儀礼を実修《プラクティス》するさい同時に国土自然の全領分に自己王権の神聖性と強大さを人民の前に示威したあの流儀を日本律令貴族文人らはそっくり其儘《そのまま》輸入=学習したという重大事実が透《す》かし見えてくる。いま、文芸を捨て科学的懐疑を働かせると、研究対象の正しさが新しく視界の中に入り始め、それがまた継次《つぎつぎ》に新しい問題の存在に気付かせてくれる、という意味のことを記したが、マックス・ウェーバーの学問講演を借用するならばより正確に当方作業の意義を説明し得られるかと思う。すなわち、日本古典観賞の伝統的行為を対象にして科学的思惟作用を押し及ぼしてゆくならば孰《いず》れいつかは旧説を全面否定しなければならぬ局面が到来する筈であるとだけは敢《あえ》て揚言《ようげん》し得よう。

第一次大戦直後、ミュンヘンの学生を前にウェーバーが行った講演『職業としての学問』の真中《まんなか》近く、学者の仕事が「つねに進歩すべく運命づけられている」のに対して、芸術家の作品は「真に達成《エルフュレン》している」ならば「けっして他に取って代わられたり、時代遅れになったりするものではない」と両者峻別の必要を説いた個処がある。

　ところが、学問のばあいでは、自分の仕事が十年たち、二十年たち、また五十年たつうちには、いつか時代遅れになるであろうということは、だれでも知っている。これは、学問上の仕事に共通の運命である。いな、まさにここにこそ学問的業績の意義は存在する。たとえこれとおなじ運命が他の文化領域内にも指摘されうるとしても、学問はこれらのすべてと違った仕方でこの運命に服従し、この運命に身を任せるのである。学問上の「達成」はつねに新しい「問題提出」を意味する。それは他の仕事によって「打ち破られ」、時代遅れとなることをみずから欲するのである。

（尾高邦雄訳『職業としての学問』〈岩波文庫〉）

ウェーバーは、このことは学問に生きるものにとって「共通の運命」である以上に「共通の目的」であらねばならない、と附言している。他の仕事に打ち破られるどころか、当方の場合は、前記第四稿・第五稿において自説を修正したり撤回したりして、旧稿と著しく隔たる新稿の作成を目的とせざるを得なくなった。さらに、四稿五稿の一部分を徹底的に解体して全面的に再組織＝再構成し直した四六判四百余ページの単行本『日本人とサクラ』（一九八〇年五月、講談社刊）の書き下ろしを新たなる目的に据えた。こんどは、明治近代以降、軍拡路線や国粋主義運動や愛国者心情と不可離の関係に立つかのごとく誣説《ぶせつ》されつづけて既に〝公理〟の地位に立つ「桜のシンボル」を相手どり、真向《まっこ》うから勝負を挑まざるを得なくなった。しかも背面《はいめん》には、大正以来「桜は稲の穀霊《スピリット》」説を振り翳す日本民俗学の〝信仰箇条《クレド》〟が不動の位置に在り、これとも対決《コンフロント》せざるを得なかった。米が穫《と》れ過ぎて減反《げんたん》政策を必須としたり、農業協同組合の金儲け主義の弊害が顕著になったりしている現実を前に、サクラは日本農民を幸福にするために咲く式《しき》の信仰を伝承＝保存するのは、醜怪でさえある。ウェーバーは「このことは魔法からの世界解放《エントツアウベルンク・デア・ウェルト》ということにほかならない。こんにち、われわれはもはやこうした神秘的な力を信じた未開人のように呪術に訴えて精霊を鎮《しず》めたり、祈ったりする必要はない。技術と予測がそのかわりをつとめるのである。そして、なによりもまずこのことが合理化の意味にほかならない。」と帰結する。わたくしは、自分なりに合理化 Rationalisierung の作業をどこまでも推進しつづけ、軈《やが》てサクラが中央アジア→シルクロード→中国→日本列島の経路でわれわれの古代文化環境を彩《いろど》る美しい景観を形成した確率も零《ゼロ》ではないとの予測に到達しつつある。自説を押しつける心算《つもり》は無い。最小限、中近東民族を出自とする唐の大詩人＝白楽天の浩瀚《こうかん》なる詩文集『白氏長慶集』に桜（桜桃をユスラウメと訓ずるのは誤謬である）を詠じた詩が二十七首も見出される事実を、知って頂けば十分である。当該報告は『日本的自然観の変化過程』（一九八九年七月、東京電機大学出版局刊）に掲載してある。

移山桜桃

亦知官舎非吾宅。且劚山桜満院栽。上佐近来多五考。少応四度見花開。（巻第十六　律詩四、五言七言自両韻）

春　風

春風先発苑中梅。桜杏桃梨次第開。薺花楡莢深村裏。亦道春風為我来。（巻第二十七　律詩）

平安王朝文学の核となる〝サクラ美学〟すら白楽天直輸入と判明した。右近の橘・左近の梅が、天徳年間以降「左近の桜」に交替《オールタネート》したという史実も、通説のごとく〝国民的自覚の昂揚〟が然《しか》らしめたとばかり断定しては過誤を犯す。日本の植物文化が呪術から解放される entzaubern のは今日以降の主知的・合理的探求に俟つほかない。

【著者紹介】

斎藤正二（さいとう・しょうじ）

1925年、東京都八王子生まれ。

1953年、東京大学文学部教育学科卒業。

数年の編集者生活ののち、東京大学旧制大学院に戻り、教育文化史・宗教人類学を攻究。東京電機大学理工学部教授を経て、現在、創価大学客員教授。教育学博士。

『「やまとだましい」の文化史』（講談社現代新書）『日本人とサクラ』（講談社）『日本的自然観の研究 上・下』（八坂書房）など著訳書多数。目下、上記主著を収めた『斎藤正二著作選集』（全7巻）を八坂書房より刊行中。

植物と日本文化

2002年11月25日　初版第1刷発行

著者　斎藤正二
発行者　八坂立人
印刷所　信毎書籍印刷(株)
製本所　田中製本印刷(株)

発行所　(株)八坂書房
〒101-0064　東京都千代田区猿楽町1-4-11
TEL.03-3293-7975　FAX.03-3293-7977
郵便振替口座　00150-8-33915

ISBN 4-89694-812-2